Denis Grozdanovitch a longtemps mené une double vie d'érudit et de sportif de haut niveau (tennis, squash et courte paume). En 2002, il publie son *Petit Traité de désinvolture* qui obtient le prix de la Société des gens de lettres et devient un livre culte pour ses nombreux lecteurs. En 2005, paraît *Rêveurs et Nageurs*, prix des Librairies Initiales, et l'année suivante, *Brefs Aperçus sur l'éternel féminin* qui reçoit le prix Grand-Chosier. Plus récemment, ont paru *La Faculté des choses, L'Art difficile de ne presque rien faire* et *La Secrète Mélancolie des marionnettes*.

DU MÊME AUTEUR

Rêveurs et Nageurs
ou Du plaisir parmi les difficultés
Corti, 2005
et « Points », n° P1810

Brefs Aperçus sur l'éternel féminin
Robert Laffont, 2006
et « Points », n° P2115

De l'art de prendre la balle au bond
Précis de mécanique gestuelle et spirituelle
Jean-Claude Lattès, 2007
et « Points », n° P2305

Le Petit Grozda
Les merveilles oubliées du Littré
Points, « Le Goût des mots », n° P1870, 2008

La Faculté des choses
Poèmes de la mélancolie ordinaire
Castor Astral, 2008

L'Art difficile de ne presque rien faire
Denoël, 2009
et « Folio », n° 5112

Minuscules Extases
NIL, 2009

La Secrète Mélancolie des marionnettes
Éditions de l'Olivier, 2011

L'Exactitude des songes
Éditions du Rouergue, 2012

La Puissance Discrète du hasard
Denoël, 2013

Denis Grozdanovitch

PETIT TRAITÉ DE DÉSINVOLTURE

Où il est question du dilettantisme et de la désinvolture, du temps et de la vitesse, des îles et du bonheur, du sport et de la mélancolie... mais aussi des chats, des tortues et des Chinois.

Éditions José Corti

TEXTE INTÉGRAL

ISBN 978-2-02-065921-5
(ISBN 2-7143-0784-1, 1re publication)

Il n'y a rien de plus fructueux ni de plus amusant que d'être distrait d'une chose par une autre chose.

Charles Albert Cingria

À Judith,
aux compagnons des heures perdues

L'infiniment singulier

> ... ce dont il faut déduire que « l'on ne parle pas tout seul » (les autres même absents étant impliqués dans l'acte de parler puisque c'est leurs mots qu'on emploie) et que dès l'instant que l'on parle – ou écrit, ce qui revient au même – on admet qu'en dehors de soi il existe un autrui, de sorte qu'il serait absurde de récuser, si l'on parle ou écrit, les nœuds qui vous attachent au cercle indéfini d'humanité que par-delà les temps et les lieux votre interlocuteur sans visage représente.
>
> Michel Leiris

Un violent orage d'arrière-saison s'abat à l'instant sur la Porte de Saint-Cloud. Le tonnerre ébranle, des éclairs zèbrent l'habituelle grisaille parisienne de novembre. Enfin, une volée de gros grêlons vient gifler la façade.

Derrière les vitres crépitantes du huitième, j'observe les billes de glace rebondir sur les toits de zinc, rouler dans les gouttières et, plus bas dans la cour, arracher les dernières feuilles jaune vif du paulownia pour, une fois à terre, les marteler méchamment ! Quelques pigeons, pris de court par la soudaineté et la violence de la bourrasque, s'efforcent désespérément de rejoindre leurs niches sous les combles et sont, par instants, presque entièrement chavirés par la puissance du souffle.

Or, *l'insolite* (lequel fait rarement défaut pour l'homme aux aguets) se manifeste en l'occurrence par la présence – miraculeusement indemne au milieu du maelström des airs tourbillonnants – d'une longue plume gris-blanc (sans doute arrachée à l'un des volatiles ébouriffés) qui descend paisiblement sans être perturbée le moins du monde !...

Est-ce bien une plume ou l'ange miniature de la cour de l'immeuble ?

Je contemple ce minuscule prodige, au sec derrière ma vitre, une tasse de thé à la main, tandis que dans mon dos les livres sagement rangés sur les rayons creusent la tranquille impunité de mon microcosme privé. Étonnante magie, me dis-je, que celle de cette mince pellicule de verre transparent qui suffit à interposer un écran sans faille au déchaînement des intempéries !

Décrire ces menus incidents relevant de la plus élémentaire banalité m'apparaît souvent quelque peu oiseux, du moins au regard de ce que réclamerait sans doute un « véritable » journal littéraire, lequel devrait s'efforcer, j'imagine, de *recueillir des faits symboliques s'inscrivant dans la trame d'un sens général plus signifiant*...

Je me console cependant en me persuadant que sur quelque autre plan cette tentative de rendre compte des moindres bribes d'une vie individuelle, si dérisoires puissent-elles être, si elle serre au plus près la réalité subjective du moment, si elle ne s'écarte pas trop d'une discipline d'exactitude et de sincérité, ne peut manquer de rejoindre la dimension de « *l'Ens Communae* » chère au « Docteur Subtil ». (Ainsi nommait-on au XVIe siècle Duns Scot, l'un des plus célèbres théologiens de la Chrétienté, lequel professait que les êtres devaient approfondir la dimension de *l'infiniment singulier,* cultiver leur idiosyncrasie la plus personnelle, cette voie leur permettant de se fondre plus sûrement à l'âme commune et selon lui divine.)

La manie, qui m'est devenue presque quotidienne au fil du temps, de collectionner d'infimes traces, de brèves impressions, de minuscules témoignages, de menus faits au bord de l'insipide, pourrait donc peut-être me rapprocher de cette communauté spirituelle, dont il serait si rassurant de croire qu'aujourd'hui encore, à notre insu, elle continue de nous relier secrètement les uns aux autres…

Les tueurs de temps

Boswell : Nous devenons las dans l'oisiveté.
Johnson : C'est, monsieur, parce que les autres étant occupés, nous voulons de la compagnie ; mais si nous étions tous oisifs il n'y aurait pas de lassitude ; nous nous distrairions tous les uns les autres.

James Boswell, *Vie de Samuel Johnson*

Très souvent l'après-midi, je vais à la séance de quatre heures de la cinémathèque de Chaillot. J'y retrouve régulièrement la même bande de vieux cinéphiles à laquelle je ne me mêle pas (du moins, pas encore) mais que j'observe subrepticement. Pour eux, il faudrait inventer une expression nouvelle qui équivaudrait à « rat de bibliothèque » : chauve-souris de cinémathèque peut-être…

Barbus, négligés, vêtus de leurs vieux manteaux avachis où restent accrochés des brins de tabac, pipes au bec ou mégots à moitié éteints pendouillant à la lèvre inférieure, étranglés par des cache-col râpés et sales, tire-bouchonnés autour d'une cravate couleur de vieille pellicule, mal fagotés dans leurs pantalons informes d'où dépassent, à la ceinture, des pans de chemise d'une autre époque, presque tous munis de serviettes de cuir défraîchies et ventripotentes bourrées de journaux, de revues spécialisées, de livres à moitié déchirés, de cahiers écornés et, bien souvent encore, d'une foule d'objets hétéroclites du genre soldats de plomb ou trains électriques miniatures – qu'ils échangent et trafiquent fébrilement avant et après les séances –, ils sont quotidiennement ponctuels au rendez-vous. Il est difficile de savoir s'ils exercent un métier ou une fonction sociale quelconque ; tous paraissent disposer librement de leurs heures. La plupart sont très pâles et l'on devine que le plus clair de leur temps se passe au fond des bibliothèques, des boutiques de bric-à-brac et des salles de cinéma. À force d'être confrontés aux caractères d'imprimerie et à la réverbération des projecteurs d'illusions, leurs yeux sont rouges, dilatés, perdus dans le vague. À la lumière du jour, surtout s'il fait soleil, il est facile de constater que leur regard n'accommode pas les choses du dehors.

Après ces séances, ils s'en retournent cahin-caha, bras dessus, bras dessous, devisant à voix basse exaltée, comme des conspirateurs, à propos des différentes versions (qu'ils connaissent toutes), des noms des acteurs, de leurs mérites respectifs, devenant parfois véhéments, s'emportant et défendant à l'aide d'une verve lyrique qu'ils ne contrôlent plus la prestation d'un de leurs favoris dénigrés par les camarades – leur sacoche brinquebalant d'une main, la visière de leur casquette rabattue sur leurs yeux légèrement hagards afin d'éviter la trop grande clarté du réel. On devine qu'ils se dirigent vers des chambres mansardées – remplies à ras bords de livres, de disques, de bibelots, de photos, de journaux et de cartons entassés dans les coins – où ils font revenir, dans une poêle toute noire et graillonneuse, sur un antique réchaud dont ils ont hérité, leur frichti de vieux marginaux maniaques.

Parmi eux, quelques femmes : maigres, aux visages émaciés, portant lunettes, leurs yeux myopes égarés dans un halo où erre leur regard approximatif… Elles ne parlent presque pas, s'effaçant toujours, et disparaissent aussi discrètement qu'elles sont apparues, ombres clandestines de l'existence…

On sent que la majorité d'entre eux n'a été confrontée aux péripéties ou aux turbulences éventuelles de la vie qu'à travers la réfraction du fictif : ce sont des amateurs de rêves…

Je prends conscience que ces gens sont à peu de chose près les mêmes que ceux qui venaient jouer au billard, aux cartes et aux échecs à l'Académie Roger-Conti, place des Ternes, du temps où j'y passais mes après-midi.

Je me souviens de ces longues heures indéfiniment prolongées, sous la pauvre lumière des lampes accrochées très haut, au milieu des fumées de cigarettes – qui, à chaque table et dans les cendriers posés sur le bord des billards, semblaient autant de minuscules feux propitiatoires dédiés au dieu de la Chance –, dans le demi-silence bourdonnant, ponctué à intervalles réguliers par les altercations des joueurs de tarot et par le léger entrechoc des boules brillantes sur le tapis vert – parmi cette assemblée de déclassés excentriques, d'âges et d'extractions variés : jeunes chômeurs cyniques ou résignés, retraités planificateurs et réactionnaires, proxénètes vantards et frimeurs, petits joueurs professionnels vivotant de leurs gains, chafouins et arnaqueurs, rentiers placides et à-quoi-bonistes, glandeurs nonchalants et philosophes… –, tous légèrement toqués, caractériels, nantis d'extravagantes manies, de tics nerveux horripilants, ornant leurs monologues égocentriques d'expressions bizarres fabriquées de bric et de broc, pêchées çà et là au hasard de leurs lectures autodidactes – tous dissimulant plus ou moins bien un secret orgueil mégalomaniaque qui se révélait à certains moments de crise : si une de leurs victoires était contestée sur le plan tactique, si leur vainqueur éventuel affichait une satisfaction trop évidente ou si une conversation quelconque venait à effleurer l'un de leurs dadas favoris.

Occasions à la faveur desquelles – se déchaînant en une longue suite de sarcasmes confus qu'ils estimaient flamboyants, en une série de sentences abstruses qu'ils jugeaient définitives, le tout agrémenté de considérations générales pédantes passant largement leur objet et auxquelles on ne comprenait goutte, mais dont on pouvait pressentir la rare pertinence aux petits rires d'autosatisfaction narquois qui en soulignaient les points culminants – ils dévoilaient soudain (la plupart du temps au grand ébahissement de l'« innocent » qui avait eu l'audace de contrecarrer naïvement leur stratégie préférée et les avait ratatinés sans même y prendre garde...) leur immense pitié pour la foule de ceux qui avaient trop souvent commis la funeste erreur de négliger leur point de vue.

Mes partenaires aux échecs surtout offraient une étonnante galerie de portraits.

L'un d'eux, M. Huber, vieux professeur autrichien, tout petit, à moitié chauve, généralement en culottes de golf, jamais aimable, roulant derrière de petites lunettes ovales à monture dorée des yeux toujours courroucés, intimement convaincu d'être un génie échiquéen méconnu, avait coutume, lorsqu'un des jeunes joueurs que nous étions osait lancer un assaut contre le blockhaus ultra-bétonné de son roque, de glapir avec son accent germanique prononcé et de sa voix de tête hystérique (ce qui le faisait rabrouer par toute la salle) : « Ach, la cheunesse catholick et sportive ! Wunderbar ! La pelle cheunesse innocente ! » Il se ramassait alors sur lui-même quelques instants, puis, d'un seul coup, bondissant littéralement de sa chaise, il saisissait l'un de ses propres fous à la volée – qu'il faisait jaillir de sa case de départ comme un diable d'une boîte – pour le faire atterrir en fracas au beau milieu des pièces adverses… ! lesquelles s'en trouvaient invariablement éparpillées jusque sous la table, tandis qu'il s'écriait, exultant (ce qui provoquait de nouvelles protestations de l'assemblée perturbée) : « Que dites-fous de cela, cheune hômme ? Ach ! Ce n'est pas afec des ruses de poy-scouts que fous désarçonnerez le fieil Houbeur ! » Et il se renfrognait sur sa chaise jusqu'à la prochaine alerte.

Rosenfeld, le gros Juif doux et rêveur, d'une amabilité un peu obséquieuse, son chapeau éternellement vissé sur la tête, quand il acceptait de jouer avec nous – préférant, le reste du temps, en bon « kibitzer », s'asseoir à côté des tables où des parties étaient déjà en cours afin de les commenter de remarques sardoniques – et s'il nous arrivait de le mettre un tant soit peu en difficulté, commençait par se frotter le menton en réfléchissant longuement, grimaçait douloureusement, puis murmurait : « Alors là, mon cher monsieur, vous me mettez vraiment dans l'embarras… oui, oui, dans l'embarras… comment vais-je me tirer de cette chausse-trappe ? » – un silence – puis de nouveau : « Dieu, qu'il est méchant avec moi ! Ah ! Je ne sais plus comment faire… C'est très vilain ce que vous voulez me faire là, je n'aurais jamais cru ça de vous, mon cher monsieur, vous m'étonnez ! » et il se lamentait ainsi un bon moment, ce qui lui permettait de prendre tout son temps, puis, résigné, dans un large geste d'impuissance, il soupirait : « Enfin bon, il faut que je joue quelque chose n'est-ce pas ? Je vois que vous vous impatientez… si, si, je le vois ! Et puisqu'il faut que je joue, je ne vois malheureusement pas mieux à faire que ça ! »

Et tout doucement, d'une main apparemment mal assurée, sans soulever la pièce, il poussait vers vous un pion isolé dont la position vous avait jusqu'ici semblé tout à fait anodine mais qui se révélait, quatre ou cinq mouvements plus tard, être la clef d'un étranglement sans recours qui vous forçait à l'abandon. Ce qui le faisait s'exclamer: « Ah ! Mais ça alors ! Vous n'aviez donc pas vu ? Oh ! mais j'ai eu de la chance que vous soyez distrait aujourd'hui ! Si, si, j'ai eu beaucoup de chance ! Croyez bien que je suis désolé, cher monsieur, tenez, faisons donc une autre partie ; je suis sûr que celle-là vous allez la gagner facilement. Vous êtes jeune et bien meilleur que moi. Si, si, j'en suis sûr. » Et le même scénario se répétait de façon presque identique sans que nous parvenions jamais à remporter une seule partie contre Rosenfeld !

Moullimard, grand escogriffe un peu dandy, toujours muni de son fume-cigarette qu'il ôtait élégamment de sa bouche pour mieux nous railler, circulant entre les tables tout en plaisantant, était perpétuellement à la recherche d'une position stratégique désespérée. Dès qu'il l'avait repérée, usant de sarcasmes appropriés, il obligeait plus ou moins le naufragé à lui céder la place et, en quelques coups qui ressemblaient à des passes magiques, il redressait la situation et prenait l'avantage – s'en désintéressant dès lors et préférant abandonner la position reconquise au joueur initial qui, d'ailleurs, s'empressait presque aussitôt de la gâcher méthodiquement de nouveau, n'ayant absolument rien entendu à la façon dont Moullimard l'avait tiré d'affaire. Or le plus étrange avec ce spécialiste du sauvetage, seul véritable talent échiquéen parmi nous, était que si l'on parvenait à l'obliger à terminer l'une des parties qu'il avait ainsi récupérées du désastre, il se révélait à son tour, maintenant qu'il n'était plus acculé, incapable de la mener à bien jusqu'au bout, s'emberlificotant dans des combinaisons si compliquées qu'elles finissaient par s'annuler d'elles-mêmes et l'entraînaient jusqu'à une défaite lamentable contre ceux dont il s'était moqué si fort auparavant.

Un dernier, Tony – pied-noir bellâtre, toujours tiré à quatre épingles, jouant les grands seigneurs, adulé des secrétaires qui venaient prendre un verre au bar, surgissant vers cinq heures des courses de Longchamp ou d'Auteuil où il venait régulièrement de « faire un malheur », exhibant des liasses de billets de banque de sa poche arrière de pantalon pour nous les faire renifler, arborant chaque jour un foulard différent (du type « fantaisie » qui vous incite immédiatement à la mélancolie) –, avait mis au point une redoutable tactique en cas de déconfiture : feignant de s'énerver et entamant une algarade avec l'un des spectateurs qui était immanquablement là pour le rappeler au devoir du fair-play, tournant pour ce faire la tête ailleurs comme sous le coup d'une suprême exaspération, il n'en continuait pas moins de jouer mais en tapant les pièces avec violence sur l'échiquier, se désintéressant ostensiblement de la partie, mais sans omettre toutefois, avec une remarquable dextérité, de venir les poser très précisément à l'intersection de deux cases… – ce qui lui permettait, si nous ne le remarquions pas assez vite, de lancer d'un seul coup une combinaison d'autant plus inespérée pour lui et surprenante pour nous que la pièce qui l'effectuait provenait d'une case où elle n'aurait jamais dû être… si quelqu'un lui faisait néanmoins remarquer la chose, il s'en offusquait si fort qu'il s'en estimait quitte, blessé dans son honneur de gentleman (et d'autant plus blessé que l'affaire était mal engagée pour lui), pour nous abandonner avec dédain à ce qu'il qualifiait alors comme notre « petit jeu de minables ».

Aujourd'hui, c'est avec un certain étonnement que je me remémore ces heures infinies, retranchées du monde ordinaire, où, les yeux rivés sur les cases blanches et noires de ce qui était devenu pour nous un véritable univers parallèle, nous luttions pied à pied – désespérément, comme si nos vies en eussent dépendu – afin d'assurer la suprématie stratégique acquise au prix d'échafaudages abstraits insensés et épuisants, des armées – étrangement inertes en elles-mêmes bien qu'animées par nos imaginations obnubilées de fougueux mouvements dynamiques – de ces tristes figurines de bois au vernis usé et sali par des milliards d'attouchements.

Il existe dans Paris une multitude d'endroits où persévère dans son être cette population qui n'a guère d'autre ambition que de jouir au jour le jour des petits plaisirs qu'elle a réussi à se ménager un peu à l'écart du train du monde : quais de la Seine, champs de courses, salles de jeu clandestines, académies de billard, clubs d'échecs, de bridge, de tennis, de poésie, cercle de zélateurs de l'ancien jeu de Courte-Paume (au Trocadéro), de celui de la Longue-Paume (au jardin du Luxembourg), instituts d'études absconses de toutes sortes, sectes d'adorateurs de la SNCF et « Observateurs-Minutieux-Du-Mouvement-Des-Trains-Dans-Les-Gares », sociétés pour la préservation des colibris, arrière-boutiques obscures où s'échangent des timbres rares, des vieux jouets rafistolés, des soldats de plomb peinturlurés, des médailles anciennes, des pipes de toutes provenances, des haches préhistoriques, des talismans pygmées, des photos d'ovnis, ou que sais-je encore... Jusqu'aux capsules de sodas dont certains font collection.

Il y a aussi les rendez-vous des enragés de la pétanque, devenus aussi consubstantiels aux jardins et aux squares de Paris que ses pigeons, les repaires des joueurs de 421 ou de yam qui, des journées entières, ne se lassent jamais d'éprouver la petite secousse émotionnelle provoquée par l'illusion fugitive d'avoir été favorisés par le destin à l'occasion d'un coup de dés heureux... Et puis bien sûr, enfin, ces centaines, ces milliers de cafés où stagnent – dans le demi-jour des miroirs rongés et brumeux, dans le doux confort du vermouth qu'on sirote à petits coups, des gauloises qu'on enchaîne sans les éteindre, des plaisanteries identiques éternellement ressassées et de l'épais tapis de table où s'abattent les figures familières – les innombrables tapeurs de carton des longues après-midi parisiennes...

Dans ses *Nuits de Paris,* Restif de La Bretonne invective cette engeance d'inactifs, apparemment plus nombreuse à son époque qu'à la nôtre et qu'il nomme les « tueurs de temps ». Il décrit longuement ce qu'il considère comme leur déchéance et leur prescrit le travail en tant que roboratif, en tant qu'antidote à ce qu'il croit être leur mal de vivre. Cela dit, Restif, qui avait, soulignons-le, pas mal de raisons de prêcher la morale conventionnelle afin de faire oublier sa conduite libertine, n'aurait certainement pas pu imaginer, au temps de la Révolution française à laquelle il assista en spectateur et qu'il nous a décrite, que viendrait jamais une époque semblable à la nôtre ; une époque où, comme le dit excellemment Julien Gracq (quelque part dans ses *Lettrines*), il y aurait tant de bras et de volontés tendus vers le bouleversement et la transformation du monde, et si peu de regards pour sa simple contemplation, qu'on en arriverait à décréter quelque chose comme « l'éminente dignité des paresseux ».

Restif aurait-il d'ailleurs réagi comme il le fait, lui, le « flâneur des deux rives », s'il avait jamais pu prévoir ce que signifierait un jour l'industrialisation à outrance, la standardisation et l'uniformisation du travail, des mœurs et des consciences ?

Et qui donc à son époque aurait pu prévoir que cette fameuse Révolution française aurait pour effet ultérieur de renforcer les valeurs qu'elle avait voulu combattre ? Qui donc aurait prédit la réapparition des souffrances rédemptrices chères à la chrétienté sous la forme du Travail élevé au rang de dogme intangible ? que ce travail lui-même, accéléré et propagé, point du tout diminué par les machines, connaîtrait une telle expansion, une telle vitesse incontrôlée, qu'il en deviendrait stérile, voire dangereux pour l'humanité ? que cette surproductivité développerait une agitation tellement privée de sens qu'une majorité d'hommes ne feraient plus, sous prétexte de travailler, que de sacrifier la plupart des heures de leur vie à un ennui annihilant et en échange de biens matériels de plus en plus douteux ? que la consommation de ces biens matériels surmultipliés deviendrait elle-même une sorte de travail quasi obligatoire ? qu'enfin donc, la résistance consciente ou inconsciente à cet engrenage commencerait à devenir presque héroïque, ascétique – qu'au sens où Restif l'avait entendu à son époque ce seraient justement, par un extraordinaire renversement, les honnêtes travailleurs qui se transformeraient à leur insu en « tueurs de temps » ?…

Oui, Restif – qui aimait à prendre le temps de fureter sur les quais de la Seine pour dénicher quelque nouveauté : livre, jeune servante accorte et pas trop farouche, vieillard vitupérateur ou bandes de « polissons » à morigéner – aurait-il jamais imaginé que nous deviendrions, nous autres, Parisiens du début du XXIe siècle, quasiment incapables d'éprouver encore la simple, toute simple, sensation d'exister – bêtement, béatement –, à l'instar des poissons qui, pour se maintenir dans le courant, n'ont d'autre effort à fournir qu'un « léger et exact coup de queue compensateur » ? que les rares rescapés à conserver une lueur de lucidité sur cette aliénation progressive finiraient eux-mêmes, généreusement emportés par leur désir de convaincre, à se livrer, pour nous prêcher l'insouciance, à de méthodiques et laborieuses argumentations ?

À la fin du XIXe siècle pourtant, Robert Louis Stevenson, un des êtres les plus perspicaces sans doute jamais parus sur cette terre, avait humblement tenté de remontrer que les oisifs possédaient quelques droits, entre autres celui d'être tolérés et non point tracassés, persécutés, par ceux-là mêmes dont c'était, de toute façon et de toute évidence, la complexion propre, le tempérament indéfectible, que de s'activer et de produire. Écoutons ce qu'il nous déclare au début de son *Apologie des oisifs* :

> « Aujourd'hui que tout le monde est contraint, sous peine d'une condamnation par défaut pour crime de lèse-respectabilité, d'embrasser quelque profession lucrative, et d'y travailler avec quelque chose qui ressemble à de l'enthousiasme, une plainte de la partie adverse, qui, elle, se satisfait de ce qu'elle a, et revendique de rester spectatrice en goûtant le temps qui passe, sent un peu la bravade, sinon la gasconnade. Pourtant, il ne devrait pas en être ainsi. L'oisiveté, ainsi qu'on l'appelle, qui ne consiste pas à ne rien faire mais à faire beaucoup de ce qui n'est pas reconnu dans les formulaires dogmatiques de la classe dirigeante, a autant le droit de déclarer sa position que l'industrie elle-même. Il faut bien reconnaître que la présence de personnes qui refu-

sent de participer à la grande course handicap pour le gain de pièces de "six pence" est tout à la fois une insulte et un désenchantement pour ceux qui s'y engagent. Un brave garçon (comme nous en voyons tant) prend son courage à deux mains, vote pour les "six pence" et, pour recourir à l'emphase d'un américanisme, "y va à fond". Peut-il s'étonner de son ressentiment, tandis qu'il s'échine désespérément à casser des cailloux sur la route, s'il voit dans les prairies, non loin, des personnes allongées au frais, un mouchoir sur les oreilles et un verre à portée de la main ? »

Stevenson remarque à juste raison que les oisifs sont rarement inactifs, qu'ils se consacrent tout simplement à des activités que les autorités en place considèrent comme inutiles, voire nuisibles ; condamnation que la rédaction de ce texte encourt très certainement à son tour, j'en ai peur…

Oblomov – sans doute le plus célèbre paresseux de la littérature occidentale, et dans le comportement duquel s'est reconnue une partie de la fameuse Intelligentsia de l'époque au point de lui consacrer un nouveau mot de la langue russe : Oblomovtschina ! – Oblomov, lui, est un inactif déclaré. Mais si ceux que j'essaie d'évoquer ici ne peuvent être convaincus d'oblomovisme, bien au contraire, ils partagent toutefois avec lui une qualité fort appréciable : de par leur incapacité ou leur refus de participer de l'hystérie planificatrice et activiste de la société contemporaine, on ne peut non plus leur faire grief d'y ajouter quelque absurdité ou confusion supplémentaire (n'est-ce pas déjà beaucoup ?) ; cette attitude d'ailleurs, plus instinctive que réfléchie, les menant plus souvent qu'on ne pourrait s'y attendre à des extrémités quasi héroïques : ne parvenant pas à s'adapter à cet impératif catégorique qui veut que plaisir et travail soient nettement dissociés, ils préfèrent presque toujours se passer du nécessaire pour s'adonner au superflu.

Par bonheur, parallèlement, la société actuelle, et principalement de par l'évolution ultra-spécialisée de la science, a commencé de rendre de plus en plus mince, si ce n'est indiscernable en bien des occasions, la frontière qui sépare les hurluberlus que nous sommes des êtres qu'elle peut considérer à bon droit comme dignes de respect. Il semblerait même qu'elle ne puisse plus trop se risquer à en tenter la discrimination.

On m'a en effet raconté que les hautes autorités du CNRS avaient tout dernièrement eu la velléité de sanctionner l'un des chercheurs qui leur étaient subordonnés – celui-ci s'étant, hormis en ce qui concernait ses émoluments, quasiment « spectralisé ». Or – en dépit du fait que l'intéressé lui-même ne considérait pas la sanction comme totalement inique dans la mesure où, ainsi qu'il le reconnaissait sans détour, il avait parfaitement conscience *d'avoir un peu trop tiré sur la corde* – tous ses collègues chercheurs s'étaient coalisés en un grand élan généreux pour obtenir sa réhabilitation au sein de l'organisme, réussissant au passage à faire entériner ce précepte déontologique qui sans doute fera désormais jurisprudence auprès des instances supérieures : « Un chercheur est tenu de chercher, non pas de trouver ! » On voit combien cet événement, annonçant peut-être l'amorce d'une détente en ce qui nous concerne et – qui sait même ? – les prémices d'une reconnaissance officielle de nos occupations, peut nous apparaître rassurant.

Qu'il me soit permis, à ce propos, d'évoquer quelques autres souvenirs.

Du temps où j'étais un jeune espoir du tennis français et que j'avais été requis par la Fédération pour participer avec quelques camarades à un entraînement hebdomadaire dans un grand club parisien, sévissait encore, plus ou moins officiellement, un expert en balistique, myope comme une taupe, le brave M. Pelletier, qui venait nous expliquer au tableau noir, avec schémas à l'appui, la probable trajectoire des balles et leur rebond présumé d'après les effets et la puissance de frappe que nous leur imprimerions. Ce savant, qui n'avait jamais touché une raquette de sa vie, se montrait stupéfait lorsque nous lui prouvions par la pratique qu'une balle pouvait fort bien épouser une trajectoire ou manifester un rebond que sa théorie avait décrétés impossibles. Mais comme il n'était pas têtu, étant avant tout un chercheur à l'état pur, une fois sa surprise passée, il s'inclinait devant les faits avec une candeur émerveillée – parfois même de l'enthousiasme – et retournait à ses chers calculs afin d'élucider les étranges phénomènes.

Plus tard, me rendant régulièrement dans la principauté de Monaco, j'avais pris l'habitude de descendre dans un hôtel minuscule caché au creux d'une impasse étroite et obscure où végétaient les derniers artisans et petits commerces datant de l'époque de Marcel Pagnol.

J'y retrouvais inéluctablement deux professeurs de mathématiques à la retraite, Maréchal et Couturier, à qui leurs maigres subsides permettaient de conserver chacun une chambre sous les combles et de prendre leurs repas dans l'hôtel qui faisait pension de famille. Ces vieux messieurs aux allures bien respectables, encore qu'à l'ordinaire un peu négligés dans leurs costumes élimés datant d'époques antédiluviennes, passaient tout leur temps en conversations mathématiques incroyablement abstruses et complexes, chuchotant le plus souvent, dessinant des schémas hermétiques sur les nappes en papier qu'ils découpaient ensuite soigneusement pour les enfouir dans d'antiques serviettes de cuir, jetant des regards inquiets et soupçonneux dans les embrasures de porte... Un agent secret les eût sans doute pris pour de nostalgiques anarchistes d'arrière-garde s'évertuant à fabriquer une ultime bombe vengeresse.

Or si bombe il devait y avoir, ce ne serait que celle qui exploserait à la une des journaux à sensation le lendemain du Grand Soir où ils auraient enfin fait sauter la banque du casino à l'aide d'une des martingales miraculeuses qu'ils perfectionnaient inlassablement en secret depuis des années et dont ils allaient chaque soir vérifier la justesse à la roulette – toujours à la limite d'aboutir, jamais tout à fait au point, hélas !... –, revêtant pour ce faire deux magnifiques smokings achetés à tempérament et auxquels ils semblaient tenir comme à la prunelle de leurs yeux. Ces interminables discussions les faisaient parfois s'attarder au repas bien au-delà de l'heure impartie ; on leur présentait enfin leurs notes respectives qu'ils avaient coutume de calculer séparément chaque jour pour en ajouter ou en retrancher les sommes du contentieux qu'ils semblaient avoir ensemble, s'abîmant alors tous deux dans des séries d'opérations de la plus haute complexité, s'embrouillant et ne parvenant jamais à se mettre d'accord, jusqu'à ce qu'Angelo, l'aimable et spirituel maître d'hôtel qui les connaissait bien, vienne à leur aide et fasse le calcul mentalement.

Je les vis ainsi plusieurs années de suite avant d'apprendre que l'un d'eux, Maréchal, avait succombé à une crise cardiaque dans l'hôtel, quelques heures après qu'ils eurent enfin gagné une assez grosse somme à la roulette, mais d'une façon tout à fait fortuite dans la mesure où Couturier, qui avait coutume d'être le joueur de l'équipe et dont la vue commençait à baisser, ayant mal lu sur le petit carton qu'il consultait en catimini, les chiffres de leur combinaison du moment, avait joué un numéro légèrement différent de celui initialement prévu. Cette bonne fortune, hors de toute prévision et tellement étrangère aux laborieux efforts de leurs années précédentes, avait terrassé Maréchal et rendu Couturier inconsolable ; ce dernier, selon Angelo, s'en était retourné finir mélancoliquement ses jours à Tourcoing dont il était originaire, non sans avoir auparavant fait don de la somme si indûment gagnée à la Société rationaliste de France.

Mon grand-père, lui aussi joueur invétéré bien que pas du tout scientifique (tant s'en faut) et qui perdit même en une seule nuit la petite fortune qu'il avait amassée à Londres dans l'entre-deux-guerres, entretint par la suite pendant plusieurs années un savant autrichien qui vivait dans une des pièces du fond de l'appartement où il avait installé – d'après ma mère et ses sœurs parfois admises à venir contempler le fascinant assemblage – un réseau très compliqué de petites montagnes russes en Meccano, sur les pentes duquel circulait une bille de plomb chromé qui, une fois lâchée depuis le plus haut sommet du circuit, revenait presque à son point de départ (à dix ou quinze centimètres près) sans jamais parvenir à boucler intégralement la boucle. Cet éminent savant – qui finit par disparaître un beau jour non sans avoir auparavant, ainsi que nous le subodorons dans la famille, initié ma grand-mère aux joies et mystères de la physique compensatoire dans un style, je l'espère pour elle, moins mécanique que celui de ses expériences habituelles – recherchait le mouvement perpétuel…

Le grand mathématicien Koenig avait calculé que l'alvéole idéal n'était pas exactement celui que les abeilles édifiaient innocemment dans leur ruche ; il proposa donc un modèle légèrement amélioré que certains apiculteurs tentèrent même, sans aucun succès il faut bien le dire, de leur faire adopter, jusqu'à ce qu'un autre grand savant, Cramer, découvre que Koenig s'était trompé et que les dimensions de l'alvéole primordial – celui que les abeilles utilisaient depuis toujours et qu'entre-temps, un troisième savant, Maraldi, avait remesuré très soigneusement – étaient bien les plus parfaites possibles. Tout rentrait dans l'ordre !

Mais le plus exemplaire parmi tous ceux que j'ai eu l'occasion de rencontrer restera, sans nul doute, Samuel Benguigui.

Celui-ci habitait à Pau, au dernier étage d'une tour moderne, elle-même bâtie au bord d'une falaise surplombant d'une centaine de mètres la vallée du Gave. Âgé de soixante-dix ans, retraité de la fonction publique, Benguigui était devenu très calé en aérodynamique spatiale et passait de longs moments à faire des calculs savants, puis à dessiner des plans d'avions qui, autant que je m'en souvienne, étaient déjà par eux-mêmes fort esthétiques. Passé cette phase préparatoire qui pouvait prendre une ou deux matinées, rarement plus, Benguigui en venait à la construction proprement dite de l'appareil, dont l'insigne particularité consistait à être confectionné avec du papier exclusivement (en général, de vieux numéros de *Sud-Ouest*), le carton lui-même étant prohibé.

La fabrication terminée, Benguigui, qui était très méthodique, commençait par prendre une photo du prototype puis, si le temps s'y prêtait, passait à la phase finale et solennelle, aboutissement des efforts des journées précédentes : le lancement !

Quand j'étais présent, comme cela m'arrivait souvent à une certaine époque, Samuel allait chercher une bouteille de mousseux et nous trinquions ; puis, s'approchant à pas comptés jusqu'au bord du balcon qui, ainsi que je l'ai dit, surplombait une vaste étendue, il lançait le vaisseau de papier dans l'espace béant d'un geste ample et un peu emphatique. S'asseyant alors dans un fauteuil d'osier réservé à cet effet, enveloppé dans un plaid, un bonnet enfoncé sur la tête jusqu'aux oreilles, Benguigui surveillait les évolutions de son engin, lesquelles pouvaient varier entre la chute instantanée et une petite heure de plané élégant au-dessus du Gave, en direction des premiers contreforts des Pyrénées qui nous faisaient face dans leur hautaine splendeur condescendante – dans un cas aussi favorable, nous suivions les ultimes évolutions en nous repassant les jumelles jusqu'à ce que la frêle carcasse disparaisse derrière un rideau d'arbres…

J'ai appris depuis lors que Samuel Benguigui n'était pas seul de son espèce et que cette activité, assez répandue à travers le monde, se nommait la « papidurologie » !

En dernier lieu, j'aimerais encore signaler la création assez récente d'une association métropolitaine de Banalise, laquelle rassemble déjà quelques centaines d'adhérents dans tout le pays.

Les membres de cette institution fort respectable se retrouvent à des heures convenues dans des endroits très quelconques – arrêts d'autobus, pieds de colonnes Morris, buffets de gare, etc. – mais, et c'est là l'aspect remarquable de l'entreprise, sans avoir aucun motif précis pour se rencontrer ni rien de spécial à se dire ; d'après ce que j'ai pu comprendre, cette dernière condition étant même requise. Il n'est pas obligatoire non plus de venir effectivement aux rendez-vous, encore que cette dernière clause soit l'un des seuls objets de litige dans les rares discussions qui s'élèvent parfois entre les banalistes quand ils ont eu la chance de se retrouver. En général, la Banalise ne comporte aucune règle définie ; comme le déclare avec fermeté et enthousiasme son président et fondateur : « On est banaliste ou on ne l'est pas ; un point c'est tout ! »

Le grand congrès qui rassemble théoriquement tous les membres au même endroit pendant quelques jours est le point culminant de l'année banalitique. Les congrès de ces dernières années furent de grandes réussites.

D'après un couple de banalistes de ma connaissance, la principale activité des participants consiste à aller accueillir les arrivants le plus cordialement possible à la gare, puis à les accompagner à leur hôtel en proférant le plus possible d'interjections enthousiastes afin de couper court à toute velléité d'information sur l'ordre du jour, toujours à craindre de la part de certains nouveaux membres non encore pénétrés de l'esprit institutionnel. Au congrès lui-même, il n'est naturellement prévu aucun thème particulier, chacun étant requis à intervenir absolument quand il lui plaît et de préférence en coupant la parole à ceux dont les discours commencent à s'écarter de la plus stricte banalité. Puis la plupart du temps, après quelques jours de discussions désordonnées où chacun participe activement du brouhaha général sans être pour autant tenu d'écouter réellement son interlocuteur, les congressistes se séparent en se donnant des rendez-vous particuliers pour l'année en cours – la plupart ne donnant jamais suite car la majorité des banalistes note les adresses sur des bouts de papier volants qui ne tardent pas à s'égarer. Comme le déclare encore son président : « La Banalise ne veut en rien se distinguer de la vie en général, sauf, justement, par la volonté de ses membres d'en avoir une conscience aiguë et par leur désir de se rassurer mutuellement – et le plus souvent possible – à ce propos ! »

En réalité, cette population d'excentriques et d'originaux, de dilettantes, de « tueurs de temps » ou de banalistes – irréductible en elle-même – a toujours survécu un peu partout, quels que soient les régimes, les événements et les bouleversements sociaux – non pas loin de l'activité mais juste à côté, parallèlement à elle, pourrait-on dire ; doucement, mais opiniâtrement indifférente à ce qui ne concernait pas ses marottes.

Mon père, quand j'étais adolescent et qu'il me voyait préoccupé par je ne sais quelle tournure prise par les événements, avait coutume de me répéter : « Dis-toi bien, fiston, qu'au cours de toutes les circonstances de l'histoire, il y a toujours eu des pêcheurs à la ligne. » Or Jünger raconte, dans son journal d'occupation que j'ai lu beaucoup plus tard, qu'entrant dans Paris déserté par l'exode, juché sur un des chars de sa compagnie et passant sur le pont de la Concorde, il remarque, en contrebas des piles du pont, un type très paisible qui pêche tout en fumant tranquillement sa pipe.

Pareillement, si nous entrons dans n'importe quel musée d'art asiatique ancien et que nous nous dirigeons vers les collections chinoises, nous tomberons certainement à un moment ou à un autre, faiblement éclairé derrière sa vitrine, sur l'un des grands rouleaux de parchemin exquisément peint par l'un de ces mystérieux artistes Tch'an des anciens temps, et nous y verrons, probablement représentés dans leur uniforme rutilant et multicolore, les innombrables soudards redoutablement féroces de deux armées rivales – arborant de magnifiques bannières peinturlurées sur lesquelles des dragons crachent le feu – en train de se tailler généreusement en pièces dans des combats sans merci.

En approfondissant notre examen, nous finirons bientôt par découvrir dans un coin du rouleau, généralement dissimulé derrière un rideau d'arbres, un étang à moitié couvert de nénuphars où vient se jeter en bouillonnant joyeusement un torrent qui dévale de la montagne en gracieux zigzags. À la surface de cet étang, sous un saule vaporeux avoisinant d'autres arbres couronnés de fragiles fleurs blanches, non loin de quelques canards méditatifs qui se laissent dériver sur l'onde parmi des lambeaux de brume, repose une barque dans laquelle un petit personnage coiffé d'un chapeau de paille pêche sans se soucier de rien. Et, si nous avons encore la patience de déchiffrer les notes érudites qui accompagnent d'ordinaire ces peintures, nous apprenons que, pour les ermites du Tch'an, le pêcheur à la ligne (particulièrement s'il est un peu ivre de vin de riz) représente le plus parfait symbole de la sagesse. Sur l'un de ces rouleaux qui se trouve au Metropolitan Museum de New York, la minuscule sentence calligraphiée en chinois et qui flanque la tête du pêcheur a été traduite en anglais et dit ceci :

> « *Right and Wrong reach not where men fish*
> *Glory and Disgrace dog the official riding his horse.* »

Lin Yu Tang, philosophe chinois contemporain exilé en Amérique, dans son fameux livre *L'Importance de vivre*, nous déclare :

> « Après une longue exploration de la littérature et de la philosophie chinoises, j'arrive à la conclusion que leur plus haut idéal a toujours été un homme détaché (*Ta Kuan*) de la vie et sagement désenchanté. Cette sagesse engendre une certaine hauteur de caractère qui donne la possibilité à chacun d'avancer

dans l'existence avec une ironie tolérante, d'échapper aux tentations de la gloire, de la richesse, des exploits, et finalement, d'accepter les événements. De ce détachement découlent aussi le sens de la liberté, l'amour du vagabondage, de l'orgueil, de la nonchalance. Car seul le sens de la liberté et de l'oisiveté permet d'atteindre la joie de vivre intensément [...] La jouissance d'une vie oisive ne coûte pas cher. Le vrai goût de l'oisiveté s'est perdu dans les classes riches et ne se trouve plus que chez les gens qui ont un suprême mépris pour l'argent. Il provient d'une richesse intime de l'âme chez un homme qui aime la vie simple et qui s'impatiente de devoir la gagner. Il y aura toujours assez de vie pour en jouir, pour un homme qui est déterminé à le faire.»

Or, si depuis l'aube des temps humains les Chinois ont toujours révéré une certaine forme d'oisiveté, le monde animal offre à notre admiration un exemple de dilettantisme naturel plus ancien et plus parfait encore.

Il semblerait que le paresseux – et cela, sous l'aspect où nous pouvons l'apercevoir de nos jours dans certaines parties de la forêt amazonienne – ait survécu à toutes les vicissitudes de la vie sauvage depuis les temps préhistoriques les plus reculés. Constatation qui paraîtrait infirmer de manière décisive la sacro-sainte théorie du «struggle for life». Comment concilier celle-ci en effet avec la fabuleuse pérennité d'un animal aussi peu doué pour la compétition ?

Il n'est d'ailleurs sans doute pas fortuit que ce soit précisément un chercheur américain, J. K. Summerville, qui ait consacré près de quinze ans de sa vie à guetter, au sein de son milieu naturel, les rares évolutions de cet insouciant réfractaire.

Pour ce faire, et comme c'est devenu la mode depuis Konrad Lorenz qui, en son temps, a séjourné des mois entiers immergé jusqu'à la ceinture dans un étang boueux pour mieux s'intégrer à un groupe de palmipèdes sur lequel il avait jeté son dévolu, il semble que Summerville ait tenté de s'imprégner totalement des mœurs du paresseux – opération qui devait rapidement s'avérer beaucoup plus acrobatique et ascétique qu'il ne l'avait tout d'abord escompté, dans la mesure où l'animal reste parfois accroché jusqu'à dix jours de suite à la même branche sans manifester la moindre velléité de changer de position (à dormir ou à méditer ? cela reste incertain et les conclusions de J. K. ne sont pas formelles sur ce point), puis n'en descend que sous l'empire de l'extrême nécessité : la faim et la défécation (« pendant la petite et la grosse commission, assure J. K., il ferme les yeux avec une expression que nous oserons qualifier de plaisir tranquille ») ; que de surcroît, le paresseux, une fois qu'il est à terre, prend tout son temps, ne se déplaçant qu'à la vitesse de cinquante mètres à l'heure, tombant fréquemment dans d'étranges distractions au cours desquelles, oubliant visiblement son projet initial, il se prélasse dans l'herbe le ventre au soleil – dormant ou méditant de nouveau, plus ou moins indéfiniment... (Dans l'eau, le paresseux se montre plus à l'aise encore : étant le seul animal de la création à nager sur le dos, son énorme estomac faisant office de bouée et lui permettant de flotter, il n'a qu'à user de ses bras comme de petites rames pour se propulser indolemment sur les ondes...)

Enfin – et nous touchons là au côté sublime des observations opérées sur cet animal –, à considérer les photos prises par Summerville, il apparaît que le paresseux, au cours des nonchalantes allées et venues ou méditations somnolentes qui composent ses habitudes, ne se départ jamais d'un sourire que nous ne pouvons décrire autrement que comme l'expression d'une complète béatitude. (« Le paresseux serait-il un bienheureux ? » s'interroge anxieusement le chercheur américain.)

Mais le plus surprenant de ce que nous rapporte Summerville reste les mœurs érotiques et sexuelles de l'animal : si les approches amoureuses traînent péniblement en longueur, une fois accouplés, et contre toute attente, les partenaires se déchaînent en une longue série de spasmes frénétiques sans la moindre pudeur ni la moindre inhibition – puis retombent épuisés mais toujours ravis, dans leur demi-léthargie coutumière. (J. K. avoue sa perplexité sur ce point : manifestent-ils un réel enthousiasme ou subissent-ils les lois de l'espèce ?)

Quoi qu'il en soit, l'article où j'ai pu recueillir tous ces renseignements à propos des recherches de Summerville nous laisse entendre que, depuis son retour, l'illustre chercheur connaît certaines difficultés à retrouver le rythme de la « vie active ». Il semblerait que J. K. ne sorte plus que très rarement de chez lui, que ses éditeurs se plaignent amèrement de l'extrême lenteur avec laquelle il poursuit la rédaction de son ouvrage tant attendu *Comprendre les paresseux* et que sa femme ait toutes les peines du monde à le convaincre de bien vouloir s'extirper du hamac qu'il s'est installé sur la mezzanine et où il séjourne des journées entières… (À dormir ou à méditer ? les auteurs de l'article semblent ne pas être en mesure de le déterminer formellement.)

D'aucuns parmi nous prétendent maintenant que nous entrons dans la civilisation des loisirs, que l'énergie jusqu'à présent déployée dans le monde du travail sera désormais canalisée vers un vaste univers de divertissements, que nous les dilettantes, quittant par là même notre statut de marginaux, pourrions enfin, ainsi que le souhaite Samuel Johnson, trouver de nombreux et nouveaux camarades de jeux.

Qu'il me soit permis d'en douter.

Ne suffit-il pas d'observer l'esprit général qui règne déjà dans les grandes réalisations en place du tourisme, des clubs de vacances, du sport et de la culture de masse pour constater que ceux dont c'est le tempérament indéfectible que de produire et de s'activer ne peuvent s'empêcher, quand ils se mêlent soudain de divertissement, d'introduire à nouveau dans leurs distractions – inconsciemment tout d'abord, puis délibérément – les principes fondamentaux qui les ont toujours animés : efficacité, rentabilité, professionnalisme, rédemption par la souffrance ? (Avez-vous jamais eu l'occasion de contempler ces nouvelles gigantesques processions de flagellants modernes que constituent à l'évidence les coureurs de marathon ou autres joggers qu'on croise dans les rues, le visage crispé par l'effort, tout leur être tendu vers le rachat de leur âme ?)

Or, que nous le voulions ou non, cela ne sera jamais pour nous autres, incurables épicuriens !

Quand bien même nos activités en viendraient à se confondre en apparence avec les leurs, qu'elles en différeraient profondément. Il serait en effet difficilement concevable que nous réussissions jamais à nous débarrasser de l'amateurisme désinvolte qui nous caractérise. En bref, tandis que nous continuerons à nous divertir gentiment, eux, comme le dit excellemment un humoriste moderne, « travailleront dur, les pauvres, à s'amuser » !

Nous pourrions du reste nous demander dans quelle mesure la nouvelle société des loisirs tolérera cette irréductible inaptitude de notre part. Nous permettra-t-elle de délaisser ses compétitions et de dédaigner sa soif de performances ? Ne cherchera-t-elle pas à débusquer puis à confondre les amateurs clandestins ? À la suite de quoi, ceux-ci seraient doucement mais fermement remis sur le droit chemin des loisirs « sérieux ». On sait avec quelle attentive sollicitude la collectivité moderne ramène à elle les brebis égarées !

En une aussi sinistre occurrence, quelle alternative s'offrira encore à nous ? Devrons-nous pratiquer en cachette, dissimulés dans de nouvelles catacombes ? Communiquer entre nous par messages chiffrés et montrer patte blanche aux autorités ? Aurons-nous encore le recours de nous réfugier dans ces contrées (du moins pour le laps de temps où elles-mêmes continueront de résister) qui, de tous temps, furent la patrie des excentriques : les îles Britanniques ? Connaîtrons-nous alors une existence semblable à celle de ce Jenkins, mentionné par Edith Sitwell dans son recueil *Les Excentriques anglais* et qui, « à cette date dans sa cent cinquante-septième année, s'activait toujours ? Son biographe nous apprenant dans un transport d'admiration, poursuit-elle, que ce personnage passa le dernier siècle de sa vie à pêcher et qu'on le voyait souvent nager dans les rivières, les poils de sa barbe flottant comme des herbes sur les rides de l'eau » ?

Du moins puis-je affirmer que tout dernièrement, et comme cette dernière anecdote, je l'espère, va en témoigner, la situation s'y montrait aussi favorable que par le passé.

Alors que je me promenais au cœur de l'hiver anglais et par un jour venteux dans une allée du jardin public qui domine le troupeau serré des petites maisons de brique rouge formant le quartier ouvrier de la ville de Sheffield, au détour d'un massif qui me l'avait masqué jusque-là, je tombai sur l'un des respectables sujets de

Sa Majesté en plein exercice : arborant une belle moustache bien taillée, coiffé d'une casquette de tweed et couvert d'une veste matelassée qu'il portait sur veston et cravate, la pipe à la bouche, assis sur une chaise pliante au milieu d'un terrain gazonné, il tenait d'une main la bobine, et de l'autre le fil qui, dans une longue courbe gracieuse, le reliait à un superbe cerf-volant rouge perdu dans les hauteurs d'un ciel mouvementé où de gros nuages chargeaient au pas de course ainsi que des éléphants furieux.

Comme je passais devant lui en le saluant de la tête, il m'interpella :

« Pourriez-vous être assez aimable pour tenir ceci quelques instants ? »

Je répondis que j'en serais enchanté et il me passa la bobine et le fil que je tins à bout de bras, fort étonné d'ailleurs de la puissance de traction qui s'y exerçait, tandis que lui, plongeant la main dans une espèce de cabas comme ceux dont on se sert pour faire le marché, en sortit une bouteille Thermos d'où il se versa, dans une timbale, un thé brûlant qu'il mélangea au lait d'un minuscule berlingot tiré de sa poche de veste, et commença tranquillement de boire à petits coups tout en me surveillant du coin de l'œil :

« Pas si fort, mon garçon, détendez-vous, laissez-lui un peu de mou ! »

Puis, sortant une deuxième timbale, toute cabossée celle-ci, il me demanda :

« Un peu de thé ?

– Volontiers. »

Quand il eut versé le thé et le lait dans la timbale qu'il me destinait, il me la tendit et reprit la bobine et le fil ; je bus lentement, debout à ses côtés, tandis que le vent redoublait d'efforts comme pour lui arracher le fil des mains. Il y eut un long moment pendant lequel il manœuvra en silence, les yeux levés vers le ciel, résistant avec flegme aux assauts venus d'en haut ; puis, sans tourner la tête, il me dit soudain :

« Quel temps merveilleux n'est-ce pas ? »

Espérons cependant que l'évolution des mœurs n'en vienne jamais à des extrémités aussi incommodes que celles évoquées plus haut et que nous n'ayons dans le futur, ainsi que nous en avons l'usage, rien de plus à affronter que la réprobation plus ou moins méprisante des honnêtes gens, qu'en outre, quand ils nous questionneront avec incrédulité, selon leur habitude, à propos de ce qu'ils considèrent comme nos étranges activités, nous aurons l'esprit de nous souvenir de ce qu'avait coutume de répondre en pareille occasion Ryokan, le moine Zen :

> « … dans le printemps aux cent fleurs, sur les grandes allées
> je joue à la balle
> si en chemin un passant m'interroge je réponds
> “je suis un homme oisif à une époque de paix”. »

La mort de Perdita, chat parisien

Cette habitude au long des années de sentir le poids de son corps alangui par le sommeil peser au bout de mes pieds, chaque nuit… – que souvent d'ailleurs je repoussais un peu plus au large, trouvant qu'il en prenait trop à son aise, s'étalant dans toute la largeur du lit ; mais en même temps à chaque fois (oui je peux bien dire à chaque fois) secrètement ému de la confiance manifestée par son complet abandon à mes côtés, dans des poses d'une étonnante lascivité, charmé en vérité jusqu'au fond du cœur par la tendre amitié de l'étrange et fascinant petit animal sauvage – à la fois conditionnellement (ne vous avisez pas d'être trop négligent avec les chats !) et constamment fidèle.

Toutes ces fois où je suis parti dans la nuit, une lampe électrique à la main, pour l'appeler, inquiet soudain vers quatre heures du matin de son absence, lui, dont j'avais coutume d'entendre et d'identifier (avec un frisson de plaisir et de reconnaissance du plus profond de mon sommeil) le bruit ténu des pattes remontant l'escalier de bois, puis le trottis sur le parquet, juste avant le saut – moins discret et plus lourd – sur le lit où il venait se loger contre mes pieds… À ces instants, en effet, où je l'appelais dans la nuit et l'attendais (car il y avait toujours un long intervalle avant qu'il ne réponde – sans doute tout à son affaire à guetter quelque proie sous la lune) et où je finissais par entendre son miaulement caractéristique de réponse. Un miaulement, à bien me le remémorer, et j'hésite ici à l'écrire car je crains de tomber pour le coup dans un sentimentalisme excessif – mais c'est pourtant bien la réalité de mon souvenir –, étrangement pathétique ! Comme si lui-même avait craint un moment de s'être perdu.

(Je songe, d'ailleurs, que mon impression n'est peut-être pas si absurde, en ce sens – j'ai une imagination très fertile à ce sujet… – qu'une amitié aussi longue et constante entre un animal et un homme, spécialement un chat, reste quelque chose d'extraordinairement artificiel et qui ne peut aller que dans le sens d'une assimilation relative de l'animal à la sphère humaine. Or, par ces nuits de chasse où il était sans doute puissamment repris par ses instincts sauvages, je suppose que le frêle lien qui le rattachait à nous se distendait jusqu'au point de rompre presque et que c'est à cet instant – l'avais-je pressenti au milieu de mon sommeil ? – que je le rappelais à l'ordre de notre amitié, d'où peut-être alors l'accent pathétique de sa réponse – *comme revenue de loin…* ?)

Toutes ces fois, au cours de ces merveilleuses après-midi de farniente poétique que j'ai su me ménager dans la vie de tous les jours et où j'ai intérieurement adressé une petite oraison au très antique dieu des félins pour l'indéfectible compagnie du mien, assis ou endormi à mes côtés tandis que je lisais ou écrivais !…

Les nombreuses autres fois où je l'ai contemplé – après l'avoir surpris dans un de ses lieux de prédilection du jardin – complètement abandonné parmi les herbes ou sous un massif, dans une attitude de relâchement si confondant que j'en étais saisi d'une sorte de concupiscence et de nostalgie !… – cette puissante nostalgie de l'innocence animale qui fait que nous sommes si nombreux à nous enticher d'animaux de compagnie, lesquels nous permettent de conserver un lien avec cette part négligée qui continue de nous hanter malgré tout… – malgré nos pathétiques efforts, mon Dieu ! vers la rationalisation de nous-mêmes ?!…

> « Je suis heureux parce que leur coassement (celui des grenouilles qu'il entend depuis la terrasse de chez lui) me dit que les animaux ne nous ont pas encore abandonnés, que malgré nos péchés, peut-être grâce à leur innocence à eux, ils ne nous ont pas encore tourné le dos et qu'ainsi peut-être, un jour nous pourrions être sauvés. »
>
> (Aleksandar Tisma, texte sur le bonheur, *Libération,* août 1993)

Pour en revenir à ces nombreuses après-midi de parfait bonheur contemplatif, ces après-midi orientales passées en sa compagnie, j'ai souvenir d'un petit texte improvisé au musée de Philadelphie en face d'un tableau de Chagall (qui est exposé là) et ensuite repris dans mes cahiers :

> « La toile intitulée *Trois heures et demie, le poète* est exécutée dans la manière lyrico-cubiste qu'il mit au point à cette époque (1911). Le poète, élégamment vêtu d'un costume *bleu des beaux jours*, boit son thé la tête posée à l'envers sur le buste. Sa tête est verte – d'un vert qui apparaît presque phosphorescent par rapport aux autres couleurs du tableau. Son beau visage anguleux pointe un œil rouge vers des hauteurs perdues, un œil inspiré, précisément inspiré par quelque vision. Sa main droite tient un crayon et sur la table du déjeuner dont les reliefs et les ustensiles ont été repoussés, repose un carnet couvert d'une

fine écriture serrée. Un chat, vert lui aussi, lèche la main du poète… Le coup de génie de cette évocation est l'idée "hassidique" de la tête posée à l'envers sur le buste, la tête chavirée vers le ciel, qui suggère le non-conformisme angélique de l'inspiration poétique. Les poètes : ces êtres qui n'ont rien de mieux à faire à trois heures et demie de l'après-midi que de noter leurs précieuses émotions dans de petits carnets, tout en buvant du thé, la tête perdue dans les nuages, et à qui les chats tiennent compagnie !… Je consigne ceci dans mon carnet alors qu'il est précisément trois heurs vingt et que sur le petit sofa vert près de ma table le chat Perdita, roulé en boule, dort profondément… »

Pour ne pas me dérober à la fatale (et j'aurais envie de dire *kaléidoscopique*) illusion récurrente qui anime tous les amis des chats, je dois admettre que je considérais, bien entendu, Perdita comme un chat tout à fait exceptionnel ! (Nous l'avions appelé ainsi parce que nous avions cru en le recueillant – dans une cour d'immeuble parisien où il semblait perdu – qu'il s'agissait d'une chatte, avant de découvrir que c'était un chat androgyne !…) À tout le moins était-ce un véritable animal de compagnie qui prenait part aux plus menues péripéties de notre vie quotidienne. Il était par exemple impensable qu'ici même à la Combe del Lys, je sois en train de faucher ou de débroussailler, sur l'une des hautes terrasses qui surplombent la maison, sans qu'à un moment ou un autre je ne finisse par remarquer sa présence – assis tranquillement à quelque distance mais, ainsi que font les chats, sans paraître du tout conscient de ma proximité, comme absorbé par quelque invisible entité.

Quelqu'un m'a dit une fois que la qualité des relations intimes avec les chats était fonction du temps passé en leur compagnie. Ce que je n'ai aucune peine à croire pour l'avoir expérimenté et qui explique sans doute le commerce privilégié des écrivains et des chats.

Ainsi que cela se produit souvent, à ce qu'il semble, ce fut lui qui « s'impatronisa » dans notre vie, s'imposant avec une telle détermination et aussi une telle prescience du point faible en nous ! Dès qu'il eut croisé notre route, il ne nous lâcha plus d'une semelle, couchant sur le paillasson, cherchant à s'introduire à la moindre occasion, nous suivant dans la rue parmi des dizaines d'autres voisins, etc. – au point que nous ne pûmes, vaincus et flattés par cette élection, différer plus longtemps son adoption, et ce en dépit des conditions de logement exiguës qui étaient les nôtres à cette époque.

C'était un très grand chat, plus haut et long que la moyenne, ce qui lui évitait la plupart du temps d'avoir à se mesurer avec les autres et lui permettait même de tenir en respect bon nombre de chiens. Cette particularité lui octroyant encore l'avantage, lorsque le combat s'avérait inévitable avec l'un de ses congénères, de s'en tirer très facilement : l'assaillant (je ne l'ai jamais vu attaquer le premier, étant lui-même d'un naturel pacifique et dégagé des affres de la passion amoureuse par sa spécificité hors norme) l'assaillant, donc, se retrouvant invariablement éjecté un peu plus loin par ses longues pattes arrière, après quelques roulades dans la poussière accompagnées des terribles cris que poussent habituellement les chats en de telles circonstances – comme si Perdita avait pratiqué, en l'occurrence, une sorte d'aïkido félin fort efficace.

Dans les premiers temps de son adoption nous voyageâmes beaucoup et nous emmenions Perdita partout avec nous. Il était étonnant de voir la faculté d'adaptation de cet animal. Là où nous demeurions, il prenait immédiatement les mesures du lieu, en flairait les dangers et en repérait les commodités, ne s'écartant en aucun cas du périmètre imparti. Il ne lui advenait jamais, par exemple, de s'aventurer sans nous hors des limites du jardin de l'hôtel ou de la maison qui nous abritait – comme s'il avait parfaitement compris que sa sécurité en dépendait. Lorsque nous séjournions, comme c'était souvent le cas, en pleine nature, établissant notre campement au milieu d'un pré et que nous devions nous déplacer avec la voiture dans la journée, nous laissions Perdita tout à son affaire dans les fourrés des alentours, sûrs de le retrouver à notre retour, le soir, couché sous la tente.

Lorsque nous demeurions à Paris dans notre petit appartement sous les toits, nous avions pour devise de ne pas l'assujettir à rester enfermé et nous le laissions circuler à sa guise jusque dans la cour en bas de l'immeuble, celle-ci étant suffisamment vaste et arborée pour qu'il puisse y vaquer à ses affaires de chat parisien. Or il avait élaboré une tactique – l'intelligence des chats étant stimulée par leur paresse pour tout ce qui concerne les efforts purement utilitaires – afin de se faire remonter dans l'ascenseur jusqu'au septième étage par certains voisins avec qui il s'était lié d'amitié. Il avait son massif touffu près de la porte d'entrée, qui lui servait de cachette-observatoire et d'où il pouvait guetter sans être vu lui-même les « personnes adéquates ».

Mais tout ceci n'est qu'anecdotes banales dont tout amateur de chats peut fournir l'équivalent.

Ce qui doit me rester ce sont ces longs moments passés ensemble, moi lisant ou écrivant, lui non loin de là dans sa posture de « réflexion calme » (la posture que le yoga des chats nomme, selon Claude Roy : *Pétale-*

creux - du-lotus-noir [et blanc] – *recueillant la rosée-du-temps…*). Oui, ces longs moments passés ensemble dans le simple bonheur de se sentir exister face à tout, face à ces gouffres qui – par les jours de pluie près du feu rougeoyant, par les après-midi ensoleillées sur le divan de la bibliothèque ou les nuits d'hiver assoupis ensemble, mes pieds touchant sa chaude fourrure à travers la couverture – s'ouvraient sans doute béants juste en dessous de la petite plate-forme de bonheur sur laquelle nous parvenions à nous maintenir en équilibre – dans la fabuleuse et légère ébriété du présent…

Il y eut inévitablement aussi toutes ces occasions où je pus l'observer en train de jouer longuement avec une souris et je dois dire que j'ai fini par ressentir avec force la profonde et très antique kallisthénie qui embrasse alors la proie avec son prédateur. Aucune méchanceté ni réelle cruauté – au sens où nous l'entendons d'ordinaire, nous autres humains éventuellement pervers… –, la simple soumission, innocente et candide, à la loi souveraine et antagoniste des espèces. Herman Melville (je crois que c'est dans *Benito Cereno*), décrivant un félin jouant ainsi avec sa proie, nous met en garde : si nous éprouvons une quelconque prévention à admettre cette pratique, il serait préférable que nous abandonnions la lecture de son livre car nous ne saurions non plus participer au jeu que l'auteur lui-même instaure avec son lecteur !…

Ah ! mais les souvenirs sont sans fin ! Il me paraît d'un seul coup difficile de ne pas évoquer cette façon inimitable qu'il avait – le seul parmi tous ceux que j'ai connus – de boire du lait dans une soucoupe ou dans un bol. S'asseyant un peu en décalage et sans baisser la tête, très dignement, il trempait délicatement sa patte dans le lait pour ensuite la lécher tranquillement, consciencieusement... pratique d'une rare élégance qu'il pouvait poursuivre pendant près d'une heure avec la même componction.

Ce qui m'amusait encore beaucoup était de l'observer en train de chasser dans la prairie derrière la maison de l'Aveyron. Tapi des heures durant, comme absent de lui-même, telle une statuette, tandis que les hautes herbes se balançaient doucement dans la brise, que des oiseaux rapides s'entrecroisaient au-dessus de sa tête – imperturbable ! Jusqu'au moment où, se relevant imperceptiblement, dressant les oreilles, piétinant sans bruit des pattes arrière, il semblait sur le point de bondir... mais non ! Rien ! Fausse alerte. Et la même attente interminable, d'une patience infinie, reprenait son cours. On eût dit qu'il réussissait à ralentir le flux des heures jusqu'à un état limite de frêle équilibre : une minuscule flamme d'attention maintenue à la pointe du présent !...

N'est-ce pas d'ailleurs ce qui nous fascine tant chez les chats : cette impression qu'ils donnent de si parfaitement maîtriser le Temps ?

Parfois, Perdita nous accompagnait dans de longues promenades de plusieurs kilomètres. Nous devions nous arrêter constamment pour l'attendre. Avec la circonspection propre aux félins, il s'immobilisait toutes les deux ou trois minutes, puis filait à couvert dans les maïs ou les tournesols, pour suivre un chemin parallèle au sentier lui-même – trop à découvert ! On sentait dans ces moments-là, de façon tout à fait palpable, le mélange exact d'excitation folle et d'inquiétude souveraine qui le partageait.

Je me souviens tout particulièrement de cette fois, il y a quelques années de cela, où nous sortîmes – accompagnés de Perdita et du petit chien comique de la voisine –, au beau milieu de la nuit et par la pleine lune d'août, laquelle figeait le plateau des Bruères sous son magnétisme hypnotique : pas le moindre souffle, le moindre bruit, ni le moindre mouvement… On eût pu croire s'avancer au sein d'un monde spectral interdit. Nous quatre, sous l'éclairage opalescent de cette grosse boule quasi surnaturelle, d'une immobilité un peu inquiétante au plein centre du ciel, on eût pu croire être passés, par mégarde, *à travers le miroir*…

Or ce dont je me souviens avec le plus d'étonnement, s'agissant de cette escapade nocturne, reste le lien énigmatique qui semblait unir l'astre resplendissant au regard mesmérisé du chat… Les Égyptiens sans doute en surent-ils plus long que nous sur les secrètes accointances entre Bastet et la Lune !…

Ces dernières années, Perdita semblait tout particulièrement se plaire à la Combe del Lys.

Dans ce lieu naturellement enclos par le cirque des collines et entièrement isolé, il pouvait régner sans partage. On peut dire qu'il l'explora sous tous les angles, ayant très vite, bien entendu, élu ses postes de guet, de méditation et de sieste. Endroits bien déterminés où nous savions pouvoir le trouver à coup sûr selon les heures de la journée et l'ordre des saisons : les chats, grands hédonistes devant l'Éternel, repérant avec exactitude les endroits où le soleil se pose en premier et se retire en tout dernier dans les jardins et les maisons.

C'était donc toujours un crève-cœur que de devoir le renfermer dans son panier à la mi-octobre lorsque le moment du retour à la ville était venu. C'est pourquoi lorsqu'à la fin de l'été dernier, je vins le tirer d'un de ses sommes de bienheureux – profondément assoupi, étalé sur le dos, son ventre blanc au soleil, les quatre pattes en l'air avec les extrémités légèrement et gracieusement retournées vers l'intérieur – je me sentis bien misérable... et tant il est vrai aussi qu'en ce qui concerne les êtres qui nous sont chers, nous sommes, sans nous l'avouer expressément, souvent visités par le pressentiment, je sentais confusément ce matin-là que je ravissais Perdita à son dernier grand plaisir solaire en ce bas monde ; aussi hésitai-je longtemps avant de l'éveiller : « Encore une minute ! Monsieur le bourreau !... »

Nous savions, hélas, que ce chat était vieux – nous estimions son âge aux environs d'une douzaine d'années – et il avait déjà donné des signes de fatigue mais nous pensions, bien entendu, que les choses dureraient encore un certain temps. N'en va-t-il pas toujours ainsi ? nous pensons pouvoir faire durer les choses... disons... *indéfiniment un certain temps encore !...* Cependant il était devenu gros, ne se déplaçait plus qu'avec parcimonie, ne manifestant plus aucun désir de s'aventurer à l'extérieur, et passant, à vrai dire, le plus clair de son temps assoupi sur les canapés. Nous étions obligés – paradoxe de notre attachement à l'animalité... – de le rationner sévèrement, de lui imposer un régime ! Il demeurait néanmoins, comme par le passé, le même accompagnateur attentif et câlin aux heures privilégiées de la lecture, de l'écriture, des repas et aussi des quelques films que nous tentions (parfois le soir et depuis peu) de visionner, sur l'antique poste de télévision en noir et blanc (dont l'image déformée transformait les êtres en hydrocéphales courts sur pattes) que les parents de Judith nous avaient rapporté de la campagne.

Tandis que là-haut, dans notre petit appartement sous les toits, un palpitant « thriller » à l'américaine nous avait plongés dans l'anxiété artificielle (et, à bien y songer, c'était aussi un discret symbole du bonheur existentiel de nos années présentes), il était toujours délicieux et merveilleusement réconfortant de jeter un regard sur lui – sagement assis en sphinx entre nous deux, face au téléviseur – et de contempler les images se refléter en tout petit dans le miroir effilé de ses yeux incompréhensifs où elles venaient, eût-on dit, s'annihiler, se résorber philosophiquement dans l'insignifiance… À l'entr'apercevoir furtivement à ces moments-là – tandis que sur l'écran, l'héroïne, bien entendu désarmée, poussait innocemment la porte entrouverte du logement, apparemment désert, de l'homme aux manières étranges dont elle restait bien la seule à ne pas avoir deviné qu'IL était le tueur fou !… – oui, à l'entr'apercevoir alors, j'éprouvais toujours comme une sorte de petit rire intérieur, à la fois gai et sarcastique, et je le remerciais secrètement pour sa placide équanimité.

J'éprouvais d'ailleurs tout à fait le même sentiment lorsque, nous étant échauffés jusqu'au point d'incandescence dans l'amour ou bien dans les querelles – Judith et moi – et que, perdant la tête, nous avions tous deux plongé (ainsi qu'il est d'usage pour les humains) dans le délire du plaisir ou de l'argumentation débridée, soudain mon regard tombait sur lui, assis très calmement, ramassé sur lui-même et nous observant placidement, sans bouger, comme si rien, absolument rien ne se passait… ses yeux grands ouverts fixant la teneur véridique de l'existence ; bien au-delà, mon Dieu ! des nécessaires et vaines ardeurs qui nous agitaient !….

La présence à nos côtés des animaux de compagnie – ainsi que l'habitude s'en répand largement – répond sans doute au besoin subconscient, que j'évoquais plus haut, de conserver un contact avec le monde naturel (qui fuit, dirait-on, sans espoir de retour), mais aussi peut-être (et à un niveau plus profond cette fois) avec le mystère métaphysique, lequel, en dépit de nos croissantes et présomptueuses sophistications conjecturales, continue de nous ballotter telles de petites poupées de sel à la surface d'un océan... et dont les animaux témoignent en silence, nous rappelant discrètement à l'ordre de notre condition sur cette planète.

Cependant, très progressivement, notre petit compagnon commença de perdre l'appétit, puis cessa de manger. Judith l'emmena chez le vétérinaire qui lui administra un laxatif et une piqûre pour stimuler son appétit. Au retour, il se jeta sur la nourriture et je me souviens nettement d'avoir eu la tentation de le soustraire à cette fringale immodérée. Je ne sais ce qui m'arrêta. Toujours est-il que le soir même, il présenta les signes d'une affection plus grave : le poil hérissé, haletant et tremblant, il respirait difficilement. Nous décidâmes pourtant d'attendre le lendemain, voulant croire à une indigestion. C'est alors que, sans le savoir, j'eus avec lui mon dernier contact amical : je le caressai longuement et en dépit de sa respiration sifflante, il ronronna encore, clignant doucement des paupières...

Le lendemain matin, la situation avait empiré. Sa respiration était entrecoupée de spasmes. Judith se préparait à le ramener chez le vétérinaire. J'étais inquiet et comme je devais descendre pour donner une de mes leçons de tennis, je vins saluer le chat. C'est à cet instant sans doute que j'eus une réelle prémonition – sans pourtant la considérer pleinement, par superstition, je crois –, je me penchai sur lui et le caressant rapidement je lui dis : « J'espère te revoir tout de même ! » Puis je sortis. Une fois dans l'ascenseur, j'eus une soudaine impulsion : Pourquoi ne l'avais-je pas pris dans mes bras et embrassé ? Quel idiot j'étais ! J'eus la velléité de vouloir arrêter l'ascenseur, or celui-ci avait déjà entamé sa tranquille (doucereuse) descente vers les étages inférieurs et je risquais de me mettre en retard.

Lorsque je remontai, deux heures plus tard, je trouvai Judith prostrée sur le divan.

« Ça va ?

– Moi, oui ! Mais le chat est mort ! » me répondit-elle sans oser me regarder.

Mon cœur s'arrêta. Je restai hébété et stupide !

Judith me parlait, elle racontait : la radio, le cancer généralisé, le conseil du vétérinaire, la piqûre pour abréger l'agonie, etc.

Mais je n'écoutais que d'une oreille – tant j'étais requis intérieurement à fixer sa dernière image d'il y avait deux heures : comme si j'allais inespérément – en m'accrochant à cette ultime trace très récente dans ma mémoire, m'arc-boutant sur elle de toute la force de ma volonté – pouvoir… je n'aurais su dire… rattraper… tirer… Perdita hors du sombre entonnoir !

Revenant à moi, je pris Judith dans mes bras et nous sanglotâmes comme deux enfants.

Ce n'était pourtant qu'un simple chat, me direz-vous ! Oui, bien sûr ! Mais n'est-ce pas précisément la muette fragilité du lien qui nous rattache à nos compagnons animaux, qui fait que lorsqu'il se rompt, nous nous sentons touchés au plus secret du cœur ; d'une curieuse façon en vérité, toute différente mais pas moins vive qu'avec les humains ? Et puis ce sentiment puissant, soudain, d'être en prise directe, sans artifice consolateur, avec la matière même du néant ! de nous sentir investis d'une extravagante et dérisoire mission : sauver de l'immense oubli une mince, évanescente, identité féline !…

Détails macabres – mais comment terminer cette histoire sans raconter les faits par le menu ? Judith alla chercher le cadavre chez le vétérinaire, l'enroula dans un drap blanc et nous vînmes au petit jour, comme deux voleurs, l'enterrer discrètement dans la partie de jardin du Tennis Club du 16e qui se trouve entre la bretelle de sortie du périphérique et la première structure bâchée où je donne habituellement mes leçons. Je creusai un trou tandis que Judith, crispée, étrangement absente comme elle peut l'être aux moments pénibles, tenait le paquet blanc dans ses bras. Elle le déposa dans le trou et très vite je repoussai la terre jusqu'à ce qu'on ne vît plus rien ; puis je recouvris le tout de branchages et de quelques parpaings à moitié cassés qui traînaient là.

À quelques mètres, les automobiles perpétuaient leur habituel bruit monotone. Un souvenir reflua soudain : la scène d'un film grec, vu bien des années auparavant, où un berger enterre son chien – fidèle compagnon. Après avoir creusé le trou et y avoir déposé le cadavre, il place son appareil transistor juste à côté, disant : « Tiens ! chien ! Pour la musique céleste ! » Ici, comme de juste, pour Perdita, chat parisien, ce serait seulement le bruissement atone, inlassable, des grandes marées automobiles…

Je ne suis jamais retourné voir « l'endroit » – j'ai fixé dans ma mémoire quelques morceaux de parpaings, la grille qui clôture le jardin, les robiniers aux feuilles poussiéreuses et les vagues détritus informes qui pourrissent çà et là comme dans tous les lieux déshérités des grandes villes.

Au long des mois, j'ai continué de donner mes leçons, mes sempiternelles leçons, répétant de la meilleure grâce et avec le meilleur entrain possible (pur esthétisme !…) les mêmes gestes, les mêmes paroles, les mêmes sourires automatiques et les mêmes propos insipides de circonstances.

Or, dans l'arrière-plan de ma conscience – parmi les lambeaux de demi-songes épars qui s'y déroulent pour mon amusement secret et compensatoire, *telles des fleurs de papier dans un verre d'eau d'enfance,* et tandis que je m'active sans qu'il en transparaisse rien (du moins je l'espère…), face à mes élèves s'évertuant à renvoyer tant bien que mal cette pauvre balle aux rebonds encore un peu trop imprévisibles pour eux – je crois souvent sentir, à quelques dizaines de mètres de là, derrière la bâche et le fouillis des arbustes, la muette présence toujours aussi apparemment désinvolte et pourtant si amicale, du petit être fidèle et énigmatique qui, pour un temps, partagea avec nous ce que le poète Yannis Ritsos, voulant définir la poésie des choses quotidiennes, a nommé :

La continuité merveilleuse des mouvements infimes…

Titi

Dès l'entrée vous êtes assailli par une odeur indéfinissable : mélange d'urine, de désinfectant et de décomposition ; puis vous avancez parmi des enfilades de couloirs carrelés aux murs blancs, éclairés au néon, au long desquels, souvent pliés en deux et la plupart du temps en pyjama ou en robe de chambre, circulent – marchant mécaniquement à tout petits pas titubants – d'étranges êtres fantomatiques, au regard absent, aux gestes hésitants, qui parfois s'agrippent à vous avec une expression implorante, démente, ou tout simplement hébétée, en vous murmurant des bribes de paroles incompréhensibles…

À l'intérieur de certaines salles, une vingtaine d'entre eux sont assis en silence, aussi figés et exsangues que des figures de cire, fixant l'écran d'une énorme télévision où défilent des images qui ne semblent pas avoir plus de signification à leurs yeux éteints que les variations colorées d'un kaléidoscope…

Dans l'entrebâillement des portes (jamais fermées), on aperçoit aussi les grabataires, recroquevillés, tassés au fond des lits contre les oreillers dans d'étranges postures et qui vous lancent au passage des regards qu'on dirait acérés par une méchanceté diabolique. Beaucoup geignent, gémissent ou invectivent d'obscures entités avec des timbres suraigus. D'autres, avec des voix rauques, cassées, chuintantes, hurlent des imprécations, susurrent des paroles sourdes qui paraissent être des malédictions... Parfois ce sont des délires érotiques ou encore de véritables litanies d'insultes ordurières, à voix basse...

Mais le plus frappant dans cet endroit et qu'on entend à tous les étages, à tel point qu'ils semblent envelopper la bâtisse tout entière d'un seul et unique souffle, ce sont de profonds et incessants soupirs...

À l'extrémité d'un des couloirs de cet hospice, dans une minuscule chambre en sous-sol où la lumière ne parvenait qu'à demi, la majeure partie du temps allongée, en chemise de nuit, végétait, à quatre-vingt-quinze ans, ma pauvre grand-mère devenue folle.

Persuadée, dans son délire, de poursuivre une aventure galante avec son médecin – à qui, avant que d'être reléguée dans ce mouroir, elle téléphonait plusieurs fois par jour pour lui faire des scènes, lui reprochant de ne pas être venu à leur dernier rendez-vous ou bien (si c'était elle qui avait le malheur de répondre) insultant son épouse, avec qui, bien entendu, elle entretenait une farouche rivalité –, elle commençait invariablement, lorsque je lui rendais visite, de me narrer sur un ton de complicité enjouée les dernières péripéties de ses amours : menaçant de s'enfuir afin de déjouer les manœuvres contraires, les commérages et les mesquineries dont elle était bien entendu l'objet de la part du personnel hospitalier ; une telle histoire d'amour ne pouvant aller sans déchaîner les pires jalousies !...

Parfois pourtant – émergeant de sa confusion et venant affleurer à la surface de la lucidité – elle semblait me considérer avec une certaine anxiété (celle de quelqu'un qui serait sur le point de se souvenir sans y parvenir vraiment) et elle me questionnait sur la réalité des sentiments du docteur à son égard.

Ma mère eut finalement l'idée lumineuse de lui faire cadeau d'une simple marionnette comme celles dont s'accompagnent les ventriloques et qu'elle avait achetée un jour chez un brocanteur – fascinée par son sourire espiègle. Toute l'attention de ma grand-mère se reporta alors sur ce pantin de tissu et elle en oublia le docteur. Elle passa dorénavant le plus clair de son temps à habiller et déshabiller « Titi », le dorlotant, lui tenant de longs discours édifiants, lui confiant ses pensées et ses récriminations sur le personnel.

Puis vint le moment où Titi (par l'intermédiaire de Grand-mère qui contrefaisait sa voix sur un ton de fausset) commença à répondre tout seul, contraignant les infirmières – qui n'étaient pas *directement* interpellées – à s'en entendre dire des vertes et des pas mûres. Nous étions d'ailleurs, nous aussi, logés à la même enseigne lorsque nous venions lui rendre visite, et l'on peut bien dire que chacun en prenait alors pour son grade ! À cette époque, ma grand-mère devint fort gaie et, la marionnette s'obstinant à dire tout ce qui lui passait par la tête et répondant aux questions par une série d'impertinences (Grand-mère la réprimandant d'une voix douce et amusée), les visites commencèrent, la plupart du temps, à ressembler à des séances de Guignol. Cet étonnant dédoublement faisait d'ailleurs souvent dire aux nouveaux venus que Grand-mère singeait la folie.

Un jour que la visite du médecin coïncidait avec la nôtre, nous eûmes droit à la scène suivante :

Titi : T'as vu comme il a une belle toquante le toubib ?

Grand-mère : Écoute Titi, ne parle pas comme ça au docteur ! Après ça, il va nous donner encore plus de médicaments.

Titi : Ça, c'est sûr qu'y peut s'acheter une belle toquante avec tous les médicaments qu'y vend !

Grand-mère : Mais que tu es médisant Titi ! C'est pas lui qui les vend ; lui, il nous les donne pour nous faire du bien.

Titi : Du bien ! Mon œil ! Ça nous fait seulement aller aux cabinets du matin au soir !

Grand-mère (s'adressant à l'assemblée sur un ton de commisération) : Mon Dieu ! qu'il est bête ! *(Puis, à lui :)* Sois sage Titi, et reste tranquille avec le docteur !

Titi : Il a une belle toquante mais il a aussi une drôle de trombine !

Grand-mère : Oh ! Qu'il est insupportable ! *(Au médecin :)* Excusez-le, Docteur, aujourd'hui, il est intenable !

Titi : Avec cette trombine, je me demande c'qu'elle peut bien lui trouver la grande bringue en chef.

Grand-mère : Cette fois Titi, tu dépasses les bornes ! *(Elle lui flanque une gifle.)*

Titi (Grand-mère couinant comme un gosse battu) : Ouin ! ouin ! *(Puis sur un ton rageur :)* Si, c'est vrai ! J'l'ai vu bécoter la grande bringue dans le couloir !

Grand-mère : Ne l'écoutez pas, Docteur, c'est un petit prétentieux qui s'imagine tout savoir.

Le médecin soudain décontenancé, après avoir tenté de faire bonne figure à l'aide de quelques interjections professionnelles, bat précipitamment en retraite, invoquant quelque urgence pour s'enfuir de la chambre.

Une fois qu'il est sorti :

Titi : Qu'est-ce qu'y z'ont tous ceux-là à se fendre la tirelire ?

Grand-mère : Mais t'en poses de drôles de questions Titi ! Je ne sais pas moi ! Ce sont des gens qui sont là… ils savent peut-être pas quoi faire… !

Titi : Pourquoi qu'y vont pas nous acheter de la barbe à papa ? *(Grand-mère brandit la marionnette vers nous en scandant :)* De la barbe à papa ! De la barbe à papa !

Grand-mère : Bon, maintenant tu vas te coucher, tu es surexcité à boire du Coca-Cola à tire-larigot depuis ce matin ! Allez ouste ! Dodo !

Et elle recommençait à bercer la marionnette sans plus s'occuper de nous.

Plus d'une fois, elle réussit de cette manière – en dépit de notre amertume à la voir ainsi réduite, elle autrefois si discrète et si soucieuse de sa dignité – à déchaîner notre hilarité. Elle riait d'ailleurs de bon cœur avec nous, sans trop comprendre, contente de la liesse générale… (Et je ne pouvais m'empêcher d'imaginer que c'était peut-être là le dernier lien que Grand-mère parvenait à conserver avec le sens commun…)

Parfois pourtant, mais rarement, une crispation tordait son visage et elle nommait l'un d'entre nous par son nom : une brusque lueur de lucidité – mystère des arcanes enchevêtrés du cerveau – l'avait un instant traversée. Ou bien, se levant soudain avec une déconcertante agilité, elle se saisissait d'un portrait d'elle-même jeune fille et nous faisait remarquer combien elle avait été belle et désirable en son temps : « D'ailleurs, ajoutait-elle, je n'ai eu que des hommes superbes ! » Puis elle retombait dans ses enfantillages avec Titi.

Un jour que F. m'accompagnait – un vieil ami dont une malencontreuse partie du caractère avait toujours manifesté une assez nette propension à l'indiscrétion et au furetage inquisiteur –, Titi s'enquit auprès de Grand-mère, avec sa voix haut perchée habituelle :

Titi : Y serait pas un peu commissaire de police, ç'ui-là ?

Grand-mère : Vas-tu être poli ! S'il te plaît ! Excusez-le, monsieur, il est très mal élevé.

Titi : J'chuis sûr qu'y vient pour voir si on prend tous les médicaments !

Grand-mère : Mais qu'est-ce que tu racontes Titi ? C'est seulement un ami de l'autre monsieur qui est venu nous rendre visite. *(S'adressant à moi en me faisant un clin d'œil complice :)* N'est-ce pas, monsieur ?

Moi : Oui ! Oui ! Bien sûr !

Titi : Ben alors ! Devrait se méfier de pas laisser traîner son courrier !

Grand-mère : Veux-tu te taire tout de suite petit malotru ! Tu veux encore une bonne raclée comme hier ? Je t'ai déjà averti d'avoir à être poli avec les visiteurs *(se tournant vers nous avec un sourire mielleux)* qui sont si gentils de venir nous voir…

Titi : Si tu crois qu'y viennent par gentillesse, tu t'mets l'doigt dans l'œil ! Viennent pour nous espionner ! Y veulent savoir comment qu'on fait pour recracher les pilules !

Grand-mère (riant de façon débonnaire) : Mon Dieu ! Comme il a mauvais esprit ce diablotin ! Ne faites pas attention, messieurs, il ne peut pas s'empêcher de faire l'intéressant dès qu'il y a du monde !

Titi : Est-ce qu'au moins y z'ont apporté des chocolats ?

Grand-mère : Ah ! Mais je ne sais pas, Titi ! Demande-leur toi-même !

(Grand-mère nous brandissant alors le poupon sous le nez et criaillant avec une voix de marionnette :)

Titi : Z'avez apporté des friandises, oui ou non ?

Moi (connaissant la gourmandise de Grand-mère et tendant mon petit paquet) : Oui, voilà, j'espère que vous les aimerez.

Titi (toujours tendu à bout de bras par Grand-mère,

juste sous notre nez) : T'inquiète donc pas pour ça, grand nigaud, aboule les chocolats et on verra après !

Grand-mère (rabaissant Titi et le calant entre elle et un oreiller) : Bon ça suffit comme ça maintenant, avec tes impertinences ! Dis merci à ces messieurs !

Titi (vociférant avec une voix éraillée de clown, la figure à moitié enfouie dans l'oreiller) : Merci beaucoup môssieu-dame !

*Grand-mère (*s'*adressant à nous avec une voix très douce et une expression de la plus extrême courtoisie) :* Je vous remercie beaucoup pour lui, il est si gourmand le pauvre petit ! *(Puis s'adressant à lui :)* Mais tu sais qu'il ne faut pas que tu en abuses, ça va te faire mal aux dents. Alors je les garde pour toi dans le tiroir.

Titi (d'une voix enrouée) : Tu dis ça pour t'les taper en douce pendant la nuit !

Grand-mère : Bon, puisque c'est comme ça et que tu es trop désagréable tu n'en auras pas ! Hop ! Au lit et privé de friandises ! *(Elle enfouissait Titi sous les couvertures tout en imitant ses criaillements : Ouin ! ouin !)* Et je m'en vais me régaler toute seule. *(Après qu'elle eut défait délicatement le paquet avec un air de convoitise, elle commençait de déguster ostensiblement quelques chocolats tout en se penchant sur Titi comme pour le faire bisquer.)* Hum ! Hum ! Excellent ! Vraiment délicieux ! Ça t'apprendra à être poli avec les étrangers !

Le plus triste à voir était l'attitude de ceux qui, l'ayant connue autrefois, ne pouvaient s'incliner devant l'évidence et cherchaient à réveiller en elle les souvenirs. On la voyait alors parfois se plonger pour quelques instants dans un effort de concentration qui crispait terriblement son visage (une sorte de réflexe quasi « pavlovien » déclenché par la sollicitation mais qui ne débouchait sur aucun résultat : la mimique était restée, mais le mécanisme cassé ou détruit...). Le plus tragique, en l'occurrence, fut la visite de mon oncle Pierre, son second fils venu de Belgrade, qui s'obstina pendant des heures à essayer de débusquer une quelconque réminiscence dans ce cerveau amnésique.

Et elle de lui brandir sous le nez un Titi glapissant :

« C'est bien joli tout ce que vous nous dites là, jeune homme, mais nous on aurait préféré des chocolats ! »

Mon pauvre oncle, qui avait fait le voyage depuis la Yougoslavie au prix d'énormes efforts financiers afin de venir voir sa mère une dernière fois était atterré car il l'avait quittée, sept ans auparavant, diminuée mais en pleine possession de ses moyens. Pour finir, il voulut lui offrir une petite radio portative qu'il avait achetée spécialement pour elle, et ce fut encore Titi qui, en se tournant vers Grand-mère, lui dit en aparté :

« Méfie-toi ça doit être une machine inventée par la grande bringue pour contrôler si on fait tout correctement. »

Grand-mère (s'adressant avec un aimable sourire à mon oncle) : Merci beaucoup, jeune homme, mais nous n'aimons pas trop les engins bizarres.

Titi : Oui ! c'est ça ! On n'aime pas trop les engins !

Pierre : Mais, Mère, ce n'est pas une machine infernale, c'est une radio pour écouter de la musique ou les informations.

Titi : Tout ça c'est d'la gnognotte !

Grand-mère : Enfin Titi, ne dis pas n'importe quoi ! C'est très joli la musique et puis les informations c'est très amusant ! C'est un petit sauvage cet être-là !

Titi : Toute façon, on n'a pas envie de bidouiller les boutons, c'est casse-pieds !

Pierre : Mais je peux t'apprendre comment faire. *(Il se penche pour lui montrer.)*

Grand-mère : Ouh ! Que c'est compliqué ! je n'y arriverai jamais, tant pis je préfère rester à discuter avec ce petit voyou !

Titi : Ben oui ! J'chuis quand même p'us marrant qu'ce machin !

Et mon pauvre oncle, dépassé, finissait lui aussi par abandonner Grand-mère à son badinage avec la marionnette.

La dernière fois que je la vis – mis à part l'ultime que je ne compte pas car il ne s'agissait plus que d'un corps agonisant –, je tombai moi-même dans ce travers et j'eus l'idée malencontreuse de lui demander si elle se souvenait de la Touraine et de sa voisine Rolande.

Ce fut Titi qui répondit (à propos de la seconde, je suppose), demandant à Grand-mère :

« Qu'est-ce qu'elle fabrique encore sur terre celle-là ? »

Comme je voyais que j'avais réussi à toucher quelque point resté intact (du moins me l'imaginai-je...), je poursuivis en lui demandant si elle aimerait retourner une fois en Touraine. Sa réaction fut surprenante car, alors que je l'aurais cru – à cette époque où elle ne quittait plus jamais son lit – incapable de se mouvoir, elle saisit Titi d'une main et, sautant instantanément sur ses pieds, se déclara prête à partir sur-le-champ. J'eus beau essayer de la raisonner, alléguant toutes sortes d'impossibilités, rien n'y fit. Aussi fus-je bien obligé de quitter la chambre accompagné d'elle et de Titi, la marionnette pendant à son bras droit et moi la soutenant à mon tour, car elle vacillait tous les deux ou trois pas. Or, maintenant qu'elle était debout à mes côtés, je mesurais sa taille devenue minuscule, je sentais le poids à peine perceptible de son corps et c'était tout à fait comme si une momie égyptienne s'était soudainement remise en marche en s'appuyant sur moi.

Je parcourus ainsi en sa compagnie et celle de Titi toute la longueur du couloir et je vis qu'elle était fermement déterminée à me suivre. Avait-elle réellement compris quelque chose à propos de la Touraine ou bien était-ce le vocable magique *partir!* qui faisait encore son effet sur ce cerveau amoindri ? Il eût été difficile de le dire…

L'infirmière en chef vint à mon aide sous les protestations et les sarcasmes de Titi littéralement déchaîné :

« Mais d'quoi elle s'mêle cette vieille chouette, elle f'rait mieux de s'trouver un chignon moins tarte, p'is d'nous rendre les magazines qu'elle nous a barbotés. »

Grand-mère : C'est vrai, pour une fois, il a raison le petit chou.

Titi (s'adressant directement à l'infirmière d'une voix aiguë, tandis que les pensionnaires présents dans le couloir contemplent la scène d'un air hébété) : Pour qui tu t'prends, vieille toupie ! Tu veux nous faire tourner en bourrique ou quoi ?

L'infirmière : Allez madame Massé, soyez gentille, venez avec moi !

Titi (à Grand-mère) : É veut qu'on soit gentils pour mieux nous commander, t'laisse pas avoir ! *(Puis brandi sous le nez de l'infirmière, glapissant :)*Vas-tu arrêter tes manigances vieille sorcière et nous laisser tranquilles ? T'es jalouse comme les autres ! Mais c'est nous qu'y préfère l'docteur ! Tu peux toujours faire ta mijaurée avec ton gros pif ! Etc.

Heureusement, Grand-mère et Titi finirent par se calmer et acceptèrent de réintégrer leur chambre. Je dis heureusement car, semblable en cela, hélas, à la plupart de mes contemporains, j'eusse été bien embarrassé d'avoir à m'occuper d'un vieillard atteint de démence sénile. Le monde actuel est agencé d'une façon telle qu'il nous est pratiquement interdit de l'envisager.

Toujours est-il que l'autre matin, ma mère me téléphona pour m'informer que ma grand-mère, après s'être cassé le col du fémur, était entrée en agonie. Je décidai alors, malgré le pressentiment de ce qui m'attendait, d'aller lui rendre une ultime visite.

Nous fîmes le trajet depuis Paris jusqu'à l'hospice, situé en grande banlieue, par une pluvieuse soirée d'automne bousculée par les tourbillons d'un vent furieux. Nous arrivâmes à la nuit dans la cour sombre de l'établissement dont seules les fenêtres des nouveaux bâtiments flambant neufs – où je savais qu'on avait transféré ma grand-mère – émettaient une lumière éblouissante. Judith et Émilie, ma fille, préférèrent m'attendre dans la voiture.

Je pénétrai dans le hall copieusement éclairé, fraîchement peint, où, derrière un comptoir trop haut comme on en voit dans les aéroports, je découvris un petit gardien de nuit clignant des yeux sous la lumière aveuglante. Je m'enquis de ma grand-mère et il commença par s'embrouiller dans le maniement du nouveau fichier électronique – lequel, me précisa-t-il, n'était pas encore parfaitement au point – puis finit tout de même par m'indiquer la chambre 27, au troisième entresol du second palier dans le secteur 6 !...

M'avançant par les couloirs déserts, un peu ébloui par le reflet des éclairages sur le carrelage étincelant, je croisai quelques infirmières dans leurs nouvelles tenues impeccables...

Je trouvai enfin la chambre 27. La porte était ouverte mais la lumière éteinte. J'entrai, et avant que mes yeux ne se soient habitués à l'obscurité, j'entendis un râle affreux – comme un ballon tour à tour crevé puis regonflé dans un grand bruissement d'air –, je commençai ensuite à distinguer, pudiquement dissimulée sous un drap blanc, une chose toute ratatinée, recroquevillée, à peu près de la taille d'un petit chien. Ce ne pouvait être qu'*elle*.

Une infirmière désinvolte et professionnelle entra dans la pièce et trouvant sans doute incongru que je reste ainsi dans l'ombre, tourna le commutateur pour inonder l'endroit – sinistrement blanc et nickelé – d'un trop-plein de néon implacable qui, l'espace d'un instant (le temps que je me précipite pour éteindre), me révéla entièrement la petite carcasse couchée sur le côté. On lui avait ôté son dentier et la bouche n'était plus qu'un orifice noir, contracté en plissures froncées, qui suçait péniblement les dernières bouffées d'oxygène. Les yeux étaient clos sur un visage si crispé, si amaigri qu'il en était méconnaissable et seul le long nez droit rappelait quelque peu l'ancienne figure. L'ensemble n'était plus qu'un petit sac d'os desséché respirant à grands frais et déjà rigidifié par la mort.

L'infirmière revint, mouilla un gant de toilette au lavabo et humecta les lèvres de la moribonde qui remuèrent imperceptiblement. L'atroce bruit de vessie gonflée et dégonflée cessa quelques secondes pour reprendre crescendo.

J'étais un peu effaré et ne sachant que faire, je pris la main de ma grand-mère sous les draps – comme pour établir un très hypothétique dernier contact… pour aider peut-être… malgré tout… ! Or, ce que je ressentis – dois-je l'écrire ? – fut quelque chose de l'ordre de l'effroi et de la répulsion : le contact de cette main était celui d'une serre griffue et acérée ! Conservant pourtant cette patte durcie dans la mienne, je tentai de convoquer quelques brumeux souvenirs d'enfance afin d'en extraire quelque chose qui ressemblât à une prière, que je balbutiai mentalement, puis j'eus la velléité d'embrasser la moribonde, mais considérant ce corps raidi et tordu qui ne personnifiait plus pour moi que la mort allégorique et rapace – telle qu'on la voit représentée sur les gravures médiévales – je dois avouer que je n'en eus pas le courage.

Entre-temps, l'infirmière était revenue – sans doute pour surveiller que tout se déroule de façon réglementaire – et comme, jusque dans les circonstances les plus pathétiques, nous restons animés d'un incurable « respect humain », je lui demandai absurdement :

« Ce sont les derniers instants, je suppose ?

– Hélas oui, monsieur ! »

Mais ce ne fut qu'à l'instant où je m'apprêtais à quitter les lieux que je remarquai à travers l'obscurité, faisant face au lit et assis sur l'appui de la fenêtre, ses jambes de flanelle pendant dans le vide, la présence silencieuse de Titi arborant sur ses lèvres peintes son éternel sourire…

Un héros solipsiste

> La sincérité, c'est bon à l'égard de soi-même. À l'égard des autres c'est sans intérêt, et le plus souvent maladroit. Ceux qu'on appelle les bons sentiments ne sont que des ridicules. On en a toujours assez, sans avoir encore ceux-là. Ce qui importe avant tout c'est soi, tel qu'on est. Du moment qu'on l'est avec réflexion, sens critique, tout est sauvé. Je le disais hier soir à Gourmont et Vallette, au Mercure. Il faut avoir le goût de ses idées, même fausses ou déplaisantes.
>
> Paul Léautaud, *Journal littéraire*

Comme je réécoutais, il y a quelques jours, l'enregistrement désormais célèbre des entretiens de Paul Léautaud avec Robert Mallet, je me suis posé la question de savoir – étant loin, tant s'en faut, d'être le seul à l'éprouver – quelle était la sorte de fascination qu'un personnage de son acabit pouvait exercer sur nous.

Car il faut bien l'admettre : il n'est doté ni d'une intelligence particulièrement pénétrante, ni d'une extraordinaire intuition ; ses opinions, pour la plupart, sont rien moins que contestables et il se montre souvent non seulement de parti pris mais encore fort borné ; il s'abandonne enfin, sans la moindre inhibition, à la méchanceté vengeresse et possède un art consommé des commérages assassins !...

Ne serait-ce pas qu'en sus de cumuler toutes ces remarquables dispositions, ce petit homme à la personnalité tranchée, déterminée, au regard acéré, à la langue venimeuse, renouerait un lien (à présent nettement relâché) avec la tradition des moralistes français ? Ceux-ci, en effet, ne privilégient-ils pas presque toujours un point de vue personnel dont l'expression reste vive et originale à une opinion plus réfléchie mais laborieuse et impersonnelle ?

Or, si la pensée de Léautaud demeure globalement douteuse, ses mots sont justes, son style littéraire incisif et ses jugements sur autrui d'une étonnante acuité. Ne constituerait-il pas, au fond, l'illustration parfaite de la célèbre formule qui proclame la supériorité du caractère sur l'intelligence ? Du moins pouvons-nous remarquer qu'il ne craint nullement d'afficher la subjectivité de ses humeurs et de ses préventions momentanées, d'avouer à l'occasion son abandon aux vanités de l'existence, ni de soutenir avec un joyeux entêtement les points de vue successifs et fatalement contradictoires auxquels l'entraîne son honnêteté foncière.

Léautaud :

> « On peut estimer que c'est un bonheur de vivre seul, et puis trouver que la solitude est un peu plate, et que si on avait des petites secousses de temps en temps, comme l'occasion de dépenser mille francs à acheter quelque chose qui le lendemain ne vous intéresserait plus, ça procurerait un peu d'agrément et d'imprévu. »

Ne mesure-t-on pas avec lui, qui met tout son talent combatif dans la défense de ses préjugés (si étroits puissent-ils être parfois !), combien la prétendue largesse d'esprit, l'infinie tolérance et l'universelle compréhension, qui constituent les critères convenus de notre conception présente de « l'Intelligence », pèsent peu face à un tempérament ? Le cynisme drolatique, la verve spontanée, le talent agressif et la simplicité stylistique qui le caractérisent, ne font-ils pas voler en éclats la sceptique, contournée, subtile, hésitante, embrouillée et névrotique « intellectualité » qui règne en maître chez les « beaux esprits » de notre temps ?

Moins complexe, moins universel, moins savant, mais tellement plus vrai et « dégagé », Léautaud s'impose beaucoup plus durablement à notre mémoire que l'aréopage des *vastes cerveaux* dialectiques qui précisent, minaudent, se « réservent avec tact », sous-entendent et se rengorgent infiniment sur nos tribunes médiatiques.

N'y a-t-il pas dans son attitude une antique sagesse populaire, c'est-à-dire active et comique tout à la fois ? Car s'il ne craint en rien de dessiner pour nous, à gros traits, son propre personnage campé sur la scène tragicomique de l'existence, il ne craint pas non plus, à l'occasion, de se laisser emporter par la mauvaise foi, la partialité acharnée ou la tendresse irraisonnée – restant en cela tout simplement humain ! Il ne contrefait pas l'ange… Ne recherchant aucune universalité ni aucune vérité définitive, il ne fait que se conformer à la variabilité des circonstances et des états d'âme engendrés par son ardente sensibilité. Il s'efforce de faire respecter (comme tout un chacun, mais moins sournoisement peut-être… et de toutes ses chétives forces – qui s'avèrent immenses !) sa vérité personnelle : inéluctablement limitée et provisoire.

Rien de mégalomaniaque, d'utopique chez lui ! Son regard ferme, sans affectation, souligne pour nous le côté cocasse, l'aspect burlesque des petits travers de chacun – lesquels sont soigneusement répertoriés puis raillés chez tous ceux qu'il côtoie. À chaque fois que Mallet s'enquiert de ce qu'il pense de tel ou tel auteur, Léautaud commence invariablement par décrire le personnage civil (charmant ou ridicule...), ce à quoi, pour notre plus grand amusement, le pauvre Mallet ne parvient jamais à s'habituer !

À vrai dire, il y a chez Léautaud une sorte de clown à la française : un gilles ! On trouve chez lui la lucidité sarcastique, le cynisme désabusé et le fatalisme populaire (symbolisés par le rire sous cape et les remarques équivoques ou sardoniques murmurées à l'adresse du public) des valets du théâtre classique : Arlequin, Sganarelle, Scapin, Leporello, Dubois. On se souvient alors qu'il ne cessa, tout au long de sa vie, de rédiger des chroniques dramatiques et qu'il montrait une grande vénération pour Molière (s'identifiant au Misanthrope), pour Marivaux et pour Beaumarchais (professant de détester Racine et Corneille à qui il reprochait d'avoir infléchi le ton littéraire vers la déclamation). Ce qui nous ravit tant chez lui, c'est ce style en aparté qui sans cesse se détourne de la scène pour railler les « grandes allures », les « beaux sentiments », pour pointer du doigt, en catimini, les vanités pompeuses, les boursouflures de la présomption et, pour finir, les dérisoires mesquineries dissimulées sous la componction des « hauts personnages » ; c'est le solide réalisme populaire, terrien et matérialiste, qui ne s'en laisse pas si facilement conter ; c'est l'espièglerie de ceux qui observent d'en bas le cul de l'homme-singe grimpé au cocotier des prétentions mondaines ; ce sont, enfin, les belles professions de foi, les vastes et nobles pensées, les « Belles Manières », passées au crible du simple et finalement rare *sens commun*.

Cependant, si les valets cyniques du théâtre classique craignent de s'opposer ouvertement à l'autorité, narguent et se gaussent en secret pour finir généralement par prêter la main aux manigances souvent sordides de leur maître, Léautaud, lui (privilège républicain sans doute), ne se soumet pas, ne rampe, ni ne se montre jamais servile. Évitant d'être en butte aux caprices et aux exigences des « Grands » comme aux servitudes trop oppressantes de la vie sociale, il conserve jalousement son indépendance.

Il y a d'ailleurs chez lui une forme de cynisme plus ancien évoquant les Antiques : il fait figure d'une sorte de Diogène du XXe siècle.

N'est-il pas là, dans sa maison banlieusarde délabrée, envahie par le fouillis, au jardin en friche (quand une branche d'arbre, en poussant, casse le carreau puis démolit la fenêtre, il laisse la végétation se développer vers l'intérieur...), écrivant chaque soir son journal à la plume d'oie et à la lueur d'une chandelle – dans la seule compagnie de ses cinquante chiens et chats (plus la guenon), ses favoris sur les genoux et sur les épaules, lisant ou méditant au milieu des piles de livres au sommet desquelles sont juchés le reste des chats, faisant sa lessive ou la popote des animaux (se contentant pour lui-même de grignoter du fromage bon marché) et continuant imperturbablement de faire remarquer aux puissants de ce monde que leur sollicitude occasionnelle ne peut manquer, malgré tout, de nous masquer l'essentiel : la simple lumière solaire si généreusement dispensée à tous ?

Léautaud, c'est peut-être surtout, au fond, la force de l'intégrité ! Une intégrité résolue – fondée sur l'amour-propre et le respect de soi-même – conservée en toutes circonstances, jusqu'aux plus anodines... Et sans doute devons-nous observer en l'occurrence qu'une bonne dose d'égoïsme (trait de son caractère dont il ne fait pas mystère) permet à l'intégrité de se préserver plus sûrement que l'altruisme – si vite la proie des confusions sentimentales !

Les sentiments ! Voilà bien l'expression qu'il professe d'avoir en horreur au cours de ces entretiens ! C'est une sorte de manie chez lui, en réponse aux questions insistantes de Mallet sur le sujet, que de ne se laisser aucunement convaincre d'avoir jamais pu en éprouver les moindres chatouillements, bien que nous sachions parfaitement, par la lecture du *Journal* justement, combien le contraire serait plutôt vrai – à maints égards, notamment en ce qui concerne les femmes, son enfance et les bêtes.

Or, malgré tout, ces fanfaronnades pudiques nous ragaillardissent, nous autres anxieux commenceurs du XXIe siècle, quotidiennement et sournoisement « pris aux sentiments » par les diverses propagandes visant précisément à nous priver de notre chancelante individualité critique.

On raconte que Paul Valéry qui fut longtemps son compagnon lors de promenades nocturnes au bord de la Seine – tous deux devisant à perdre haleine sur l'actualité littéraire, puis se raccompagnant mutuellement plusieurs fois de suite jusqu'à leurs pas de porte respectifs, sans parvenir à se séparer… – possédait le don des reparties instantanées. Il aurait donc répondu à brûle-pourpoint dans la rue à un admirateur qui, l'ayant reconnu, le sommait de donner une définition rapide de la personnalité : « C'est le culot ! Non pas de dire ce que l'on pense, ce qui est trop facile, mais de le savoir et à tout instant ! »

Est-ce vraiment un hasard si cette définition semble convenir comme un gant à Léautaud ? En effet si, au cours de ces entretiens, ce dernier ne dit pas *tout* ce qu'il pense, loin de là, il nous le laisse clairement entendre (soit par allusion, soit par omission) et à tout moment !... sans dévier un seul instant de cette posture mentale qui est son axe, qui est lui-même, et que justement il ne perd jamais de vue.

Singulière leçon de droiture, si l'on y pense !...

Ortega y Gasset a remarqué à propos du rôle du philosophe dans la cité :

> « ... Il y a des choses ridicules qui doivent être dites, et c'est à cela que sert le philosophe. Platon, du moins, déclare littéralement, et de la façon la plus formelle et dans la conjoncture la plus solennelle, que le philosophe a pour mission d'être ridicule (voyez le Parménide). Et ne croyez pas que cette mission soit facile à accomplir. Il y faut une espèce de courage qui a manqué aux guerriers les plus atroces. Les uns et les autres ont été des gens assez vaniteux, dont le nombril se contractait quand ils étaient simplement en passe d'avoir l'air ridicule. De là vient qu'il importe à l'humanité de profiter de l'héroïsme particulier des philosophes. »

Or ne suffit-il pas de jeter un coup d'œil sur les photographies de Léautaud qui nous sont parvenues, de contempler sa dégaine – ses vêtements trop grands et rapiécés, ses godasses de clown, son invraisemblable « bibi » tout cabossé sur le crâne, ses deux cabas à provisions à la main (pour les courses des animaux), ses bésicles aux verres fendus (qui laissent filtrer un regard à la fois candide et sagace) –, puis de nous rappeler l'extraordinaire sincérité de ses confidences intimes (leur entière absence de complaisance à soi-même), ses jugements littéraires si pertinents, son franc-parler aux boutades sans appel (dont pas mal de cuistres firent les frais et qui lui valurent aussi quelques déboires) et enfin son irrespectueuse désinvolture face aux canons du conformisme ambiant (qu'il soit social, artistique ou littéraire, et dont il ne faut pas sous-estimer le poids sur la vie parisienne), pour deviner que nous avons bien affaire, avec lui, à l'un de ces énergumènes d'espèce philosophique dont nous entretient Ortega y Gasset ?

Cela dit, il s'agit bien évidemment avec lui d'un philosophe de l'existence – mêlé corps et âme aux turbulences des événements – et non point des « essences » tels les philosophes spéculateurs !

(Ne nous raconte-t-on pas que Kant qui bouleversa si radicalement la pensée spéculative de son époque, était un tel modèle de routine et de ponctualité que les habitants de Königsberg pouvaient régler leurs montres sur sa promenade de l'après-midi et que sa conversation habituelle qui commençait invariablement par l'état de la température, ne s'écartait scrupuleusement jamais de la plus stricte banalité conventionnelle ?...)

Léautaud :

> « Ah ! Moi qui ai toujours eu à distance une si vive sympathie pour certains originaux et déclassés du XVIIIe siècle ! Je crois bien que je fais une figure à leur ressemblance : le talent, l'esprit, l'indépendance littéraire, la pauvreté, un genre de vie assez particulier, oui, je leur ressemble par bien des côtés. Je suis habillé en loques, j'ai des souliers percés, avec la hardiesse, la liberté, le sarcasme éclatant sur mon visage. Rien d'un chien fouetté. Bien au contraire. Je ris des traverses mauvaises que je supporte de haut, en me moquant des autres et de moi-même. »

Duns Scot soutint avec éloquence – déclenchant une controverse théologique de plusieurs siècles – que l'âme tire son *individuation* d'elle-même ; théorie dont il s'ensuivait que les individus rejoignaient plus sûrement l'âme commune (*Ens Communae*) en cultivant assidûment leur propre singularité qu'en se conformant aux « canons » en vigueur. S'engageant alors dans la dimension de « l'infiniment singulier », ils se rapprochaient de la volonté divine qui, selon lui, se plaisait à la diversité universelle...

Robert Musil, dans son célèbre roman *L'Homme sans qualité*, consacre une longue digression à l'antique notion greco-païenne de la « Philautia », selon laquelle pratiquer l'attention et la bienveillance envers soi-même constitue la méthode la plus saine et la plus efficace pour parvenir à comprendre et à aimer autrui.

Nietzsche enfin, pour s'opposer au commandement majeur des Évangiles – l'amour du prochain – et justifier l'égotisme traditionnel des artistes, des philosophes et des poètes, imagina cette formule : l'amour des « plus lointains » !

Léautaud eut d'innombrables amours tumultueuses et ne parvint jamais à s'entendre durablement avec aucune de ses maîtresses – à cause des animaux, bien entendu, mais aussi parce qu'il ressentait le besoin impérieux de vivre entièrement à sa guise et d'écrire aux heures de son choix.

Quelque part cependant, dans la partie du *Journal* qui resta longtemps inédite, demeure un poème dédié à l'enfant qu'il n'aurait vraisemblablement jamais. Ce poème – l'un des plus poignants qui soit – murmure à voix basse la plainte d'un renoncement. Cette prédilection proclamée pour la vie solitaire – on croit le subodorer à la longue, en le lisant ou en l'écoutant – pourrait bien n'être qu'une forme secrète et dissimulée de romantisme impénitent, esthétique et désespéré... Le refuge têtu d'une dignité et d'une fierté qui ne veulent en rien céder devant les compromissions imposées par la médiocrité communautaire, fussent-elles récompensées par une douce chaleur conviviale.

Léautaud :

> « J'ai toujours aimé les êtres originaux, bizarres, chimériques, singuliers. Ils sont pour moi le charme de la vie, autant qu'en sont l'horreur les gens qui ressemblent à tout le monde. J'aime leur fantaisie, leur folie. Je les suis quand je les rencontre dans la rue, je cherche à me renseigner sur eux, je voudrais les connaître et les fréquenter, je n'ai que dégoût pour les sots qui se retournent et qui rient sur leur passage. Ils ont encore pour me plaire qu'ils sont souvent très bons, bien qu'étant presque toujours très pauvres. N'est-ce pas curieux cet assemblage si fréquent de l'originalité et de la bonté, alors que les gens qui se ressemblent par milliers sont dans leur médiocrité, en général si égoïstes et si malfaisants ? Je rattache encore cela à tout ce qui sépare des êtres qui sont libres d'autres qui ne sont que des esclaves. S'habiller à sa guise, agir et vivre de même, sans souci des sots qui s'étonnent ou qui se moquent, c'est encore, dans un petit domaine, le signe d'un esprit libre. »

Il est de mise aujourd'hui de considérer les êtres exigeants qui s'enfoncent dans une solitude misanthropique au nom de la fidélité à soi-même – principe sur lequel ils ne veulent pas transiger – d'un œil déterministe et même clinique. On allègue l'aspect fatal de leur tempérament, on en invoque la dimension pathologique. En bref, on laisse entendre qu'ils n'y sont pour rien.

Il me semble pourtant qu'on pourrait appréhender les choses un peu différemment et discerner, par exemple, dans l'existence de chacun d'entre nous, les instants vagues, flottants, où, nous retrouvant à la croisée des chemins, nous avons hésité entre plusieurs possibilités et où (peut-être parce que nous n'en avions pas toujours une claire conscience) nous avons cédé à la facilité et nous sommes laissé déterminer par les circonstances plutôt que de nous déterminer nous-mêmes…

Instants d'une tragique brièveté durant lesquels (sans doute par pure distraction) une latitude de jeu personnel nous est abandonnée par les Parques !

Or, lorsque nous réécoutons *Les Entretiens* ou à mesure que nous progressons dans la lecture du *Journal*, nous prenons conscience d'être mis en présence d'une volonté farouchement déterminée à ne jamais se laisser engourdir par l'habituel train du monde, et cette attitude nous offre, je crois, à nous autres « lointains lecteurs », un modèle : celui d'une singulière et héroïque résistance à la stérilité du conformisme.

Le Nouveau Monde

Garçon ordinairement affable et d'une parfaite courtoisie, Ted, le champion de squash, se métamorphosait, dès qu'il avait posé le pied sur le court ne fût-ce que pour une banale partie amicale, en l'adversaire le plus farouche, le plus acharné, le plus intraitable concernant les litiges (parfois même à la limite de la correction) que j'aie jamais eu à affronter. La compétition autour de la petite balle en caoutchouc libérait son formidable *fighting spirit* et faisait qu'il n'y avait plus rien d'autre qui comptât pour lui que le gain final, ce dont en toute bonne foi il s'excusait gentiment après chaque partie, alléguant son insurmontable éducation new-yorkaise et esquissant un timide sourire confus qui avait le don de m'horripiler, vu qu'il est pour le moins agaçant – surtout après des matchs disputés – de devoir s'incliner continuellement...

Étudiant en lettres, Ted avait obtenu de son université une bourse d'un an pour venir étudier la littérature française à Paris. J'ai le souvenir de lui, m'attendant pour notre match quotidien, enfoncé dans un des gros fauteuils de cuir du club de la rue Lauriston et lisant Proust. Je ne sais s'il s'avisa jamais à quel point ce vieux club désuet et décadent, avec ses boiseries du début du siècle, où on n'eût pas été surpris de croiser

Saint-Loup sortant d'un court, une raquette à la main, constituait un cadre approprié à cette lecture. Je n'abordais jamais aucun sujet littéraire avec Ted, ayant très tôt deviné le côté purement conventionnel de ses études (ainsi qu'il sied à tout jeune Américain bon teint).

Non seulement fort beau garçon, bien que d'une timidité tout anglo-saxonne avec les femmes, mais aussi remarquable athlète, Ted était de surcroît le plus charmant des camarades. Une gentillesse et une gaieté spécifiquement yankees : pleines d'un enthousiasme naïf sans le moindre soupçon de cynisme. Il se montrait soit profondément étonné, soit extrêmement scandalisé par certains aspects de la vie européenne qu'il jugeait incompatibles avec sa solide conception du *correct* ou *not correct*. Et je prenais toujours un malin plaisir (on se venge comme on peut !...) à le déconcerter en plaisantant, ce qui ne nécessitait que peu d'effort de ma part : le simple fait de sous-entendre un éventuel envers des apparences suffisait à le jeter dans des émois inconcevables ! Il était une pure incarnation du *rêve américain*...

Or un certain jour, après l'un de nos inlassables matchs acharnés qu'il avait remporté une fois de plus à l'arraché – nous étant démenés comme *deux ludions affolés secoués dans un bocal*... – tandis que nous en étions au bienheureux rituel de la conversation sous la douche, laissant couler l'eau chaude sur nos corps fourbus, et que je ne pouvais manquer comme chaque jour d'être impressionné par sa parfaite musculature *triomphante*, la conversation roula incidemment sur la personnalité de l'auteur qu'il venait de passer l'hiver à « approfondir » pour ses études. Il me confia alors, avec un air pénétré, le résultat de ses élucubrations :

« Tu sais, Denis, il me semble tout de même que je suis beaucoup plus équilibré que Proust ! »

Babylone

Rien de plus étrange que d'être là au coin de Battery Park, abrité sous le porche monumental d'une banque, à observer les premiers bataillons d'une tempête diluvienne venue de l'Atlantique assaillir de plein fouet la pointe de Manhattan. On dirait que les régiments fougueux de la trombe cherchent à prendre d'assaut les murailles de la Grande Finance pour finir, comme de bien entendu, par se fracasser contre les immenses gratte-ciel imperturbables…

En bas dans les rues, les esclaves diligents de ces altesses hautaines s'agitent et grouillent sur la chaussée luisante, leurs parapluies dégoulinants à la main. Les taxis jaunes vernissés par la pluie brillent comme des scarabées rutilants au fond d'un sombre canyon. Les bouches d'aération fumantes semblent être les ultimes émanations sulfureuses d'une récente éruption volcanique. Et d'ailleurs, une sourde rumeur de cataclysme permanent fait vibrer la ville tout entière…

Les faces hilares, les silhouettes dégingandées des cireurs de chaussures noirs sous leurs larges casquettes paraissent anachroniques et rassurantes dans l'atmosphère de lente panique généralisée qui règne ici. On les regarde furtivement qui plaisantent, chantonnent ou esquissent des pas de danse sur le trottoir encombré, au milieu du flux incessant des autres, lesquels, sans leur accorder le moindre regard, les évitent comme le courant contourne l'écueil au milieu de la rivière et l'on a d'un seul coup l'étrange certitude que ce sont eux, et eux seulement, qui survivront à cette apocalypse tranquille !

Dans ce combat larvé qui oppose l'Afrique ancestrale et magique à la vieille culture anglo-saxonne matérialiste, on devine que la première finira par l'emporter et que toute cette écume de faux sérieux, de moralité exacerbée et de charité hypocrite sera un jour résorbée, ces figures d'enterrement évanouies à jamais, et qu'à tous les étages de ces falaises de béton retentiront alors, pour une renaissance de la simple joie d'exister, les accents du rythme africain !

Le reste du temps, les longues pluies sur New York apparaissent comme l'accompagnement parfait de la décadence sophistiquée qui a commencé d'y régner, particulièrement dans les quartiers les plus anciens.

Ces rues transversales de Soho, cabossées et sales, où, dans l'arrière-cour des immeubles décrépis, pourrissent des monceaux de détritus de toutes sortes non loin d'un prunier en fleur qui s'extirpe, avec une grâce miraculeuse, d'un amas de carcasses automobiles ! Ces rues du « Village » aux façades de briques rongées où s'accrochent comme de vieux fantasmes branlants les *fire-escapes* rouillées et tordues (que mon ami Reid, dans son savoureux français approximatif, appelle « les échappatoires »). Passer par ces rues noires et décaties, un parapluie à la main, évitant les flaques d'eau que retiennent les trottoirs défoncés, tandis que de grosses automobiles rebondissent sur les cahots de la chaussée en battant désespérément de leurs essuie-glaces... Croiser partout ces innombrables clochards en haillons qui soliloquent interminablement, et n'ont même plus la présence d'esprit de réclamer le moindre cent. Subir l'appel transversal d'une ruelle minuscule où il ne se passe absolument rien hormis l'eau qui dégouline le long des murs jusque sur le macadam éventré – et c'est ce rien pathétique au cœur de la plus grande ville du monde qui vous attire irrésistiblement...

(Son biographe nous raconte que lorsqu'il demanda à Jack Kerouac quel effet ça lui faisait d'être célèbre, celui-ci répondit : « C'est comme de vieux journaux que le vent pousse dans Bleecker Street... »)

On poursuit son chemin en songeant vaguement à tout cela... Puis c'est un café sombre au bar duquel sont justement accoudées quelques épaves. On est tenté d'entrer mais on se souvient que la Beat Generation n'existe plus que dans nos réminiscences d'adolescents et on continue sa déambulation dans le labyrinthe mélancolique des rues perpendiculaires – d'un bloc à l'autre, hypnotisé par la monotonie sinistre et inéluctable de ce songe fonctionnel...

Soudain, au détour d'une rue venteuse, un peu interdit par le demi-silence qui y règne, il vous semble inexplicablement percevoir, par-delà la gigantesque rumeur urbaine, une sourde et faible pulsation. Vous tendez l'oreille : c'est comme le battement d'un cœur malade, qui s'obstine...

Cosmologie ludique

> Cependant il frappe la balle avec un grand mouvement tranquille, comme quelqu'un qui du fond de son sommeil refermerait la main sur de l'air, en tentant d'attraper les fruits dont il rêve.
>
> Hofmannsthal

Il existe au musée d'Art contemporain de la ville de Sheffield en Angleterre (cité où il m'est souvent advenu – les voies du destin étant impénétrables !… – de participer à des rencontres sportives) un tableau d'un peintre nommé (je l'ai noté pour mémoire sur mon inséparable petit carnet noir) Michael Ayrton et qui évoque ce rêve que nous avons sans doute tous caressé un jour, nous autres, *enfants de la balle,* d'échafauder une « théorie cosmologique des balles tournoyantes » !…

Sur ce tableau, on voit l'image classique (entr'aperçue presque quotidiennement dans les journaux sportifs) d'un groupe de footballeurs qui sautent tous ensemble, en gerbe, pour conquérir le ballon de la tête. Or, par un subtil décalage équivoque, l'artiste a figuré le ballon à la ressemblance d'un astre vers lequel les visages – comme aspirés – se tournent, ravis et fascinés.

Combien de fois, pour ma part, n'ai-je pas ressenti, au tennis cette fois, non seulement au cours des interminables entraînements que nous nous imposions du temps de ma jeunesse – nous renvoyant infatigablement la balle de part et d'autre du filet pour perfectionner nos gestes – mais aussi au long d'un match disputé où les échanges n'en finissaient plus, une sorte de légère transe hypnotique qui faisait que je commençais à ne plus pouvoir dire si c'était la petite planète blanche – traçant avec aisance ses allers et retours réguliers entre nos deux raquettes – qui nous avait mis sur orbite, nous actionnant comme de simples pantins, ou bien si nous continuions effectivement à lui imprimer les trajectoires désirées par ce qui semblait n'être plus que nos déclinantes volontés…

Cet état second qui se prolongeait parfois plus d'un quart d'heure – tandis que mon partenaire et moi nous maintenions dans un équilibre qui paraissait ne plus devoir être rompu – se transformait alors en une brève extase cosmique… comme si nous avions été magiquement suspendus dans une bulle flottant au-dessus de la course du temps.

Fair-play

Je me souviens aujourd'hui encore de ma stupéfaction lorsque après le premier match que je remportai en Angleterre contre un jeune champion britannique, celui-ci vint me serrer la main avec un sourire cordial et, me regardant droit dans les yeux, me dit : *« Well played, congratulations ! »*

J'étais habitué de la part de mes adversaires vaincus à quelques paroles inintelligibles accompagnées d'un regard détourné et d'une main molle à moitié tendue par-dessus le filet, suivies presque invariablement d'un retrait précipité dans les vestiaires où était entamé sur-le-champ le chapitre des doléances et des justifications – lesquelles concernaient généralement et selon les circonstances : le vent, la mauvaise qualité des balles, le manque de sommeil, le terrain pourri et, avant tout, l'arbitrage.

Difficile pour nous autres Latins, initiés à cela dès l'enfance, de ne pas céder à la tentation de projeter nos insuffisances sur les circonstances extérieures. Rien de tel chez les Anglo-Saxons qui, réputés pour avoir *inventé* le sport et éduqués dans la tradition du fair-play, ont coutume d'encaisser les coups du sort et les revers du jeu avec flegme, le sourire aux lèvres, sans jamais s'interrompre de plaisanter.

Cela dit, il faut les avoir suffisamment fréquentés en

cette occurrence pour découvrir que l'inévitable loi des compensations joue son rôle ici comme ailleurs, car si nous nous montrons volontiers désagréables tout de suite après la défaite, il suffit qu'ait coulé sur nous l'eau rédemptrice de la douche pour que tout soit oublié et que nous redevenions les *braves garçons* (!?) que nous sommes à l'ordinaire.

En revanche, un Anglais qui perd, s'il se montre d'une correction exemplaire pendant et après la défaite, les jours qui suivent, tout en restant très poli, vous bat froid – vous évitant systématiquement au bar et dans les vestiaires, ou bien, s'il ne peut vous éviter, opposant des interjections gênées à vos tentatives de conversation… – et cela, jusqu'à ce qu'il ait pris sa revanche ; auquel cas, n'affichant d'ailleurs aucun triomphalisme, il reste sobre, vous abandonne même avec magnanimité une « excuse » ou deux, mais ensuite au bar – les Anglais étant aussi des êtres humains après tout – se laisse aller à une familiarité et une cordialité soudaines à votre égard qui ne peuvent que vous gâcher le goût des multiples bières qu'il insiste si généreusement à vous offrir.

Cela dit, la plus belle démonstration de fair-play qui m'ait été offerte l'a bel et bien été par un Anglais, mon cousin londonien Colin, lequel pourtant n'a rien d'un sportif, encore qu'il pratique à sa manière très fantaisiste et dilettante – sans jamais se départir d'une dignité toute britannique – le canotage, le badminton et le croquet.

Colin, lorsque j'allais lui rendre visite à cette époque, habitait avec sa famille une petite maison de briques rouges, totalement identique à celles du reste de la rue, nantie, comme il se doit, de ses deux jardinets : avant et arrière. Celui de derrière était en permanence encombré d'un bric-à-brac tout à fait exemplaire : la carcasse d'une Austin des années cinquante, une assez volumineuse volière désaffectée envahie par le lierre, un théâtre de marionnettes décrépi, une Harley Davidson déglinguée, une table de ping-pong gondolée par la pluie, une coque de dériveur remplie d'eau croupie, de vieux arceaux de croquet rouillés et une niche à chien squattée par les escargots…

Je dormais sur le sofa du salon d'ordinaire réservé à la chienne Sally, laquelle, reléguée pour la circonstance sur la carpette, tentait plusieurs fois par nuit de réintégrer sa place en se couchant sur moi et en me léchant la figure, ce qui pour mes cousins, je le savais, constituait une sorte de test destiné à éprouver à la fois mon respect des animaux – chose à propos de laquelle les Anglais ne badinent pas – et mon sens *continental* de l'humour.

Or cette nuit-là (nous étions dans la nuit du samedi au dimanche), dans la petite cuisine attenante au salon, un rai de lumière filtrant par la trappe du passe-plat, Colin, dont c'était un des hobbies, œuvrait à la confection d'un planeur modèle réduit fabriqué à l'aide de balsa et de papier chinois. Au beau milieu de la nuit, il pouvait être dans les trois heures du matin, éveillé par un nouvel assaut de Sally, je crus bon d'aller m'enquérir de la progression de son travail.

Infatigable, un plan d'ensemble étalé devant lui, Colin assemblait méticuleusement puis encollait une à une les membrures des ailes. M'ayant entendu entrer, il me dit, sans relever la tête : « *Oh! Dennis, did I wake you up ? I'm so sorry, but as you can see, I'm working hard here !* » Puis, tout à son affaire, il n'ajouta plus un mot tandis que je restais quelques instants à l'observer faire. Je m'en retournai finalement tenter d'enseigner comme je le pouvais les lois élémentaires de l'hospitalité à Sally, acceptant finalement de transiger, devant l'échec manifeste de mes diverses tentatives, en faveur d'une moitié de place pour le reste de la nuit.

Après ce qui me sembla n'avoir été qu'un court instant, on m'éveilla en me touchant l'épaule : « Dennis, désirez-vous m'accompagner pour assister au lancement du prototype ? »

Je me déclarai évidemment ravi et nous partîmes, suivis de Sally, dans la brume épaisse du petit matin.

Un froid humide venu de la Tamise toute proche me transperçait jusqu'à l'âme. Colin portait son planeur avec précaution. Nous longeâmes deux rues rectilignes et semblables, parfaitement désertes, et parvînmes jusqu'à un square où trois chats assis en rond semblaient méditer mélancoliquement l'absence de « fun » des hivers londoniens. Étant parvenus à un banc au bord d'une allée, Colin sortit d'une de ses poches un long et gros élastique dont il accrocha une des extrémités à un bec sous le nez de l'engin et l'autre à l'un des angles du banc puis, s'étant reculé de trois ou quatre mètres en l'étirant (l'élastique ayant atteint sa tension maximale), il s'arrêta et, tenant l'avion d'une manière très solennelle devant les trois chats, Sally et moi, dit d'un ton enjoué : « *Here we are ! Let's go !* » et il lâcha son prototype *qui fonça directement s'écraser sur le banc !*

Sans sourciller, et considérant les débris de l'appareil qui jonchaient le sol, Colin déclara alors :

« Oh ! je vois, c'est de toute évidence *une sorte de* crash ! »

Puis, se tournant vers moi avec le plus grand calme :

« Dennis, cela vous ferait-il maintenant plaisir de rentrer à la maison pour une bonne tasse de thé ? »

Nous revînmes placidement par le même chemin,

croisant le laitier en train de déposer ses bouteilles sur le pas des portes, et nous réintégrâmes la petite cuisine où Colin, après avoir donné sa pâtée à Sally, me prépara un excellent breakfast tout en me racontant la mort récente de son perroquet. Après quoi il évoqua ses différents passe-temps : canotage, badminton, croquet, un peu d'aquarelle, etc., pour m'avouer finalement sur le ton de la confidence : « Mais voyez-vous, Dennis, mon préféré reste tout de même le modélisme ! »

Le futur champion

> Que seraient les déserts de la vie sans les mirages éclatants de nos pensées ?
>
> Anatole France

La première fois que je le vis – grand, blond, plutôt maigre, un doux sourire un peu absent flottant sur les lèvres –, il s'avançait dans le hall du club, deux raquettes et un gros sac de sport dans une main, un panier de balles dans l'autre, se dirigeant vers les courts couverts. Après avoir posé son sac sur le banc près de la chaise d'arbitre, il en tira plusieurs objets : une serviette blanche qu'il disposa soigneusement à côté d'une gourde de scoutisme, une petite boîte de fer-blanc (dont j'appris par la suite qu'elle contenait les indispensables sucres nécessaires en cas de défaillance) et, pour finir, un gros manuel intitulé : *Comment devenir un champion en cinquante leçons*. Il exécuta ensuite avec application une longue série de mouvements de gymnastique très compliqués, visiblement d'origine asiatique et vraisemblablement destinés tout à la fois à l'échauffement et à la concentration, ainsi qu'éventuellement encore à l'harmonie spirituelle avec l'univers tout entier. En ayant terminé avec ces préliminaires, il se plongea intensément dans la contemplation d'une planche illustrée du manuel puis, saisissant le panier qui contenait une soixantaine de balles usagées, il vint se placer sur la ligne de fond de court et répéta mécaniquement le mouvement du service, frappant les balles les unes après les autres. Dissimulé derrière l'un des montants de la galerie d'où je l'observais, je ne fus pas sans remarquer l'extrême élégance de ses gestes.

Plus tard, ayant découvert qu'il était mon voisin de casier aux vestiaires, j'entrai en relation avec lui sous le prétexte de conversations techniques – aspect de la question qui (comme je devais m'en apercevoir plus amplement par la suite) le passionnait littéralement. D'ordinaire très timide, il suffisait de le lancer sur la comparaison entre les efficacités respectives du *lift* et *du top-spin* dans le *passing-shot* de revers pour voir poindre une légère rougeur sur ses joues habituellement pâles et entendre sa voix douce et basse s'altérer et monter dans l'aigu sous le coup de l'exaltation.

Comme c'est l'usage, ces conciliabules avaient presque toujours lieu dans les vestiaires après nos entraînements. Complètement nu, ruisselant de transpiration, il gesticulait avec emphase devant moi, mimant les gestes de ce qu'il estimait être la technique idéale – laquelle, hélas, je croyais le comprendre ! lui avait de nouveau fait cruellement défaut au moment décisif du dernier match qu'il avait disputé ; défaillance qu'il attribuait à l'insuffisance de sa préparation et à laquelle, disait-il, un supplément de travail remédierait dans l'avenir.

Enfin, nous commençâmes de nous entraîner ensemble et j'étais chaque jour davantage impressionné par la pureté de son style. Cependant, chaque fois que je lui proposais (étant plus jeune et brûlant du désir légitime de me mesurer à plus fort que moi) de compter les points, il refusait, prétendant qu'il n'était pas encore tout à fait prêt, laissant d'ailleurs entendre qu'il le serait bientôt et qu'alors, «on verrait ce qu'on verrait» ! Ce dont je ne doutais pas un instant, persuadé qu'une technique aussi accomplie ne pouvait manquer à sa destination.

Je crus découvrir quelque temps plus tard que le secret de cette merveilleuse technique n'était autre que sa pratique assidue du mur d'entraînement. Passant de longues heures de suite à taper la balle tout seul, cela tenait chez lui de la pratique rituelle, presque de la religion. Chaque matin, m'apprit-on, il venait très tôt et s'installait en face de ce mur, répétant inlassablement les mêmes gestes comme un artisan consciencieux. Pour un temps, jaloux de sa technique, j'essayais d'en user de même. Je dus cependant très vite me rendre à l'évidence que non seulement cette pratique requérait une patience presque surhumaine, mais encore qu'elle se révélait, dans mon cas, d'une étrange inefficacité par la suite sur le terrain, face à des joueurs réels, mobiles et imprévisibles (lui-même aurait dit *sournois*)... Je n'en accusais pourtant que mon incapacité personnelle à me perfectionner de façon vraiment sérieuse, persistant à penser que cette méthode porterait en son temps des fruits éclatants en ce qui le concernait.

Or peu de temps après, il se produisit un événement surprenant: lui, qui n'acceptait jamais de jouer le moindre set à l'entraînement ni de s'engager dans aucune compétition, s'inscrivit au tournoi annuel de notre club (je compris d'ailleurs, après coup, que d'obscures obligations envers le directeur l'y avaient contraint).

Le jour de son premier match, j'attendis avec une certaine impatience, je m'en souviens, l'entrée en lice de mon camarade dont je ne doutais pas qu'il allait révéler, à l'ébahissement général, la puissance cachée de son style impeccable. Toutefois, lorsque le match eut lieu (j'étais là longtemps à l'avance, sur le bord du court, par une après-midi caniculaire) contre un adversaire que j'aurais, à priori, estimé infiniment trop faible pour poser un quelconque problème à l'incomparable technicien qu'il était, il arriva cette chose étonnante que, dès les premiers échanges, il parut éprouver les pires difficultés à maîtriser les balles désordonnées de son opposant enthousiaste et inexpérimenté. On eût dit que la pureté de son style s'effritait progressivement au contact du pragmatisme de l'autre. Après le match qu'il eut toutes les peines du monde à remporter, et quand nous nous retrouvâmes aux vestiaires, il entreprit de m'expliquer que des raisons d'ordre familial l'avaient empêché de s'entraîner autant qu'il l'aurait désiré (au mur comme à son habitude) et que cette contrariété l'avait terriblement perturbé, me laissant entendre qu'il ne fallait voir là qu'un incident sans conséquence.

Au tour suivant, je suspectai immédiatement qu'il avait été plus perturbé encore qu'il ne le disait dans sa préparation, car il fut littéralement balayé par un joueur moyen qui nous confia d'ailleurs, après le match, ne jamais éprouver le besoin de s'entraîner le moins du monde. Cette dernière information, loin de troubler mon ami, lui inspira ce commentaire : « Bien sûr ! Cela a marché pour lui aujourd'hui parce qu'il a eu la *chance* de jouer les coups qu'il fallait au moment où il le fallait, mais c'est du bricolage et cela ne mène pas loin. » Signifiant donc que, pour sa part, il nourrissait de tout autres ambitions auxquelles d'ailleurs il faisait constamment allusion dans la conversation, évoquant sans cesse ce jour futur qui le verrait enfin prêt.

Je ne m'étais curieusement jamais préoccupé de la question matérielle à propos de mon camarade. C'est pourquoi je fus très étonné de le retrouver un beau matin employé par le club comme préposé aux inscriptions sur les courts et à l'entretien des vestiaires. On m'apprit alors que ses parents, ayant jugé inadmissible son exclusive passion tennistique, laquelle lui avait fait délaisser de brillantes études à l'École centrale, lui avaient coupé les vivres et qu'en outre, étant en retard de deux cotisations vis-à-vis du club, le directeur, qui l'avait toujours eu en sympathie, lui avait proposé cet arrangement ; situation idéale pour lui, ainsi qu'il me le confia par la suite, car elle lui permettait enfin de se livrer à ce surcroît d'entraînement qui lui avait fait si traîtreusement défaut lors de ses deux derniers matchs.

Sur ces entrefaites, je commençai, pour ma part, d'être invité dans quelques grands tournois « juniors » et nous ne nous vîmes plus que lors de mes rares passages dans le club. À ces occasions, me prenant à part, il m'entreprenait de sa douce voix ecclésiastique, m'expliquant par le menu les mérites ultérieurs d'un entraînement exclusivement technique et me mettant sérieusement en garde contre les terribles dangers de la compétition prématurée. Puis je le perdis de vue pendant plusieurs années.

Un jour enfin, je le rencontrai de nouveau, peu avant l'un de mes matchs, dans les allées de Roland-Garros. Je notai au premier coup d'œil un certain relâchement dans sa mise : il portait une vieille veste élimée et était chaussé de tennis très usées ; seul son pantalon démodé de flanelle grise évoquait une ancienne aisance bourgeoise. Il transportait, dans un cabas comme on en utilise pour faire le marché, des boîtes et des sachets à usage indéterminé. En revanche, sa mine restait splendide et ses yeux brillaient de la même lueur un peu éthérée qu'auparavant. Il m'attira dans un endroit un peu retiré et, entrant tout de suite dans le vif du sujet, me confia que ses premières tentatives d'entrée en lice dans la compétition n'avaient pas donné les résultats escomptés mais qu'il en avait heureusement et finalement découvert la raison : il était un gaucher contrarié ! Aussi avait-il entrepris, depuis trois ans déjà, de réapprendre à jouer de la main gauche, s'entraînant aussi opiniâtrement que d'ordinaire, chaque matin, au mur de notre club où il avait conservé son emploi. Il avait d'ailleurs obtenu, disait-il, des résultats dont je ne pourrais qu'être étonné lorsqu'il aurait l'occasion de me les montrer. Et, ainsi qu'il l'avait fait de nombreuses fois auparavant sans jamais concrétiser, il promit de m'inviter à dîner prochainement « quand il serait plus en fonds » afin que nous causions sérieusement, comme autrefois, des ressorts cachés de la technique. Il m'assura, pour finir, qu'il avait à ce sujet certaines révélations sensationnelles à me faire… et, prenant des airs de conspirateur, ajouta qu'il valait mieux n'en rien ébruiter pour le moment !

Quelques semaines plus tard, il vint assister à l'un de mes matchs, lequel se trouva être l'une de ces parties terriblement disputées dont l'issue demeure longtemps incertaine et qu'en l'occurrence seul un coup d'adresse chanceux, à l'instant le plus décisif, fit basculer en ma faveur : déséquilibré par un excellent contre-pied, je renvoyai la balle comme je le pus, désespérément, à l'aide d'un coup de poignet totalement improvisé et pour le moins inédit qui surprit à la fois mon adversaire, le public et moi-même. La partie terminée, il me suivit aux vestiaires où il me posa sans attendre une question dont je perçus, à sa mine préoccupée, toute l'importance qu'elle revêtait pour lui : ce coup inespéré que j'avais réussi sur la balle de set, qui avait surpris tout le monde et sauvé le match, à quel type d'entraînement m'étais-je adonné pour l'acquérir ?…

Je commençai alors de réaliser que la sorte d'innocence qui l'habitait ne serait sans doute jamais troublée par la perversité d'aucune espèce de réalité. Or, ces dernières années passées sur les circuits de haute compétition m'avaient grandement édifié sur la nature exacte de la mentalité qu'il s'agissait d'acquérir pour réussir – laquelle excluait toute espèce de naïveté ou de rêverie utopique mais requérait au contraire un solide réalisme à toute épreuve (qui débouchait bien souvent sur le pragmatisme le plus sordide...). Comme, d'autre part, j'avais toujours cru préférable de ne pas bousculer *l'illusion vitale* de quiconque, je lui répondis le plus sérieusement du monde que ce coup était hautement élaboré et nécessitait une préparation toute particulière, pour ne pas dire secrète, dont je lui parlerais justement le soir où nous dînerions enfin ensemble.

Je vis, à l'expression de soulagement qui illumina son visage auparavant perplexe, que ma réponse le satisfaisait pleinement.

Il y eut alors une très longue période d'environ une dizaine d'années où nous n'eûmes plus du tout l'occasion de nous croiser. Ma carrière tennistique avait suivi son cours ; j'étais depuis longtemps retiré de la grande compétition et je ne jouais plus que pour le plaisir.

Un jour que j'accompagnais quelques amis sur les courts d'un des grands stades municipaux de la périphérie, mon attention fut attirée dans le lointain par la silhouette svelte et élégante d'un joueur qui s'entraînait au mur avec une application soutenue et dans une technique irréprochable. Je m'approchai : c'était lui !

Il parut à la fois heureux et embarrassé de me rencontrer. Il commença de m'expliquer très vite et sans préambule, à la manière des gens exaltés, qu'il était maintenant tout proche d'atteindre le niveau technique idéal du côté gauche et qu'il avait en outre réalisé entre-temps que la voie royale du tennis futur, laquelle bouleverserait entièrement la physionomie du jeu, était l'ambidextrie, qu'il travaillait maintenant à équilibrer le niveau de ses deux mains et que lorsqu'il y serait parvenu, il estimerait être enfin prêt. Puis il évoqua pour la énième fois une invitation à dîner afin de m'exposer dans le détail les arcanes du *tennis total* !

Je notai le relâchement désormais déclaré de son apparence extérieure : il portait un survêtement des années cinquante très fatigué dont la fermeture Éclair, hors d'usage, était remplacée à intervalles réguliers par des épingles de nourrice ; ses chaussures de tennis étaient rafistolées aux endroits critiques par de grosses rustines ; ses ongles étaient douteux et il avait ajouté à ses habituelles boîtes en fer-blanc contenant potions et embrocations des sachets en plastique, le tout rassemblé dans le même cabas qu'autrefois. Son allure physique, toutefois, comme si elle s'était cristallisée une fois pour toutes à l'âge où je l'avais rencontré, restait étonnamment inchangée.

Comme je le complimentais sur cette apparence toujours aussi juvénile, il me remercia d'un sourire timide dans lequel je vis passer une ombre quelque peu hagarde…

Il laissa alors échapper dans un souffle qui ressemblait à un murmure indécis qu'il avait pourtant maintenant cinquante-huit ans.

Une soirée entre artistes ; suivie d'une visite

Le vin coulait à flots, la chère était succulente et les propos à peu près conformes à ceux que les *artistes* d'aujourd'hui poursuivent en festoyant – dès lors qu'ils brûlent de l'ardent désir d'exprimer tout ce qu'ils ont sur le cœur…

Il y avait là un couple d'Anglais excentriques et une Parisienne branchée qui ne pouvaient manquer d'éveiller la curiosité.

Lui, long corps maigre couronné d'une grosse tête de boxeur mélancolique, des yeux fous devenant concentriques lorsqu'il s'animait, coiffé d'une casquette à longue visière d'où dépassait sur la nuque une petite queue-de-cheval rassemblant ses longs cheveux gris, blue-jeans délavés, bottes santiags, gilet de toile, bracelets de cuivre, chemise bariolée à col indien.

Elle, toute petite bonne femme boulotte, roulant de grands yeux exorbités perpétuellement embués de tristesse (on en venait assez vite à comprendre que cette désolation au bord des larmes était l'expression d'une sensibilité exceptionnelle, profondément choquée par la grossièreté des incohérences émises en sa présence), des bras très courts, couverts d'une multitude d'énormes bracelets africains ou polynésiens (dont le poids global semblait lui interdire de les soulever), les cheveux coupés en brosse : drus sur le dessus et tondus ras autour du crâne ; toute vêtue de noir avec des pantalons bouffants et un gilet couvert de bijoux très stylisés d'une taille démesurée.

La troisième, belle femme aux cheveux raides et gris, coupés à la Jeanne d'Arc, vêtue d'une robe très courte qui laissait entrevoir ses longues cuisses moulées dans un collant gris (qu'elle ne cessait, assise dans un fauteuil, de croiser et de décroiser tout en fixant intensément avec de grands yeux *innocents* les mâles qui se pressaient autour d'elle), son fin visage animé d'innombrables grimaces d'incompréhension manifestant avec ostentation sa *perplexité intellectuelle généralisée*.

Nous dînions aux chandelles dans la grande salle, les reflets des petites flammes ondoyant dans les carreaux obscurcis, et la conversation – s'il était possible de nommer ainsi cette sorte de foire d'empoigne des besoins d'affirmation de chacun (personne n'écoutant qui que ce soit et tout le monde vociférant son avis dans un brouhaha de voix mêlées où la plus impérieuse, la plus menaçante ou la plus hystérique, parvenait à prendre le dessus temporairement...) – ce qui tenait lieu de conversation, donc, avait inévitablement roulé sur L'AUTHENTICITÉ !

Bien que m'étant auparavant chapitré moi-même quant à la nécessité (ne serait-ce que sur un plan tactique) de laisser parler les autres avant moi, affolé par les présences féminines et grisé par le vin, je fis naturellement exactement le contraire et commençai par leur asséner un long discours profus et emberlificoté où j'eus, par bonheur, la chance de me contredire plusieurs fois puis de chercher, bien entendu, à me justifier laborieusement, ce qui eut l'avantage inespéré – vu la façon dont devait évoluer le débat – de me mettre définitivement hors jeu.

Lorsque j'eus terminé – résistant au passage (ainsi qu'il

faut savoir le faire de nos jours à chaque reprise d'haleine) aux multiples tentatives fougueuses de reconquête de la parole de la part des adversaires, exercice qui nécessite de posséder non seulement un grand sens de l'anticipation (afin de recommencer à parler soi-même à l'instant précis de l'attaque adverse) mais encore une voix puissante susceptible de s'enfler progressivement pour couvrir celle de l'assaillant... –, l'Anglais (de toute évidence issu des classes laborieuses, c'est-à-dire *pas du tout flegmatique* !), terriblement frustré d'avoir dû attendre quelques minutes avant de se mettre à hurler à son tour, se jeta à la manière d'un pilier du XV britannique dépité d'être mené au score – à savoir tête baissée et rageusement – dans la mêlée ouverte, tétanisant l'assemblée entière afin de conserver le ballon le plus longtemps possible au moyen de raffuts menaçants...

À un certain moment, j'envisageai même un repli stratégique vers la cuisine car il commença, durant une interruption déplacée venue de sa gauche, de serrer compulsivement le coutelas à découper le gigot, tout en souriant mécaniquement pour faire bonne figure – ce qui, on le sait, ne présage jamais rien de bon de la part d'un Anglo-Saxon... Par bonheur, l'intrus eut le bon goût d'être bref et, desserrant son poing, le leader légitime, visiblement au bord de craquer, put reprendre tout à loisir sa diatribe enflammée contre l'Imposture et l'Inauthenticité.

Or il se produisit cette chose affolante que l'intellectuelle parisienne (peut-être, sous l'empire de l'alcool, avait-elle décidé de jouer sa vie ou n'était-ce alors que simple ludisme érotique ?) entreprit, tout en s'exprimant avec une recherche affectée, d'asticoter l'Anglais irascible, le contredisant systématiquement et ergotant littéralement sur tous les termes qu'il employait. Quelques instants, assez épouvanté, je rassemblai tout mon courage « françois » à l'idée (étant leur voisin le plus proche) de devoir réfréner physiquement la fureur probable du Saxon mais, par bonheur, il n'en fut rien : tel un lion rugissant ému par les grâces d'une girafe maladroite, celui-ci se calma peu à peu et se mit en devoir de lui expliquer patiemment et par le menu tout ce qu'il entendait par *abstraction lyrique, rigueur hasardeuse, esthétique phénoménique*, etc. Et le grondement de sa voix tonitruante allait s'apaisant à mesure qu'il était gagné par la « perplexité intellectuelle » de sa sensuelle et provocante interlocutrice…

S'ensuivit alors un tumultueux méli-mélo constitué d'une dizaine de prétendus dialogues vociférés où chacun, agrippant quasi hystériquement son voisin, se hâtait – sous la menace d'être sanctionné par le désintérêt – de lui asséner en hoquetant nerveusement le condensé ultra-radicalisé et véhément de son point de vue personnel. Chacun se précipitant sur le voisin de droite aussitôt que celui de gauche, plus énergiquement requis d'autre part, faisait soudain défaut tout à trac. Vaste cacophonie discordante et trépidante qui finit malgré tout par s'assoupir à mesure que l'incompréhension générale commençait de s'établir plus sûrement entre les différents interlocuteurs progressivement désabusés les uns des autres…

À un certain moment, tout à fait étourdi, je me retirai auprès du feu pour y rêvasser tout à mon aise. La maîtresse de maison vint m'y dénicher assez vite, m'accusant de manquer de sens de l'humour. Trop las pour tenter de me justifier, je la suivis docilement et entamai alors une discussion littéraire avec la petite princesse anglaise maniérée dont j'ai oublié de dire précédemment qu'elle était accompagnée, comme de son ombre, par un minuscule chien nain de cette espèce nommée chihuahua – sorte de dragon chinois rabougri –, lequel avorton, tapi sous la table, s'était donné pour mission d'assaillir sournoisement les mollets des contradicteurs de sa maîtresse (sa gueule n'étant d'ailleurs pas assez large pour saisir un mollet entier, il en était réduit à s'acharner sur les chaussures et les bas de pantalons). Aussi commençâmes-nous de causer littérature au milieu des grognements et des sourdes menées souterraines du cabot déchaîné.

Auparavant, le peintre véhément, visiblement gêné d'avoir à cautionner les agissements de l'avorton rancunier, avait désespérément tenté de nous expliquer que le chihuahua était pour les Aztèques un animal sacré et que la légende voulait que celui-ci attendît fidèlement ses maîtres sur l'autre rive de l'Achéron, n'ajoutant pas, toutefois, qu'un tel accueil n'était sans doute réservé qu'aux réprouvés ; nous fîmes donc tous bonne figure à ces justifications. Je continuais néanmoins, pour ma part, à tenter d'estourbir sournoisement le petit monstre qui – vu que je n'avais encore presque rien dit ! – paraissait avoir deviné mes pensées ; ainsi tandis qu'en surface mon visage souriait poliment aux propos de sa maîtresse, mes jambes et lui se livraient sous la table un secret combat sans merci...

Cependant, la conversation compassée se poursuivait et la « princesse » (qui s'avérait être elle-même un écrivain au long cours peinant depuis plus de sept années sur un vaste roman déjà doté de mille cinq cents pages !) laissait tomber avec une morgue tout aristocratique louanges et répudiations concernant les auteurs contemporains – d'une manière suffisamment péremptoire et absconse pour qu'on ne s'avisât point (l'avorton aidant...) de discuter ses jugements.

Elle s'était mise en demeure d'expliquer, notamment, à l'aide d'une foule d'allusions alambiquées, comment la vraie littérature se devait « d'amener quelque chose d'entièrement neuf au niveau du langage » – pétition de principe qui semblait combler d'aise la majeure partie de l'auditoire. Comme je sentais qu'il eût été déplacé de ma part de remettre sur le tapis la sempiternelle question, très ordinaire après tout, du fond et de la forme, je me bornai par curiosité et goût du jeu à lancer quelques noms d'auteurs qui m'étaient chers.

Je fus instamment prié de demeurer décent.

La princesse daigna encore nous citer quelques écrivains contemporains qui avaient eu le bonheur de susciter son intérêt. S'agissant de l'un d'entre eux, j'osai, à un moment donné, émettre une réserve. Me coupant la parole avant même que j'eusse terminé ma phrase et d'un air scandalisé, elle s'exclama, avec son très fort accent anglais : « Ow ! Mé pâ du too !! », sans que je puisse déterminer à quoi cette exclamation se rapportait. Je tentai d'obtenir quelques éclaircissements mais la même réponse me fut réitérée et je compris alors que j'avais commis un crime de lèse-majesté en me permettant d'avancer une quelconque opinion s'agissant de la littérature révérée ou vilipendée par la princesse et qu'à partir de ce moment-là, à tout ce que je pourrais émettre dans la conversation, serait opposé ce *« Shocking ! »* sans appel (destiné à me désigner ma place, ni plus ni moins !).

Il fut ensuite ainsi décrété que celui-ci était « insurmontable » parce qu'il proposait une nouvelle approche – si intelligente ! – de *la construction narrative*, que cet autre était tellement « croustillant » (Proust) qu'on pouvait lui pardonner son *inconséquence structurale*, et que celui-là était indiscutablement talentueux et même passionnant bien souvent, mais n'apportait strictement rien, encore une fois, sur ce fameux « plan du langage » que tous les convives présents semblaient s'accorder à vénérer religieusement.

Je finis toutefois par réaliser, un peu trop lentement j'en ai peur, quelle attitude était attendue de la part des interlocuteurs dans cette sorte de *social conversation* très « *upper class* » que la petite princesse – qui s'était manifestement adoubée elle-même fort récemment – cherchait à maintenir au niveau de ses rêves les plus chers : il fallait avant tout rester assis bien droit sur sa chaise, ne s'étonner de rien et acquiescer avec flegme par des interjections polies et anodines aux banalités chargées d'éventuels sous-entendus, le tout étant de maintenir le bon ton du petit rassemblement entre personnes d'élite.

Dehors, le manoir normand juché sur la colline était assailli de plein fouet par un vent violent qui faisait craquer les boiseries. Si l'on se penchait à la fenêtre, les mains en visière, on pouvait apercevoir, dans les hauteurs du ciel mouvementé, une lune harcelée par des nuages déchiquetés et, plus bas dans le lointain, sagement alignées au bord de la sombre masse des eaux, les lumières du Havre qui brûlaient dans la nuit.

Quelques jours plus tard, j'eus l'occasion de me rendre chez ces artistes anglais qui demeuraient dans la région.

Après une longue randonnée automobile parmi les collines de cette partie vallonnée de la Normandie, nous parvînmes à un minuscule hameau blotti sous un petit bois et sur la pente d'un pré verdoyant.

C'était là que le couple anglais, auquel s'ajoutait un garçon qui vivait avec eux (tout en étant, à ce que je crus comprendre, l'amant occasionnel de la petite princesse), avait restauré une vieille ferme à colombages.

Tous trois nous accueillirent et nous firent visiter ; c'était la perfection même en matière de restauration !

Aucun détail, fût-ce le plus minime, n'avait été laissé

au hasard : meubles anciens impeccablement réparés et revernis, vieux fourneaux décapés et rutilants, batterie de cuisine à l'ancienne en rang d'oignons sur le mur, poutres poncées et passées à la lasure légère, petits guéridons remarquetés, radio 1930 dont le tissu même du haut-parleur avait été remplacé par un neuf du même style, fauteuils anciens retapissés dans le goût de l'époque, etc. Et pas le moindre grain de poussière, même dans les recoins !

Le peintre véhément, pour lors étrangement calme et affable, nous fit visiter son atelier et nous contemplâmes une longue série de toiles récentes – lesquelles, clouées au mur l'une sur l'autre par l'un des côtés, pouvaient être feuilletées à la manière d'un gros album. C'étaient (d'après mes repères du moins) des compositions figuratives « postmodernes » où l'on croyait reconnaître, au fond de vieux hangars désaffectés et envahis d'immondices, les silhouettes tumescentes et tordues – vraisemblablement par la souffrance et parfois *néanmoins* assis sur des chaises ! – de corps fraîchement écorchés vifs.

À un certain moment, voulant meubler le silence pudique qui avait saisi les visiteurs, je laissai échapper : « Quelle somme de travail ! » La petite princesse, qui était bizarrement restée adossée au chambranle de la porte sans pénétrer dans la pièce, dit alors sèchement : « Ici, *tout le monde* travaille énormément ! »

Nous prîmes le thé devant la grande cheminée où rougeoyait une série bien ordonnée de bûches spécialement calibrées. On nous versa dans d'authentiques bols rustiques du pays un earl-grey très parfumé et nous dégustâmes quelques tranches d'un cake irréprochable. La conversation, plus détendue que quelques jours auparavant, se fixa sur les difficultés d'adaptation dans les pays étrangers. Je crus deviner, en dépit d'un style oratoire typiquement britannique farci d'allusions énigmatiques, qu'après avoir passé près de quatre années à restaurer de fond en comble cette ferme achetée à l'état de ruine, il leur tardait désormais à tous trois de vider les lieux dont ils avaient pu entre-temps se convaincre – maintenant qu'ils avaient le loisir d'y séjourner tranquillement – qu'ils ne convenaient, en fait, pas du tout ! « *L'imaginaire,* ainsi que le formula la princesse, *n'y étant pas suscité favorablement !* »

(On m'expliqua durant le trajet de retour qu'il en avait toujours été ainsi en ce qui les concernait. Éternels nomades insatisfaits, ils ne trouvaient d'exutoire que dans le travail intensif et dans la recherche perpétuelle d'un eldorado en harmonie *absolue* avec leur sensibilité. Ils en étaient donc à leur six ou septième installation similaire...)

Le moment de prendre congé étant venu, nous fîmes nos adieux sur le pas de la porte.

Comme il est fréquent en mars, le soleil, après une brève ondée, brillait sur les prairies mouillées tandis que sur les arbres les feuilles naissantes s'illuminaient avec une grâce ingénue. Dans le ciel délavé, telles des goélettes blanches, de fins nuages cinglaient joyeusement vers l'horizon.

Alors que notre voiture entamait lentement la descente du chemin de terre menant à la route, j'eus cette ultime vision : les trois Anglais au garde-à-vous sur le perron agitant frénétiquement leurs mains...

L'hystérie de Mabel

Nous étions venus voir le film de Cassavetes *Une femme sous influence*, au cinéma Saint-Germain-des-Prés.

Stationnait déjà là, par une magnifique soirée, une longue file de gens qu'on pouvait aisément cataloguer comme, disons, *intellectuels à la page*... Une très esthétique sylphide parisienne sur le retour, toute de noir vêtue et arborant sur son gilet une superbe broche en argent étincelant dans le crépuscule, entreprit de nous commenter avec l'humilité exaltée d'une vestale, ses précédentes illuminations « cassavetiennes »...

Le drame de Mabel est sans doute son tempérament excessif : elle répond à l'hystérie larvée de son entourage par une hystérie personnelle exacerbée.

Plus sensible ou plus violente encore que les autres, elle incarne, elle symbolise de façon éclatante (et parfois drolatique) leur moi secret. Ceux-ci – incapables qu'ils sont de supporter le spectacle étalé au grand jour de leur propre déséquilibre intérieur – ne peuvent évidemment que la rejeter brutalement. Aussi réagissent-ils avec une férocité implacable aux provocations de Mabel et finissent-ils, à l'aide des institutions bien-pensantes (jamais invoquées en vain en Amérique), par faire interner celle qui – volontairement ou non – ne se conforme pas. Comme on le sait, là-bas, on ne badine pas avec les règles établies. Elles sont le résultat de plus de deux siècles d'avatars du puritanisme, lequel (accommodé à toutes les sauces) reste le fondement central et intangible de l'inconscient collectif – avec toutes les perversions qu'une telle tyrannie larvée entraîne fatalement...

Ici, ce qui est inhabituel – la littérature américaine regorgeant de descriptions de ce genre – c'est qu'on ne nous montre point le puritanisme à l'œuvre dans la haute société mais ses effets indirects et pervers sur la toute petite bourgeoisie ouvrière.

Cet échantillon d'humanité offre le spectacle pathétique d'un déracinement spirituel difficile à imaginer à ce degré dans une autre partie du monde. On dirait que ces êtres n'ont absolument rien à quoi se raccrocher dans l'existence hormis le quotidien le plus banalisé et le plus standardisé. Leurs sentiments mêmes, cruellement privés de références ou de la moindre élévation idéaliste, sont dangereusement instables (aussi ne cessent-ils à longueur de temps de se demander les uns aux autres *s'ils s'aiment!*), leurs manières sont grossières, brutales, car la pauvre éducation toute stéréotypée qu'ils ont reçue, doublée de l'absence dans ce pays de traditions populaires solides, les a définitivement coupés de la diversité des nuances, des finesses subtiles ou délicates qui prévalent dans le monde naturel. C'est le règne de l'artificiel, et la maladresse de ces brutes au grand cœur n'a d'égale que leur bonne volonté à vouloir rattraper leurs terribles et souvent monstrueuses balourdises.

Plusieurs scènes sont carrément terrifiantes: celle, surtout, où l'entourage de Mabel déploie une folie hystérique autrement plus pathologique que la sienne pour lui enjoindre de cesser de faire la folle et de bien vouloir accepter de se faire hospitaliser. Cette séquence est d'ailleurs traitée avec un réalisme et une conviction tels qu'il est quasiment impossible de s'en distancier et que notre mince raison et nos minces certitudes commencent à vaciller sous le souffle du délire collectif.

En bref donc, ce film nous montre une société hystérique rejetant l'hystérique qu'elle a engendrée mais en qui elle ne veut pas se reconnaître.

Il y a donc là – mais n'est-ce pas ce que nous montrent la plupart des films de Cassavetes ? – le tableau désenchanté d'une civilisation gravement malade, presque parvenue à son point de désagrégation : l'envers du rêve américain.

Il est devenu commun de rappeler que le mot religion provient d'un ancien verbe latin qui signifie *relier*. Or c'est précisément ce que le protestantisme exacerbé, tel qu'il s'est institué aux États-Unis, semble peiner à faire : *relier les êtres !* L'atomisation du corps social en cellules de plus en plus centrifuges – artificiellement gonflées de leur propre importance et désespérément égarées dans les dédales de *l'individualisme collectif* – a fini par aboutir aux multiples culs-de-sac de l'égocentrisme personnel le plus stérile. Certains individus issus des classes populaires (parce qu'ils sont plus naturellement rebelles peut-être), lorsqu'ils cherchent à échapper à cette véritable institution du malheur, s'empêtrent dans les nœuds coulants d'un conformisme hypocrite tout-puissant et n'y parviennent finalement que par la violence, la brutalité, l'outrance cynique, et pour les plus délicats : l'hystérie ou le délire paranoïaque.

Toutes réactions d'ailleurs, ainsi que c'est l'insigne mérite de ce film de nous le montrer, vouées tôt ou tard et par les biais les plus machiavéliquement détournés, à être implacablement réprimées ou, ce qui est pire, doucereusement mais fermement récupérées.

Cependant, la triste réalité semble avoir été – en ce qui concerne Cassavetes et sa compagne-interprète (dont le numéro d'hystérie, dans le film, est si saisissant qu'il en devient à la fois inquiétant et… indécent !) – que tous deux auraient fini par noyer leur romantisme désespéré dans un alcoolisme rédhibitoire et sans issue.

Raymond Carver, sans doute le meilleur « nouvelliste » américain de ces dernières décennies, ne nous propose pas, lui non plus, un tableau fort réjouissant de la condition existentielle des classes populaires aux États-Unis. Un sombre pessimisme souffle lugubrement à travers ses nouvelles et l'alcoolisme – dans lequel il s'abîma lui aussi pendant longtemps – y fait des ravages. Dorothy Parker, cet autre astre sombre du désenchantement américain, lui ressemble en cela comme une sœur. La lucidité – si transcendée puisse-t-elle être par une expression artistique achevée – ne suffit pas, apparemment, à réconforter les âmes sensibles au plus profond de la grande Amérique dégénérée.

Pourtant, si l'on y regarde de plus près, se dégage – aussi bien chez Carver et Parker que chez Cassavetes – d'abord progressivement, puis avec force, le sentiment sous-jacent d'une profonde nostalgie : la nostalgie d'un monde moins livré à la déréliction des passions médiocres. On commence de soupçonner alors que cette sourde rage réaliste et sans concession, qui s'acharne à décortiquer le sordide, pourrait être l'effet d'une immense déception… et, pour avoir pris la peine de s'élaborer avec tant d'application et de talent, l'expression d'une requête…

Lorsque nous ressortîmes du cinéma, sous l'éclairage blafard des néons de la rue, nous croisâmes « la vestale ». Nous adressant un sourire de connivence, elle s'exclama : « C'était formidable, non ? »

Nous la vîmes s'éloigner en trottinant, visiblement enchantée d'elle-même et de sa soirée.

Au musée de Bruxelles par un jour de pluie en hiver…

Tandis que de violentes rafales de vent et de pluie glacée flagellaient les baies vitrées du musée d'Art ancien de Bruxelles, nous avancions dans l'enfilade des salles lugubres et quasi désertes où – accrochés à leur place respective, dûment étiquetés, pauvrement éclairés – stationnaient, ignorés des rares visiteurs, les merveilleux paysages des maîtres flamands des XVIe et XVIIe siècles. C'était une impression étrange par une telle journée d'être les seuls à venir réveiller ces bois, ces collines, ces chemins et ces ruisseaux *deux fois dormants* : dans leur propre pénombre dramatique (qui est la manière des Flamands) et dans celle de cet austère musée somnolent !…

Qui n'a éprouvé la magie d'un Ruisdael ?

Une forêt sépulcrale aux entrelacs de branchages tourmentés, un gué de rivière qui coupe le chemin aux profondes ornières (on croit entendre le courant sur les pierres) ; non loin, un petit personnage en chapeau noir, son ballot posé à côté de lui, un bâton à la main, est assis sur le bord du chemin au détour duquel (surgissant de l'ombre épaisse des arbres immenses) apparaît un couple de paysans en marche. Au-dessus des frondaisons foisonnantes (remarquablement dessinées selon un style bien spécifique à ce peintre), se déploient de gigantesques nuages bouillonnants dont la vision procure une sensation ambivalente : entre admiration et inquiétude…

C'est du reste le sentiment majeur que nous éprouvons devant ces paysages : le clair-obscur des ombres et des lumières sur la toile répond au clair-obscur d'une partie de notre âme. Sentiment qui me semble pouvoir être nommé : « peur panique » ; cet effroi bizarre et incoercible qu'encore aujourd'hui la présence éventuelle du dieu Pan instille en nous lorsque nous séjournons dans les bois solitaires. Trouble ancestral encore répercuté sur la toile dans l'attitude contemplative ambiguë du chemineau. Par empathie, nous éprouvons l'inquiétude métaphysique de cet individu isolé au sein de l'étrangeté radicale des lieux sauvages. Un texte de Rainer Maria Rilke décrit parfaitement ce trouble :

> « Avouons-le, le paysage est une chose étrangère pour nous, et l'on est terriblement seul sous les arbres qui fleurissent et parmi les ruisseaux qui coulent. Seul avec un homme mort, on est moins abandonné que seul avec des arbres. Car quelque mystérieuse que puisse être la mort, plus mystérieuse encore est une vie qui n'est pas notre vie, qui ne participe pas à nous et qui, en quelque sorte sans nous voir, célèbre ses fêtes auxquelles nous assistons avec une certaine confusion, comme des hôtes arrivant par hasard et qui parlent un autre langage. »

Or c'étaient bien des sentiments mêlés que ceux que nous éprouvions en présence de ces tableaux, eux aussi solitaires et comme perdus, au fond de ce musée spectral et désert. L'effroi, conjugué à la fascination, ressenti à l'orée des bois (que le peintre réussissait si parfaitement à nous communiquer) se compliquait ici pour nous, en l'occurrence, d'une sorte de mélancolie et de compassion à l'idée de l'abandon de ces peintures (sans doute jamais moins appréciées que de nos jours, où la nature – quand on la rejoint – se doit absolument d'être légère, joyeuse, solaire et – vacances obligent ! – baignant dans l'atmosphère d'un éternel été sans pluie).

Est-ce donc, soit dit en passant, pour cette raison – cet effroi panique qui nous saisit en présence de la sauvagerie – que nous saccageons les endroits encore plus ou moins vierges de la planète ? Toujours est-il qu'il est bien rare que nous puissions encore contempler des paysages agrestes aussi dégagés, aussi purs de toutes scories « civilisées » que dans ces représentations flamandes d'il y a trois siècles. Pour ma part, il m'advient couramment de m'absorber dans leur contemplation comme si j'étais aspiré dans un trou interstitiel du temps – quelques secondes, un quart d'heure... – et d'en ressortir comme d'une extase profonde. Il me semble m'y être approché – ô vertiges et mystères de la perception esthétique, *mieux que dans la nature elle-même !* – des mystérieux, subtils, indicibles secrets qui y rôdent furtivement.

Jean-Philippe Domecq, dans sa très belle étude sur Ruisdael, décrit avec précision, il me semble, ce que nous ressentons devant ces toiles :

> « Au moment d'entrer dans une forêt, l'homme a un temps d'arrêt. Il craint ce qu'il va y trouver d'inconnu, et aussitôt il y mêle ses fantasmes. Démêler cela, c'est-à-dire ce qui vient de lui et ce qu'est le monde sans lui, telle est l'épreuve initiatique que symbolise la forêt [1]. »

1. Jean-Philippe Domecq, *Ruisdael Ciel Ouvert*, Adam Biro, 1989, p. 59.

Cependant, un peu plus loin, d'autres œuvres remarquables témoignaient d'un sentiment fort différent en face de la nature, notamment celles d'un artiste au nom français, Jacques d'Artois.

On y voyait, depuis un promontoire en forêt, s'étaler à perte de vue un vaste panorama : un moutonnement d'arbres à l'infini parmi lesquels pointait, ici et là, un rocher où se dressait un château, ou bien, à travers une échancrure de la végétation, c'était une rivière qui glissait sous les frondaisons couvertes de lianes et de plantes grimpantes – lesquelles paraissaient se pencher sur le flot avec sollicitude – tandis qu'un peu plus loin, enfoui sous la verdure et couvert de mousse, se tenait un vieux moulin sur une estacade de bois ; des barques l'environnaient ; on entrevoyait la silhouette d'un pêcheur placide, des oiseaux virevoltant au-dessus de la surface de l'eau... La scène semblait figée dans l'atmosphère magique d'une de nos plus intenses songeries enfantines.

D'autres tableaux montraient des auberges au bord des chemins où sont attablés de joyeux convives en bonnet, fumant la pipe et vidant des verres de vin blanc, cependant qu'autour d'eux s'ébattent des chiens, des enfants, que l'on dételle les chevaux d'une diligence dont descendent des belles enrubannées – qui rient... D'immenses arbres vénérables surplombent et encadrent les lieux avec une dignité toute paternelle. Une rivière coule dans l'ombre derrière les bâtisses, et c'est comme si le temps lui-même ne faisait que passer en chantonnant, un peu à l'écart... épargnant de ses habituelles rigueurs ces petits havres rustiques.

À contempler un certain temps ces images, un soupçon pénible nous assaille soudain, une hypothèse cruelle que notre soucieuse raison moderne préférerait, à vrai dire, éluder : *une semblable idylle entre la nature et les hommes a-t-elle jamais eu lieu ?*

Nous eûmes encore la chance de contempler quelques toiles de Bruegel l'Ancien en meilleure place. L'une d'elles surtout est frappante et semble d'ailleurs avoir retenu l'attention de beaucoup d'artistes et d'écrivains : *La Chute d'Icare*.

Sur le dos arrondi de la mer turquoise luit un sourd reflet, celui du soleil jaune safran, voilé, qui s'abîme dans les flots calmes du soir. Sur la colline qui surplombe le bras de mer, un laboureur (à la tunique grise et à la chemise rouge formant contrepoint avec le turquoise des flots et dont les plis répondent à ceux des sillons) manie la charrue derrière un lourd percheron dont la placidité et la plasticité impressionnent. Tout alentour, la végétation luxuriante et profuse encadre harmonieusement la scène. En contrebas, un troupeau de moutons s'égaille paisiblement dans un pré tandis que le pâtre, qui a le dos tourné à la mer et le nez levé vers le ciel, semble *goûter* l'atmosphère avec délices. Plus bas encore, sur la dernière terrasse, un pêcheur trempe philosophiquement sa ligne dans l'eau (paraissant, à vrai dire, n'en rien attendre de concret).

Or, à l'aplomb même de cette ultime terrasse, à la surface des flots, on aperçoit deux jambes émergeant encore tandis que le haut du corps est englouti par les eaux…

Non loin de ce discret naufrage, une caravelle, dont la forme rappelle étrangement celle d'une opulente mandoline, enfle sa voile de proue dans une magnifique arabesque, rappel de la courbe de l'arbre qui, sur le promontoire, s'incline en une profonde révérence… (L'oreille interne de l'imagination nous restitue alors, confusément, les accords étirés, harmoniquement dissonants, des motets de Roland de Lassus...) Le gonflement gracieux de cette voile paraît être d'ailleurs le point central du tableau : on dirait que le profond onirisme intérieur propre à cette évocation fait saillie à même l'image, dilatant la toile qui s'enfle sous le puissant souffle du songe... Cette emphase onirique – on le pressent de façon sourdement magique – répond à l'éparpillement anarchique des îlots dans le golfe, aux dislocations chaotiques des rochers surgissant çà et là à la surface de la mer.

Dans une anfractuosité de la montagne au loin, fume, telle une marmite de sorcière au fond d'un antre maléfique, le petit port où, on le devine, fermente l'agitation bourgeoise dont provient l'ambitieux Icare.

Or donc, et c'est sans doute ce que Bruegel a voulu signifier, ni le laboureur, ni le pâtre, ni le pêcheur, ni les animaux, ni les marins, pas plus que la création tout entière, qui semble végéter dans une silencieuse et bienheureuse léthargie, n'ont cure de l'échec d'Icare. Ils ne l'aperçoivent même pas.

Nous comprenons que les gens simples, les animaux, le monde végétal lui-même, n'ont nul besoin de *réfléchir intellectuellement* pour sentir ce que conjecturaient les intelligences supérieures de l'époque (tel Spinoza que les bourgeois de sa ville, comme de bien entendu, avaient mis au ban) : *que Dieu et le monde, sans doute, ne font qu'un* [2], que se révolter contre lui ou vouloir lui

2. « Panthéisme : mot inventé en 1705 par le philosophe anglais John Toland pour désigner la Philosophie de Spinoza. Système qui considère Dieu comme l'âme du monde, et le monde comme le corps de la divinité. Panthéisme cosmologique : considérer l'univers et Dieu comme étant identiquement le même être. » Littré.

ravir certains de ses secrets est absurde car ce serait, tout bonnement, se retourner contre soi-même et, par voie de conséquence, courir à la catastrophe – ainsi que la mésaventure d'Icare en témoigne.

Dans une dernière salle enfin, nous tombons en arrêt face à un autre magnifique Bruegel. Or, dans ce paysage d'hiver – où l'on voit, au bord de canaux gelés, des chaumières environnées par de hauts arbres enneigés sous lesquels s'ébattent de joyeux patineurs – tout est évoqué avec une telle grâce (dans l'agencement des lignes, celui des couleurs, dans le rendu de l'atmosphère propre aux lieux) que celle-ci semble ne faire que prolonger tout naturellement l'harmonie intérieure au sujet lui-même. On croit percevoir que le génie de Bruegel (au-delà de son exceptionnel savoir-faire) a peut-être été avant tout de savoir *se laisser porter par le courant d'accord et de relation intime au monde* propre à la société de son époque.

Harmonie panthéiste, frisson panique, ces sentiments d'un passé relativement récent, évoqués par les toiles que nous venions de contempler, nous avaient rendus bien songeurs lorsque nous redescendîmes les marches luisantes de pluie du vieux musée… À nos pieds, sur la chaussée trempée de l'avenue, les pneus des innombrables automobiles chuintaient inlassablement…

Sils Maria

Pimpante et ornée de collerettes de bois ouvragé, mais coincée entre deux hôtels modernes visiblement réservés à la clientèle des sports d'hiver, elle fait figure d'une vieille paysanne coiffée d'un bonnet de dentelles égarée dans un supermarché ! Des énergumènes qui n'ont sans doute jamais lu une ligne de Nietzsche ont érigé une affreuse statue sur le devant : une espèce de volatile héraldique très mal stylisé, sans doute censé représenter l'aigle de Zarathoustra…

L'intérieur a été transformé en musée. Par bonheur, tout est rédigé en allemand. Je dis par bonheur parce que je n'entends pas cette langue et qu'au seul vu de la présentation générale, on soupçonne que ce ne sont pas, pour le coup, des *surhommes* qui ont présidé à cette exhibition… C'est une maisonnette aux pièces lambrissées de bois blanc, au parquet ciré. Au premier étage on peut apercevoir depuis la porte (un cordon barre l'accès) la chambre du philosophe. Je suppose que durant ses séjours il n'occupait que cette seule pièce et que les petits-bourgeois qui la lui louaient devaient être à cent lieues de soupçonner quel redoutable nihiliste ils abritaient sous leur toit.

Je me le représente, en effet, comme un petit professeur myope, très introverti et d'une exquise politesse avec tous ceux qui ne participaient pas de sa sphère.

Je doute fort, également, que les responsables du syndicat d'initiative de l'endroit – qui ont fait poser un poteau indicateur dans la grande rue – se soient jamais fait une idée bien précise de l'œuvre de ce dynamiteur du monde moral qui déclarait que ses écrits devraient traverser l'époque à la façon dont les trains d'explosifs traversaient alors l'Europe : précédés d'un drapeau noir !... Dans cette simple *cabine* de bois, on voit un lit étroit couvert de son édredon, une petite table avec l'unique chaise de la pièce et la lampe à pétrole coiffée de son opaline. C'est là qu'il écrivait. Cette table rudimentaire, quel rôle n'a-t-elle pas joué et ne joue-t-elle pas encore dans l'imagination des nombreux rêveurs qui ont été *transcendés* par les idées et par le style du petit professeur secrètement exalté, sagement et longuement assis dans cette chambre à couvrir des centaines de pages de sa prose enflammée et prophétique ?

Près de la table, un canapé assez sobre couvert d'un tissu à fleurs – sans doute commun pour l'époque, mais doté pour nous d'un charme désuet. Cet objet est d'ailleurs le seul, dans la chambre austère, qui évoque peu ou prou une quelconque propension à la rêverie, au farniente... Le reste respire une simplicité toute monacale.

Sur l'un des murs, un miroir de dimension moyenne entouré d'un cadre doré. En face, à côté d'un placard encastré dans la cloison de bois, une autre table, plus grande et plus solide, couverte d'une nappe blanche, où reposent les ustensiles de toilette : la large bassine et le broc pour les ablutions, une volumineuse boîte en porcelaine, une carafe. Sur le sol, un tapis très usé couvrant la moitié du plancher. Rien de plus !

La lumière du jour n'entre que par une seule double fenêtre (toutes les maisons d'ici étant construites contre le froid). Cette ouverture donne sur les bois qui descendent de la montagne, juste derrière la maisonnette, et viennent la frôler, comme s'ils voulaient s'évertuer à lui faire peur ; mais la petite maison ne se laisse manifestement pas effrayer, consciente qu'elle est d'abriter les mânes d'un ardent restaurateur du *dionysisme*. S'il est dit, en effet, qu'Épicure chercha dans les temps anciens à nous libérer de la crainte des dieux, Nietzsche ne chercha-t-il pas, pour sa part, à nous délivrer de l'emprise de *Celui* qui, ayant supplanté tous les autres, avait de surcroît réussi à jeter l'anathème sur la nature sauvage, nous induisant à voir en elle la matrice de toutes les puissances maléfiques ?

Or, si le philosophe dionysiaque entreprit la tâche titanesque de nous libérer du dieu chrétien ennemi des forêts, lui-même – ironie du sort – grevé insidieusement de son insistante présence fut, tel un Raskolnikov, hanté par la culpabilité, cruellement acculé à lui offrir en sacrifice sa brillante mais fragile raison *trop humaine*... (Il n'est certes pas si facile, par le seul exercice de la volonté personnelle, de se débarrasser des toutes puissantes injonctions de l'inconscient collectif.)

Rien des tourments du lutteur solitaire ne transpire plus, bien entendu, dans la petite chambre paisible et bourgeoise d'aujourd'hui. Néanmoins, je me suis recueilli quelques instants – le temps que les « touristes culturels » ont bien voulu m'accorder avant de venir m'horripiler avec leur stupide curiosité sans objet – devant la petite cellule poignante de tristesse de celui qui, dans mon adolescence, me révéla dans une véritable jubilation l'exercice dynamique de la pensée et m'enseigna le salubre irrespect des valeurs trop établies.

Déambulant ensuite dans les rues du village et encore sous l'impression de cette visite, je me pris à sourire, songeant à la pathétique dichotomie qui déchira Nietzsche toute sa vie et je me souvins alors des si pertinentes paroles de John Cowper Powys :

> « Nietzsche glorifia héroïquement une équanimité toute classique à laquelle lui-même ne put jamais atteindre. Il voulait nous faire aimer le destin et le rire et la danse ; mais des gouttes de larmes brûlantes tombaient sur les pages de sa prophétie et bien que son esprit de sérieux ait décrété la nécessité de renoncer à tout esprit de sérieux, c'est dans la terrible gravité de sa propre nature qu'il faut chercher la raison de son défi. N'est-ce pas lui-même, après tout, qui nous enseigne que pour juger de la valeur d'un philosophe, il nous faut d'abord tenter de déceler les ressorts secrets de sa psychologie ?
> La force profonde qui menait Nietzsche était un antique instinct de vie sauvage enivré d'illusions, et bien qu'il vantât et pratiquât l'urbanité classique, aucun tempérament ne fut moins urbain que le sien. »

Or, ainsi que je l'ai indiqué, la petite maison est ici égarée au milieu d'imposants hôtels de tourisme aux dehors tapageurs. Une foule de vacanciers, fluant et refluant depuis les carlingues d'énormes autocars, s'éparpille à heures régulières dans les rues du village dont le charme montagnard semble, sous cet assaut de banalité criarde, reculer avec circonspection et réintégrer subrepticement la pineraie toute proche. Au vrai, la présence si discrète de la maison de villégiature d'un penseur célèbre, au milieu du gigantisme indifférent de l'architecture contemporaine, m'a paru donner une juste idée de la place de la philosophie à notre époque : tout juste tolérée ! (Et ce, uniquement grâce au malentendu induit par le snobisme culturel…)

Cela dit, n'est-il pas fatal qu'en ce qui concerne Nietzsche précisément – lui dont on sait qu'il prenait un soin tout particulier à déconseiller la lecture de ses propres ouvrages à ceux qu'il jugeait inaptes à les saisir de façon *essentielle* – cette célébrité soit en grande partie fondée sur un malentendu, sa pensée véritable étant en quelque sorte occultée par l'ombre d'une immense méprise ?

En effet, aujourd'hui encore, qui donc sait rester assez circonspect pour restituer sa juste valeur à cette véhémente tentative de *transmutation des valeurs* (ainsi qu'il la désignait lui-même) ? Seuls peut-être quelques rêveurs excentriques ayant assez de détachement et de loisirs pour mener à bien une lecture attentive – je veux dire suffisamment lente et patiente pour non seulement en évaluer la part allégorique, emblématique, mais encore pour en rejeter avec perspicacité les fatales scories, pour *discriminer*, ainsi qu'on devrait le faire avec toute œuvre –, si géniale puisse-t-elle être – en raison de l'inévitable, inconsciente, et sans doute indispensable participation de l'auteur aux préjugés inhérents à son époque ?

Je me souviens d'un vieux professeur de philo de mon lycée, humaniste désabusé, dont l'image me servit plus tard à *visualiser* le Settembrini de *La Montagne magique* et qui avait coutume de répéter :

« Nietzsche n'est pas bon à mettre entre toutes les mains ! »

J'ai amplement pu me convaincre par la suite de la justesse de cette assertion. J'ai, en effet, eu le triste privilège d'avoir à assister, dans mon entourage, aux ravages que pouvait provoquer cette pensée caustique sur des êtres brillants mais intérieurement minés par une névrose d'infériorité ou, comme le dit si bien le langage commun, « complexés ». Certaines des théories de Nietzsche, certains de ses aphorismes – spécialement en ce qui concerne les prétendus faibles, les femmes, ou l'usage de la force –, s'ils ne sont pas replacés dans leur contexte exact (à la fois polémique, historique et, disons, *circonstanciel*), ne peuvent qu'apporter de l'eau au vieux moulin, toujours prêt à reprendre du service, des esprits chagrins et revanchards, des petits sergents du radicalisme intransigeant, bref, de tous *les terribles simplificateurs* du « fascisme ordinaire ». Ceux-ci se montrent toujours fort surpris d'apprendre que leur Grande Idole Inflexible et Barbare n'élevait jamais la voix dans la conversation, cherchait sincèrement à pénétrer les opinions opposées à la sienne, se montrait d'une extrême courtoisie avec les femmes, pitoyable et secourable envers les nécessiteux, les humbles, les animaux et prêchait régulièrement la modération à ses amis.

Dans une lettre du 28 septembre 1869, il répond à son ami le baron de Gersdorff après que celui-ci l'eut pressé de se convertir au régime végétarien :

> « … je suis vraiment fâché de ne pas être de ton avis en ces matières. Cependant pour montrer ma bonne volonté et mon énergie, je me suis tenu jusqu'ici au régime que tu préconises et je persévérerai jusqu'à ce que tu me donnes l'autorisation de vivre autrement. – Pourquoi pousser tout de suite la modération à l'extrême ? Parce que de toute évidence, il est plus facile de s'en tenir à l'extrême que de suivre sans défaillance la perfection du juste milieu. »

Overbeck raconte l'anecdote suivante d'après le récit fait par un témoin de Turin :

> « Friedrich allait tous les jours au café lire le *Journal des débats*. Un jour, un client pressé referme rapidement la porte et écrase la patte du petit chien qui

courait sur ses talons. Le maître s'éloigne sans y donner plus d'attention, et le chien reste là, gémissant. Friedrich fut le seul à le prendre en pitié. Il demanda au garçon de lui apporter un peu d'eau, tira son mouchoir et fit au petit chien un pansement dans toutes les règles, car il avait été infirmier en 1870. Tout le monde regardait avec sympathie le professeur étranger, et le chien se coucha à ses pieds. Tout à coup la porte s'ouvre et le propriétaire du chien le siffle. Le chien file aussitôt, avec son pansement. Mais quelques jours après, comme Friedrich lisait de nouveau le *Journal des débats*, le petit chien s'approche, lui pose la patte sur le genou, et fait entendre un petit grognement pour attirer son attention ; et il tient dans sa gueule le mouchoir soigneusement lavé et repassé. Le maître avait trouvé ce moyen de remercier le monsieur secourable à qui il exprima sa sincère reconnaissance. »

Oui ! Même à notre époque où ses livres figurent en bonne place dans toutes les bibliothèques et où d'innombrables études auscultent son œuvre sous toutes les coutures, qui donc cherche encore à *entendre* ce que Nietzsche a réellement voulu nous dire ? Certes pas, en tout cas, les surveillants appointés de la « bonne conscience communautaire » qui semblent avoir pour mission de désamorcer subtilement les charges explosives des pensées subversives ! Ces bataillons de sapeurs de la Grande Armée Universitaire qui, à l'aide d'une casuistique habile (à l'instar d'une combinaison échiquéenne !), s'ingénient à faire dire à cette œuvre (à vrai dire suffisamment éclectique pour le permettre) ce qui est manifestement au goût du jour – l'acclimatant, lui conférant, au bout du compte et à force d'arguties, un sens *respectable* et *politiquement correct*.

Quoi qu'il en soit des « nietzschéens », j'ai donc à mon tour accompli le pèlerinage jusqu'à la maisonnette de haute Engadine.

Je ne me suis pas agenouillé devant elle pour manger de la neige comme Cocteau (il n'y avait d'ailleurs pas plus de neige quand je m'y suis trouvé qu'apparemment lorsque Nietzsche y venait...) ni feint de l'ignorer comme Proust – lequel, se promenant sur les rives du lac de Sylva Plana, nous révèle qu'il s'arrêta un instant à l'endroit même où le philosophe est censé avoir eu sa fameuse révélation (et où une plaque a également été apposée !...) et qu'il y observa curieusement le vol d'une myriade de papillons qui effectuaient d'une rive à l'autre, dans un ultime rayon de soleil crépusculaire, un mystérieux *« aller-retour »*...

Je suis, à vrai dire et pour mon humble part, resté longtemps assis à cet endroit prétendument fatidique, sur le rivage, faisant naïvement effort pour m'extirper de ma propre humeur passagère, cherchant puérilement, dévotieusement (n'étant pas encore, hélas, entièrement dégagé du besoin d'idolâtrer quelque peu...), à recueillir les éventuels *eidôla* émanés du passé, lesquels auraient peut-être pu – sait-on jamais ? – voltiger encore à la surface de l'eau...

Or – dois-je l'avouer ? – hormis le volètement balourd au ras des flots de mes propres élucubrations, les hauts sapins immobiles sous la protection desquels s'était assemblée une gentille ronde de minuscules fleurs mauves, les innombrables vaguelettes frémissantes sur les galets de la rive et le bouillonnement de la cascade qui se déverse à cet endroit, il n'y avait – à perte de vue – qu'un immense lac d'un vert profond, sombre, impénétrable...

« Voix dans la nuit »

Stevenson a dit que dans les œuvres littéraires, y compris les plus riches en péripéties, l'aventure réelle que nous y vivions était la rencontre avec le tempérament de l'auteur.

Or dans le recueil de souvenirs de Frederic Prokosch *Voix dans la nuit*, nous vivons doublement cette aventure, car cette méthode qui fut la sienne de noter chaque soir les propos entendus dans la journée nous permet, en sus de son style éblouissant, d'être confrontés au langage spécifique, au ton inimitable de chacune des figures évoquées.

Dans ce livre, nous admirons un sens parfait de la description allié à une rare efficacité stylistique. Quelques mots suffisent à Prokosch pour camper un paysage, une demeure, une atmosphère, pour nous décrire l'apparence physique de quelqu'un. Quant à ce que certains n'hésiteraient pas à nommer l'âme des choses, en véritable maître, sachant comment elle se dérobe, il ne l'aborde jamais de front, se contentant de nous décrire son reflet sur les êtres ; celle-ci émane alors tout naturellement avec la fluidité discrète d'une évidence… C'est là tout l'art du collectionneur et embaumeur qu'est Prokosch. Car il est bien entendu impossible – et c'est lui-même à plusieurs reprises qui nous invite à ce rapprochement – de ne pas établir un rapport étroit entre ses planches de papillons rares et son goût pour les collections de *personnages*. On peut bien dire que, suivant en cela le conseil de Stendhal à propos des êtres, il les *insectise*, il les *épingle* avec une précision d'entomologiste, laquelle n'exclut d'ailleurs pas, à l'occasion, l'ironie, l'admiration ou la compassion.

Fascinante vitrine derrière laquelle les *épinglés*, comme fixés sur le velours de la page, paraissent battre faiblement des ailes et, l'espace de quelques instants, créent pour nous l'illusion féerique de leur résurrection…

En outre, autour de cette discrète magie, évolue la tristesse mélancolique de Prokosch – étrangement profonde, raffinée, ontologique… Et comment en irait-il autrement avec les collectionneurs ? Engagés comme ils le sont dans un combat perdu d'avance, cette lutte quasi-maniaque contre l'oubli et en faveur de l'exceptionnel… Combat doublement voué à l'échec et par le temps et par l'époque !…

Cela dit, nous ressentons chez Prokosch quelque chose de plus poignant encore : un constat de solitude totale, irrémédiable, laquelle me paraît pouvoir être rattachée aux affres inéluctables, en ce monde, des sensibilités homosexuelles. On croit pressentir qu'on a affaire ici, de même que chez Proust, Cernuda, Truman Capote ou Cavafy, à la parfaite sublimation formelle d'un désir à jamais lancinant, perpétuellement voué à l'inassouvissement et emprisonné dans le cercle labyrinthique de passions d'autant plus exacerbées qu'elles ne peuvent fatalement pas s'illusionner sur la possibilité d'un aboutissement exutoire. Oui, c'est sans doute cela qui, à les lire, nous étreint d'une telle émotion : l'expression de cette radicale solitude de l'être soudain dépouillé de l'illusion fantasmatique de la fusion érotique parfaite.

À cet instant, le voile de Maïa se soulève un peu et nous frissonnons…

Le choix de l'illustration du frontispice dans l'édition Bourgois des Mémoires de Prokosch est d'ailleurs particulièrement approprié : cette toile de Chirico intitulée *Mélancolie hermétique*.

Il y a maintenant autre chose de très remarquable à noter chez Prokosch : le fait que sa personnalité est en parfaite adéquation avec la culture mondaine anglo-saxonne.

À la fois lui-même et la plupart de ceux parmi lesquels il évolue au sein de ces brillants salons d'avant-guerre – dont il nous persuade d'ailleurs, en passant, que nous ne retrouverons jamais leur équivalent parce que, comme il le fait dire au critique Cyril Connolly à propos de la vieille Nancy Cunard, « le monde moderne ne le tolérera pas !… » (mot merveilleusement ambigu : entre le sarcasme dirigé contre le conformisme un peu ridicule de ces salons désuets et le regret d'un luxe que le pragmatisme moderne ne saurait se permettre…) – constituent le gotha littéraire anglo-saxon des années trente. Or parmi ces grands mondains, raffinés à l'excès, parfaitement *achevés* dans leur genre, règnent deux règles intangibles : la première étant de ne jamais, au grand jamais ! être pris en flagrant délit d'opinion (exercice à la fois hautement fascinant et prodigieusement agaçant pour un lecteur français) ; la seconde consistant à perfectionner jusqu'au délire (le mot n'est pas trop fort) l'art consommé de l'*« understatement »* : vieille tradition anglaise concernant les échanges verbaux qui fait que la conversation, dont l'objet n'est jamais entièrement élucidé, flotte en ondoyant au gré des interlocuteurs – toujours sur le ton de la plaisanterie, bien entendu – entre les eaux souvent étincelantes, toujours drôles, parfois douteuses, mais surtout et la plupart du temps terriblement venimeuses, de la métaphore généralisée. Arme rhétorique perfectionnée au fil des générations, qui permet d'attaquer l'adversaire sournoisement, machiavéliquement, de biais, sous le couvert de l'évocation, avec une sourde et terrible violence à peine imaginable pour nous autres Latins.

Art de l'allusion qui confine, dans la bouche des plus brillants causeurs, à une sorte d'escrime supérieure.

Dans le recueil des souvenirs de Prokosch, nous restons à la fois éblouis et terrifiés par ces assauts. Au chapitre précisément intitulé «Le duel», nous voyons aux prises la fameuse Lady Cunard dans son salon londonien et le jeune Hemingway qu'elle fait profession de détester mais qu'elle a néanmoins invité chez elle à prendre le thé en vertu de sa célébrité naissante:

> «– Avez-vous lu *L'Iliade*, Mr. Hemingway ?
> – Autrefois à l'université, grogna Hemingway.
> – Je m'en doutais, dit Lady Cunard. Hélas, le croiriez-vous, je n'ai jamais été à l'université.
> – Il n'y a rien de mal à être un autodidacte, dit Ernest Hemingway.
> – Mais voilà justement le plus affreux de l'histoire ! La malchance a voulu que je ne sois pas “un” autodidacte. Il est si navrant d'être une dame ! Nous souffrons de tant d'insuffisances ! Vous, en tant qu'homme, et brave de surcroît, vous ne souffrez pas de ces insuffisances.
> Lady Cunard portait ses coups de rapière à la vitesse de l'éclair. Tout était si rapide et si délicat que la cruauté passait presque inaperçue.

– … chez un homme, ajouta-t-elle, l'insuffisance est plus visible que chez une femme. Elle peut se mesurer, pour ainsi dire. Longueur, profondeur, caractère immédiat. Dans le cas d'une femme, c'est moins facile. Moins commode à mesurer. Il faut recourir à l'intuition, mais l'intuition peut être trompeuse. En ce qui concerne les femmes, vous fiez-vous à vos intuitions, Mr. Hemingway ?
– Mes intuitions ne sont pas aussi malignes que les vôtres, je suppose, répliqua Hemingway.
Comme satisfait de sa riposte, il eut un large sourire enfantin. »

À l'heure où j'écris ces lignes – reprises d'un ancien carnet retrouvé ces jours-ci – Prokosch est vraisemblablement mort. Sa voix s'est maintenant mêlée, à son tour, à celles qu'il avait tenté de ressusciter minutieusement et nous ne pouvons nous défendre d'une particulière tendresse pour cet opiniâtre effort solitaire consacré à tenter de sauvegarder les vestiges épars d'un monde révolu.

> « Après le salon, je regagnai ma morne chambre afin de noter, dans une espèce de transe d'exactitude, les dialogues qui ondoyaient au-dessus des tasses de thé. Je notais ce que Granville-Barker avait dit sur Coriolan, et les éloges lyriques du docteur Gogarthy sur *L'Énéide*. J'éprouvais un secret triomphe, mi-humble, mi-exultant, à transcrire ces conversations, comme si j'éployais les ailes d'un papillon. »

Or nous-mêmes aujourd'hui, refermant le recueil des souvenirs de Frederic Prokosch, un demi-sourire nostalgique et songeur sur les lèvres, ne sommes-nous pas gagnés d'un enchantement comparable à celui qui nous vient lorsque après avoir manié et contemplé des collections de papillons dans leurs boîtes vitrées, nous découvrons soudain la fine poudre multicolore déposée sur nos doigts ?…

Petite confrérie d'âmes sensibles

Je viens d'achever le journal qu'Isaac Babel a réussi à tenir entre les harassantes chevauchées parmi les cosaques semi-sauvages de la fameuse « Cavalerie Rouge » de Boudenny qui fut, en 1920, à la pointe de la guerre que les Soviétiques menèrent contre les « réactionnaires polonais ».

En bref, voici la vision que m'a procurée cette lecture : un frêle Juif, à la mine inquiète mais recueillie, chaussé de ses lunettes ovales d'intellectuel (tel qu'on le voit sur la photo de la page de garde), dissimulé derrière le battant d'une porte de grange, écrit à la hâte sur un petit carnet écorné, cependant qu'autour de lui – vociférant, distribuant des coups de fouet tout en harnachant leurs chevaux dans un tohu-bohu désordonné et furieux – les brutaux et cruels cosaques se préparent à la charge au sabre contre l'ennemi. Cela sur la place centrale d'un village juif dévasté et pillé la nuit précédente par cette armée révolutionnaire qui est censée apporter un monde meilleur à ces gens ancestralement habitués à subir les pogroms !...

Et voilà qu'un peu plus tard (c'est ainsi que ma vision se poursuit), l'intellectuel juif, envoyé comme correspondant de guerre par le pouvoir soviétique auquel, on le comprend, il veut sincèrement collaborer – obligé qu'il est par ailleurs de dissimuler son identité ethnique aux cosaques notoirement antisémites (comme anti-soviétiques d'ailleurs mais que Boudenny a machiavéliquement enrôlés du fait de leur *encore plus profonde* haine viscérale des Polonais...) –, s'efforce (après s'être fait subrepticement reconnaître d'eux) de prêcher *aux siens* (réunis en secret dans une arrière-cour envahie de décombres et parfois, il le raconte, en présence de la fille de la famille venant d'être violée), *désespérément* en fait et comme pour s'en convaincre lui-même, le credo de la révolution socialiste !...

En réalité, on le sait maintenant, tourmenté au-delà du possible, écartelé entre sa foi révolutionnaire et son très ancien scepticisme judaïque – lequel l'empêche de s'aveugler sur les moyens atroces qu'est fatalement induite à employer cette révolution (au nom d'une fin grandiose, *rédemptrice,* bien entendu et comme toujours !...) –, Babel nota au jour le jour tout ce qu'il vit dans une sorte de rage froide. De ces notes il a tiré plus tard *Cavalerie Rouge*, œuvre terrible !... et étonnante de par son ambiguïté.

Or il est presque certain que Babel n'a pas eu une claire conscience de cette ambiguïté en l'écrivant.

En cherchant à accorder ses racines juives avec ses convictions soviétiques, ce qui arrive en réalité et qui fait de ce livre un livre unique et de Babel un artiste exemplaire, c'est que, bien qu'il se propose de nous montrer qu'en matière de révolution « on ne fait – en quelque sorte – pas d'omelette sans casser des œufs », c'est tout le contraire qui se passe, car en lui-même l'intellectuel ne parvient jamais à endoctriner l'artiste et ce dernier ne peut s'empêcher de montrer les choses telles qu'elles sont. Le dogmatisme de l'idéaliste ne parvient jamais à endormir la vigilance et la précision du regard réaliste du « juste ». Pathétique dichotomie qui lui vaudra d'être exécuté par les sbires de Staline qui, lui, ne s'y trompa pas : rarement avait été posée avec une telle acuité la fatidique question de savoir si certains moyens n'anéantissaient pas les fins.

Merveilleusement, sans le savoir je crois, Babel « l'apprenti moderniste » a renoué là avec la plus ancienne et la plus nécessaire des attitudes talmudiques, laquelle pourrait se résumer ainsi : croire, peut-être, mais pas à n'importe quel prix, et si ce prix s'avère exorbitant alors il est impossible de ne pas rester sceptique – quelles qu'en puissent être les conséquences.

Une information biographique confère une dimension tragique supplémentaire au personnage de Babel. On sait qu'en même temps qu'il commença d'écrire *Cavalerie Rouge*, il fit tout son possible pour que sa femme et sa fille s'exilent en France. Comme si le Juif millénaire, réaliste et incrédule, avait pressenti tout ce qui allait survenir, tandis que le Juif soviétique idéaliste, presque assimilé russe, avait décidé héroïquement de tenter cette chance à laquelle, au fond, il voulait croire plus qu'il ne croyait. N'en a-t-il pas été ainsi de bon nombre de révolutionnaires, d'ailleurs ?

Un passage du livre me semble évoquer cette combinaison ancestrale de courage et de scepticisme qui animait vraisemblablement Babel lui-même : à propos d'un de ces combattants enrôlé de force dans un village de passage par son régiment en manque d'effectifs, il écrit :

> « … un Juif, tout jeune et myope, à la face chétive et réfléchie de talmudiste. Il faisait preuve dans la bataille d'un courage circonspect et d'un sang-froid comparable à la distraction d'un esprit rêveur. »

Une dernière vision m'est venue à la lecture de ce journal. Babel, on le sait, vénérait Maupassant. Or à un moment donné, il nous explique comment, au mépris du fracas et des tourments de cette guerre terrible, il trouve le moyen, oubliant tout, de s'évader dans la lecture d'une nouvelle de Maupassant. Je m'émerveille de cette image du poète conservant la faculté de se concentrer – alors que la mort, l'injustice et le chaos règnent autour de lui – sur une drolatique histoire de paysans païens se déroulant au cœur de la tranquille et grasse Normandie – racontée de surcroît par un aristocrate cynique et libertin qui, lui, n'aurait certainement jamais souscrit à un possible amendement de la condition humaine !...

Ensuite... Eh bien... me voici, moi, dans ma petite chambre si tranquille, frémissant à la lecture de ce journal plein de bruit et de fureur et m'étonnant paisiblement de cette confraternité... Étrange disparité des destins !

Cependant, je songe soudain que c'est sans doute en cela que réside, au-delà de toute emphase, la vocation profonde et limitée de la littérature : constituer au fil du temps une société idéale d'*âmes sensibles* (selon l'expression de Stendhal), lesquelles, jusqu'au cœur des plus éprouvantes circonstances et des pires tribulations – réelles ou imaginaires –, prennent le temps de consigner sur des carnets leurs émois, leurs observations et leurs pensées, afin de les communiquer à d'autres – fraternelles et compréhensives dans les lointains de l'espace et du temps – au sein de ce monde perpétuellement ravagé par l'activisme renaissant des médiocres et des brutaux.

Maupassant réconfortant Babel jusqu'au cœur de la guerre, Babel me réconfortant jusqu'au cœur de ce tranquille désastre qu'à d'autres égards constitue le monde actuel… Une sorte de confrérie (restreinte et plus ou moins secrète) s'efforçant de faire passer d'âme en âme, au long du temps, la petite flamme-veilleuse de la *conscience* et dans un dessein somme toute mystérieux… la littérature est-elle beaucoup plus que cela ?

Me revient une anecdote tirée d'une ancienne lecture : Jack Kerouac raconte dans *Les Anges vagabonds* que Ferlinghetti, Ginsberg et lui vont visiter William Carlos Williams à Paterson. Tous quatre passent l'après-midi à parler poésie, avec enthousiasme, dans le cabinet du médecin-poète. Or, conclut Kerouac :

> « … quand finalement nous lui demandons, minables poètes que nous sommes, un dernier conseil, il se lève, se plante devant les rideaux de mousseline du living et, contemplant les autos qui passent dans la rue, il déclare :
> "*Il y a des tas de salauds dehors*."
> Je n'ai depuis lors cessé de m'interroger sur le sens de cette phrase. »

Pique-nique dans les îles

Sur le pont du bateau qui se dandinait sur la houle, en route vers les îles, tandis qu'un pâle soleil à la Turner éclairait faiblement de langoureuses colonies de méduses translucides, un gros homme volubile – manifestement l'un des rares autochtones – nous faisait l'inventaire : 365 îlots ; la marée se retirant à 3 kilomètres ; seulement 6 habitants l'hiver ; un seul hôtel, ouvert seulement l'été ; une seule ferme au centre d'un bocage miniature ; la difficulté d'y vivre désormais : plus d'école, presque plus de ressources, la pêche devenue impossible…

Lorsque nous approchâmes des premiers îlots – à marée basse –, un soudain coup de vent fit danser follement les embarcations amarrées, nous glaçant sous nos cirés et insufflant aux lieux une atmosphère inhospitalière, sombre, déconcertante : ces myriades de rochers imbriqués les uns dans les autres – dans un désordre de catastrophe cosmique ! – au creux desquels s'accrochaient désespérément de maigres touffes de végétation malmenée par le vent, ces algues ruisselantes étalées sur le sable parmi de grosses flaques immobiles reflétant le ciel bas, ces bateaux inclinés sur le flanc, ces épaves noires et rongées, ce vent âpre striant la surface des eaux, les cris sauvages des mouettes qui tournoyaient et jusqu'aux propos incohérents, hachés, des gens sur le quai !…

Rassemblant toutefois notre fier courage de touristes, nous débarquâmes sur le quai gluant de vase, puis remontâmes vaillamment l'étroit sentier sablonneux bordé d'ajoncs qui menait au centre de l'île.

Nous y découvrîmes, posée sur une lande rase, une série de maisons de poupée, inhabitées pour la plupart et dont les volets fermés évoquaient la mélancolie des jouets abandonnés ; fragiles et muettes, elles étaient laissées à la seule protection d'une dizaine de pins centenaires courbés par les tempêtes – vieillards tremblotants cherchant à se rendre utiles ; au milieu, la petite chapelle austère, orpheline ; plus loin, vers la côte ouest, l'énorme fort aveugle, enterré, avec ses larges fossés remplis de fougères et dans la cour duquel subsistaient les deux maisons des pêcheurs encore en activité ; sur une pointe, le phare blanc entouré de son jardinet réglementaire où fleurissaient des hortensias ; à quelque distance de ce dernier, l'hôtel désuet flanqué d'une cabine téléphonique rouillée ensevelie sous le chèvrefeuille ; enfin le chemin vers le sud sur lequel nous nous engageâmes, longeant des criques où bâillait la vacuité somnolente des solitudes marines, bordées d'épineux et d'énormes rochers entassés pêle-mêle – dans un équilibre apparemment si précaire qu'on ne pouvait en conclure qu'à la rigueur infaillible du hasard !...

Nous décidâmes avec témérité de pique-niquer sur l'un d'entre eux, plat et rugueux, surplombant un îlot émergeant des flots comme le dos aplati d'un gigantesque monstre marin et le long de la carapace duquel nageait tranquillement une jeune fille accompagnée de son chien !...

Plus loin, dominant une petite plage arrondie en arc de cercle, se dressait un autre fort en granit sombre. (Je tentai d'imaginer une soirée d'hiver par grande tempête dans cet endroit désolé...) Pour l'heure, un rayon de soleil perçant la grisaille nous transporta d'un seul coup sur une plage grecque. Nous en profitâmes pour déballer nos sandwichs et nos tomates, que nous mangeâmes tout en surveillant distraitement les miroitements du soleil de midi sur le sable et les eaux.

Les heures – elles aussi manifestement sous le charme – ralentirent alors leur course, marquèrent une courte pause…

Rassasiés, nous nous allongeâmes quelques instants sur le rocher pour nous chauffer au soleil qui persistait, bercés par la rumeur alternée des vastes succions-déglutitions de la mer dans les rochers en contrebas. Dans la demi-somnolence de bien-être qui m'envahissait – mon chapeau de toile sur les yeux, la tête appuyée sur mon sac à dos – j'avais la sensation de m'être exilé au loin, dans quelque contrée magique engendrée par mon imagination…

Enfin, le soleil s'étant un peu affermi, accompagné d'une petite brise qui agitait le drapeau rouge et jaune au sommet du fort, nous descendîmes vers la plage et, nos maillots enfilés, nous courûmes bravement nous jeter dans les vagues. Passé les premières minutes d'adaptation à la fraîcheur des eaux normandes, nous nageâmes de concert jusqu'au monstre rocheux aplati sur les eaux – lequel feignit d'ignorer aussi superbement notre présence que celle de la jeune fille au chien de tout à l'heure. Nous fîmes néanmoins prudemment demi-tour, faisant face au fort d'où, sur le chemin de ronde, une tremblotante silhouette maintenant nous observait…

Sur le sable, nous exécutâmes quelques pirouettes pour nous réchauffer; nous nous séchâmes énergiquement l'un l'autre avec nos serviettes et nous rhabillâmes. Après ce baptême dans les eaux lustrales de l'île, nous nous sentîmes comme affranchis et mieux à même de poursuivre notre petite exploration, mais à peine un kilomètre plus avant vers l'ouest, par le chemin côtier, nous atteignîmes le *finisterre* de ces terres exiguës: à partir de là, l'océan épaississait son mystère…

Après quelques minutes de respectueuses contemplations, nous nous en retournâmes par le sentier de l'intérieur qui domine tout l'archipel et d'où il est possible d'apercevoir les côtes de l'île ainsi que la plupart des îlots s'égrenant vers le nord – kyrielle de minuscules satellites déserts hantés par le vent, le sel et les goélands. Rompant le silence qui s'était établi entre nous devant ces spectacles, nous nous avouâmes l'un à l'autre notre bonheur à marcher sur ce chemin.

Pourquoi sommes-nous donc à ce point gagnés par le bien-être dès que nous abordons et séjournons, ne fût-ce que pour quelques heures, dans les îles ? Ossip Mandelstam déclare, dans *Le Sceau égyptien*, que c'est parce qu'il ne s'y ouvre que des chemins courts et limités qui n'offrent plus « l'infini de leur liberté négative » ! Il est vrai que nous n'y sommes plus perpétuellement tenaillés par l'anxiété des choix comme c'est le cas aux différents carrefours du vaste monde !…

Il semble, en effet, que cette exaltation microcosmique nous saisisse dès l'instant où nous posons le pied sur ces « bouts du monde » repliés sur eux-mêmes, ces monades géographiques… Nous redécouvrons, oubliés depuis l'enfance, les multiples et riches ressources de l'immédiat, les trésors anciennement enfouis de nous-mêmes, des dimensions *à nos mesures*. En bref, nous renouons avec cette évidence que bien souvent l'existence gagne à se restreindre !

Vers la fin de l'après-midi, comme lors de notre arrivée du matin, le vent se remit à souffler furieusement, propulsant jusqu'à l'intérieur des terres une fine brume d'embruns volatiles et paraissant nous signifier que le cycle de notre incursion était échu.

Or un peu plus tard, tandis que la houle bouillonnante, plus mouvementée qu'à l'aller, balançait de droite et de gauche le petit bateau de ligne, que les mouettes, telles des harpies, lançaient de stridentes et probablement terribles imprécations sur nos têtes, que la silhouette bleuâtre de l'archipel s'estompait progressivement dans la brume pour disparaître complètement sous l'horizon, nous eûmes nettement l'impression d'avoir été les victimes d'un sortilège. Le ciel lui-même, redevenu gris et maussade, semblait vouloir accroître notre désenchantement par l'expression d'un profond scepticisme…

Le petit monde préservé se refermait comme une huître.

Le satyre du cimetière

J'avais découvert l'endroit au hasard d'une promenade, quelques jours après mon arrivée.

Essayez de vous représenter une kyrielle de fleurs rares, de plantes vertes complexes, de palmiers indolents, d'eucalyptus majestueux, de joncs et d'herbes hautes parmi lesquels se dressent çà et là, fichées en pleine terre, de simples stèles victoriennes sobrement gravées aux noms des glorieux morts de la marine anglaise en Méditerranée (lesquelles stèles, au sein de l'exubérante prolixité végétale du lieu, apparaissent comme un discret rappel à la décence et au devoir de modestie).

C'est le cimetière anglais de Corfou.

Je m'y étais promené à l'heure chaude de midi et j'y avais apprécié la singulière fraîcheur dispensée par les essences savamment mêlées. Mais par-dessus tout, j'avais été sensible au charme décadent de ce lieu inchangé depuis le siècle passé et je m'étais promis d'y revenir pour y prendre quelques clichés avec mon petit Zeiss Ikonta (appareil tout à fait approprié, en l'occurrence, puisque datant lui-même d'une époque fort ancienne).

J'y revins donc quelques jours plus tard.

Hélas, je n'avais pas suffisamment observé la lumière de ce jour qui, une fois sur place, se révéla trop drue, trop blanche, impropre à rendre l'atmosphère qui m'avait précisément enchanté la fois précédente.

Cependant, je rencontrai Serifopoulos, le gardien, dont, à vrai dire, j'avais déjà lu fortuitement le nom dans un article du mince journal de la communauté anglaise de l'île, laquelle, ainsi qu'en témoignait le cimetière, avait été florissante par le passé et continuait partiellement d'exister aujourd'hui. Il était révélé dans cet article – manifestement rédigé par une de ces légendaires vieilles filles confites dans une sensibilité néo-victorienne dont l'Angleterre regorge – que Yannis Serifopoulos *était... né dans ce cimetière!* où il avait succédé à son père en tant que jardinier et où, depuis maintenant presque quarante-trois ans, il cultivait de splendides orchidées.

Je l'avais déjà entr'aperçu de loin la première fois, levant le nez de ses plantations. Il m'avait fait un signe dont je ne m'étais pas particulièrement étonné étant donné la coutume qu'ont les Grecs de ne jamais manquer au devoir de vous saluer. Mais cette fois-ci, il me salua avec insistance et commença même de se diriger vers moi. Je crus tout d'abord, dressé comme je le suis aux déboires du tourisme, qu'il venait me réclamer une taxe quelconque pour la visite mais je m'aperçus bien vite qu'il n'en était rien.

Il attaqua en anglais puis, s'étant enquis de ma nationalité, continua en italien, langue qu'il possédait un peu mieux.

Apparemment enchanté que je lui déclarasse d'emblée avoir vu son nom dans le journal, il me conduisit en direction des *dernières* orchidées car, ainsi qu'il me l'expliqua, leur saison se terminait. À ma grande déception, ces fameuses orchidées offraient l'aspect de quelconques fleurs sauvages de montagne un peu montées en graine.

Or, immédiatement après cette décevante visite, à l'aide de son italien approximatif entrelardé de mots grecs, Serifopoulos se lança dans un très long discours d'ordre philosophique. Il se mit en demeure de m'expliquer – à l'instar, il faut le dire, de beaucoup d'autres autochtones rencontrés depuis le début de mon séjour et qui n'avaient pas partie liée avec l'industrie touristique (et Dieu sait qu'ici cette expression est appropriée) – que le soudain afflux d'argent et de mœurs étrangères (la plupart du temps pas du meilleur cru) avait, depuis quelques années, entièrement modifié l'aspect et l'atmosphère de l'île. Puis il se lança dans une grande diatribe contre l'appât du gain qui avait gagné les Corfiotes à la vitesse d'une épidémie, précisant que lui, Serifopoulos, vivait très sainement, sans excès d'aucune sorte, cultivant ce jardin à l'abri de l'agitation extérieure. D'ailleurs, quel âge lui donnais-je ?

Il faut bien avouer que le gaillard me semblait tout à fait vert et je n'avais pas, ainsi qu'on le verra par la suite, encore mesuré jusqu'à quel point.

Eh bien, il avait soixante ans et se déclarait en pleine forme !

Les gens d'ici par le passé vivaient très simplement, mais, m'affirma-t-il, n'étaient pas « pauvres » : ils vivaient entre eux, chichement peut-être, mais plutôt mieux que maintenant. Assez réconforté par cette profession de foi que je désespère ordinairement d'entendre de la part des personnes prétendument plus « éduquées », je commençai de me demander quel heureux hasard avait mis ce jardinier-philosophe sur mon chemin. Ou bien lisait-il dans mes pensées ?

Puis il se mit à déplorer la décadence générale des mœurs : avant, les gens considéraient l'amour comme une chose privée et orthodoxe, mais maintenant, ne voyait-on pas des femmes avec des femmes, des hommes avec des hommes ! ? Lui qui séjournait dans un cimetière, on ne devait pas en déduire pour autant qu'il était un homme triste !... Les Anglais, pour qui il travaillait, lui avaient enseigné à considérer la mort de façon plus réaliste et moins dramatique que selon la manière catholique-orthodoxe. C'était ici, bien au contraire, un endroit joyeux, plein de fleurs et d'oiseaux, dans lequel il se sentait bien vivant ; il ne voulait donc surtout pas que je le croie pudibond quand il parlait de l'amour... non, surtout pas ! Il était lui-même un homme qui aimait beaucoup le sexe. Étais-je seul ici ? Marié ?

Serifopoulos se montrait intarissable et ne m'en laissait pas placer une, ce que d'ailleurs j'aurais été bien en peine de faire en italien...

Je m'amusais, émerveillé de cette circonstance qui me conférait le privilège – au centre de ce décor gréco-anglais – de m'entretenir avec un gardien de cimetière tout aussi volubile que ses plantes et qui, à l'ombre des eucalyptus et des cyprès, *juste au-dessus des morts profonds et muets*, cherchait à me démontrer avec force arguments à quel point, en dépit des apparences, il était un gai luron...

J'avais tout à fait l'impression, dans cette ville à moitié vénitienne dont l'agencement induisait une atmosphère d'irréalité tout onirique, d'intégrer une scène de la commedia dell'arte – poursuivant une conversation flottante et baroque avec Pantalone lui-même...

Au beau milieu de ses périodes, Serifopoulos éclatait souvent de rire tout en me fixant intensément. Je pouvais alors admirer la qualité du vert tendre de ses yeux comme si, de quelque manière, après toutes ces années passées dans ce jardin, une sorte d'osmose en eût affecté le reflet. Et il y avait quelque chose, dans ce regard, de fondant et de suppliant qui ne laissait pas de me troubler étrangement...

Les propos du gentil jardinier commencèrent alors à s'infléchir subtilement.

Après avoir disserté sur la décadence de la Grèce moderne – ce en quoi il semblait avoir parfaitement subodoré une attention toute particulière de la part de son auditoire – n'était-il pas naturel qu'il en vînt à aborder les questions spécifiquement sexuelles ?

Lui-même, comme il me le répétait maintenant pour la troisième fois en me fixant de ses yeux tendrement implorants, lesquels offraient alors un contraste saisissant avec le reste de son visage si animé, était loin de mépriser les plaisirs du sexe. Il irait même jusqu'à déclarer qu'il donnerait facilement tous les autres pour celui-là : oh oui ! une heure de sexe « au bon endroit et au bon moment » : ce pouvait être le paradis instantané, n'étais-je pas de son avis ?

Vu ma position d'auditeur et d'étranger (pas toujours très certain d'avoir entièrement saisi la teneur des propos), il m'était difficile d'adopter une attitude autre que celle de l'acquiescement obséquieux. Mais Serifopoulos était un homme fort sensible et sans doute aussi fort habile car, après cette avancée audacieuse, il revint prudemment sur ses pas et objecta qu'évidemment, tout cela devait rester encadré par les barrières de la morale conventionnelle. Autant de sexe qu'on voulait mais à la maison et avec sa propre femme !… Cela dit, malgré ses soixante ans, et je pouvais aller m'en enquérir auprès de son épouse, Dieu merci ! son *cazzo* fonctionnait à merveille !… Il dit cela tout en éclatant de rire et en me saisissant affectueusement le bras dont il palpa les muscles de ses doigts agiles.

Bien sûr, faire l'amour en dehors de la conjugalité était un *peccato* mais ce ne serait certainement pas lui qui irait jeter la première pierre… et d'ailleurs, par la force des choses (n'était-il pas un homme?), lui aussi avait ses incartades: une petite heure de sexe bien intense, ici ou là, *bien dissimulée*, sans que personne le sache (surtout sans que personne le sache: c'était le plus important! – *il piu difficile*... – mais c'était aussi l'écueil que les hommes mûrs, comme nous, savaient parfaitement éviter... sans qu'il s'ensuive aucun problème... lui-même, je pouvais en être assuré, détestait les problèmes... n'étais-je donc pas comme lui?).

À ce stade de son discours, et bien que ma petite jugeote (certes très lente à réagir, parfois, je vous le concède...) eût été depuis peu alertée, l'attitude polie et respectueuse des mœurs locales, à laquelle je m'étais cantonné jusque-là, me contraignit à continuer d'acquiescer niaisement et je vis que Serifopoulos en conçut un net encouragement à poursuivre ses enveloppantes circonlocutions.

Oui, oui, bien sûr, il fallait savoir ruser pour obtenir les grands plaisirs de la vie et lui-même avait appris ici, à Corfou, comment faire les choses proprement! Il faisait l'amour ici et là... avec des jeunes... Et là, il plaça très vite, comme furtivement, pour reprendre ensuite le flot ronronnant de son monologue, une petite phrase dont ma connaissance imparfaite de l'italien fit que je commençai de m'interroger pour savoir si j'avais bien entendu et si elle signifiait bien ce que je croyais..., dans un souffle, il murmura (sans me regarder cette fois-ci): *Anche con maschi*...

À cet instant précis, une voix féminine au timbre rauque, dans laquelle je décelai de l'impatience et de l'agacement, le héla en grec depuis le fond du jardin: Yannis! Serifopoulos, après s'être excusé confusément, courut en hâte vers sa maison sur le seuil de laquelle l'attendait une solide matrone en tablier.

Assez troublé, rendu perplexe par cette révélation non seulement de la sensualité orientale ambiguë mais encore de cette antique « maïeutique » hellénique si finement pratiquée par le jardinier-sophiste, je commençai de déambuler entre les sévères et rigides stèles britanniques qui semblaient se dresser là comme autant de tables de la loi sourcilleuses et je riais *in petto* de cette petite aventure en vérité fort byronienne – puisque je venais justement de lire la version romancée par Prokosch de la vie du dandy voluptueux – et de plus survenue dans un décor approprié : ce cimetière anglais dont la plupart des tombes affichaient des dates contemporaines de la vie de Byron. D'ailleurs, Trelawny et lui, en route pour le fatal Missolonghi, n'avaient-ils pas mouillé dans le port de Corfou ?

Il me sembla à cet instant sentir, autour et au-dessus de moi, dans les ramures des cèdres et au creux des frondaisons ombreuses, flotter son sourire ironique, lui qui ne manquait jamais l'occasion d'une expérience nouvelle dans le domaine des sens... réalisant dans le même temps combien, en dépit du respect qu'il m'inspirait sur le plan littéraire, j'étais peu pénétré de cet esprit *sportif* qui poussait nombre d'excentriques anglais à tenter les expériences les plus scabreuses – il fallait pour cela, sans doute, avoir passé son enfance dans un austère collège anglican environné de brumes et être friand de *« fun »* à n'importe quel prix !

Aussi, en bon catholique romain, tentai-je pour ma part de louvoyer derrière les massifs de rhododendrons et d'aloès afin d'éviter le nouvel assaut de Serifopoulos que je voyais revenir au petit trot parmi les tombes, un peu anxieux et glissant des regards inquisiteurs dans les recoins du jardin. Mais, de même que dans la campagne il est inutile de tenter de se soustraire au regard d'un paysan exercé à scruter jalousement ses champs, il était ridicule de prétendre échapper à la sagacité du faune du cimetière anglais de Corfou. M'ayant aperçu, il se dirigea de nouveau vers moi, déployant un large sourire de complicité qui montrait que le fâcheux contretemps n'avait fait que renforcer sa détermination...

Avec une voix de miel, il me demanda si j'avais bien eu le temps de visiter tout le jardin... avais-je été par là-bas, derrière, voir les roses jaunes qu'il cultivait avec tant d'amour ? – et ce faisant, il me désignait, dans un large geste qui m'invitait à le précéder, le coin le plus reculé et le plus touffu du cimetière... – puis, sans ambages cette fois-ci, il me prit par le bras d'une poigne caressante mais subtilement ferme et commença de m'entraîner vers les fameux rosiers...

Il y avait dans sa manière de faire une telle science et une telle autorité persuasive que je fis quelques pas dans cette direction en sa compagnie, saisi d'un vertige d'identité, réduit en cet instant à l'état de proie fascinée par le prédateur – *lequel serpente vers elle en la fixant de son regard hypnotique puis s'enroule doucement autour de son corps inhibé...* (Quelques-unes de mes amies, je m'en souvenais maintenant, m'avaient entretenu de cette faculté que possédaient certains séducteurs d'endormir la conscience des êtres qu'ils convoitaient et de les amener à s'abandonner contre leur gré...)

Or à l'instant même où je tentais de mobiliser intérieurement ma volonté pour m'extirper de l'envoûtement du satyre, la même voix qu'auparavant, mais franchement courroucée cette fois-ci, le héla depuis la maison.

Comme foudroyé, Serifopoulos relâcha instantanément son étreinte et, bredouillant à la façon d'un enfant pris en faute des excuses maladroites et incompréhensibles, s'enfuit en courant vers son foyer qui, ainsi qu'il me l'avait expliqué, devait être à tout prix préservé de la décadence des mœurs modernes.

Me dirigeant à mon tour vers la porte d'entrée du cimetière – située devant sa maisonnette – j'entendis au passage le faune se faire sérieusement « savonner » par sa femme (apparemment moins trompée par son habileté à dissimuler ses *peccatti* qu'il ne voulait bien le laisser entendre) et, me glissant discrètement hors des lieux, je souriais pour moi-même, songeant qu'après tout, rien n'était plus naturel que de s'esquiver d'un cimetière *anglais* à la manière idoine…

Litanie adriatique à Agios Matheos

Vendredi 17 juin

Toujours le même dilemme.

Se laisser bercer par le charme de l'heure présente (ô combien profond ici à Agios Matheos) ou bien en sacrifier une partie au désir latent d'en rendre compte ?

Dans les moments de bonheur complet, l'effort d'écrire m'est proprement impossible. J'aurais trop peur de rompre le fragile équilibre. Je me laisse alors balancer par les vagues de la vie comme il y a quelques instants encore, me baignant, je me laissais balancer avec délices par les vagues de l'Adriatique qui, d'ailleurs, pendant que j'écris ces lignes (ce à quoi je me suis résolu tout de même) tentent encore de m'entraîner vers la bienheureuse somnolence sans pensées de leur litanie répétitive. Oui, appréhension d'interrompre ce doux dévidement soyeux des heures que le temps tire facilement à lui dans un même rythme régulier… Dégoût de venir trancher ce fil magique avec le couperet de la lucidité !… À ma droite, le chemin de terre remonte en serpentant vers la montagne couverte d'oliviers. Le soleil rasant qui s'abaisse sur la mer vient dorer cette muraille de verdure et nimbe d'un rose-orangé d'aquarelle à la John Singer Sargent les rochers qui saillent parmi les frondaisons moutonnantes. À mi-pente, une maison jaune corfiote resplendit dans la lumière, jouissant de cette apothéose vespérale en solitaire : les volets sont fermés et rien qu'elle sur le versant. Dans son dos, sur le chemin caillouteux, les fils électriques, tendus entre les poteaux de bois qui remontent en zigzag, semblent inscrire sur le paysage une suite de portées musicales dédiées au ressac qui ânonne son antienne en contrebas. Loin vers l'ouest, le soleil achève sa descente vers l'horizon… et soudain, tandis que le jaune de la maison s'éteint aussi rapidement qu'une lampe qu'on vient de souffler, que les rochers tournent au gris et que les oliviers se creusent d'ombres plus denses, la surface de la mer étincelle. Vaste surface de mercure vibratile où plonge silencieusement, au bord d'éclater, l'astre dilaté et incandescent : anodine catastrophe quotidienne…

Assez rapidement alors, à sa manière furtive, la nuit commence à sourdre des moindres interstices, des plus infimes replis, pour s'épandre en se glissant langoureusement sous les feuillages des arbres, le long de la coque des bateaux, à l'aplomb des murets, sous les chaises et les tables de la terrasse, jusque dans les plissures innombrables des flots et derrière les plus petits galets dont elle allonge les formes sur le sable alentour…

Bientôt, c'est la pénombre luminescente du crépuscule méditerranéen et tandis que la mer étire longuement sur son dos poli le peu de lumière solaire qui déborde encore la ligne d'horizon, qu'un grand oiseau solitaire plane longuement dans l'espace entre les deux versants de la montagne, nous nous attablons devant la nappe blanche sous l'auvent de bambou et commençons d'honorer comme il se doit la confortable cuisine grecque : tatzikis, horiatikis, moussaka et patatès, et ce n'est plus une image d'affirmer qu'à cet instant « tout baigne dans l'huile ». Bien entendu, nous arrosons le tout d'un bon « kilo » de krassi local : vin jaune d'or, très épais, très savoureux et peu alcoolisé – nectar provenant sans doute directement de ces petits carrés de vigne accrochés aux pentes parmi les oliviers, juste en surplomb de la mer et bercés par elle... et où, quand je passe dans l'ombre étonnamment fraîche de ces arbres si vieux et si tourmentés dans leurs formes noueuses (surtout ici, dans cette île de Kerkyra), je m'attends toujours à voir pointer deux courtes cornes sur la chevelure frisée d'un satyre en train de grappiller du raisin...

Petit à petit, assez insensiblement, malgré le peu d'alcool mais sans doute grâce à cette lumière solaire recueillie au long des jours par les pulpeuses rotondités des raisins, nos yeux commencent à briller et notre conversation semble se pénétrer de cette lente sagesse infusée dans les grappes : nous parlons à voix basse, doucement, comme les vagues, comme les oliviers légèrement balancés par la brise, comme les rayons du soleil de l'après-midi... Nous évoquons une vieille rencontrée dans l'oliveraie, toute vêtue de noir et solitaire qui, assise immobile sur un rocher, nous a longuement scrutés de ses yeux aigus – non loin de son unique chèvre, à l'expression identique, mâchonnant quelques brindilles sous un monumental figuier de Barbarie aux fleurs jaunes à peine écloses. On eût dit une composition allégorique se matérialisant soudain au détour du chemin.

Puis, notre conversation de plus en plus lâche et confuse finit par se fondre dans le bruit du ressac en contrebas, nos yeux commencent à cligner doucement comme le phare là-bas dont l'éclat s'estompe dans la brume et tout s'ensomnole lentement...

Nous réintégrons notre minuscule chambre d'hôtel : cabine du long paquebot du sommeil qui, dès que nous serons allongés côte à côte dans l'obscurité, appareillera vers cette île nouvelle – dans l'océan du temps – qu'est la journée de demain…

Samedi 18 juin

Ce matin au réveil : bain de mer. D'un songe à un autre ! mais plus facile celui-ci : effervescent et sonore – rempli de cette alacrité qui manque aux péripéties du sommeil…

Puis, une fois séchés et dispos : le goût du thé, des œufs grecs, du pain et du beurre sur la langue encore salée par le bain !

Au-delà de la verrière et au-dessus des bambous, le vent et le soleil se mêlent dans un enthousiasme juvénile qui fait exulter les enfants sautant dans les vagues…

Le patron de l'hôtel et son fils, montés sur un pédalo rouge et blanc, sont partis à quelques centaines de mètres pour relever les filets qu'ils avaient posés la veille. À leur retour, nous restons fascinés par les formes étranges des poissons qu'ils ont étalés sur la plage. L'un d'entre eux est grand, plat, triangulaire, avec des yeux globuleux extrêmement proéminents enchâssés dans un corps luisant légèrement renflé ; très vivace, il gigote désespérément sur le sable. Des êtres aussi singuliers vivent donc habituellement à nos côtés ? En voilà un, en tout cas, tiré brutalement à la lumière et qui nous fait douter de nous être entièrement réveillés !…

Sur la terrasse du restaurant qui surplombe la mer, avec le haut soleil dans toute sa puissance, un petit vent tournoyant dans les cheveux, coulissant sous les pans de nos chemises ouvertes, le bruit sempiternel et sommeilleux des vagues, la souveraine et placide présence des montagnes dans notre dos, les cris des enfants, les jappements des chiens, les voix sonores des mâles grecs discutant politique à perdre haleine et, à notre gauche, un peuplier bruissant pour parfaire l'impression de nous être enfoncés profondément dans le bonheur de l'été, nous n'avons envie de rien d'autre, nous non plus, que de rester là à seulement exister, en pleine vie, comme ces oliviers silencieux tout là-bas, ces bambous feuillus qui se balancent dans le vent, ces carrés de vigne entrevus hier qui maturent en toute sérénité dans le soleil au-dessus des flots, comme ces vieux à casquette assis on ne sait pourquoi en pleine solitude au pied d'un olivier distordu et qui, leur canne entre les jambes, ne font rien d'autre que de regarder devant eux, indéfiniment…

Dimanche 19 juin

Vent tiède, peupliers frissonnants, mer étincelante et funèbre en vérité qui, dans son inlassable et lourd manège, tourne – comme le dit la poétesse américaine[1] – « ses sombres pages, ses sombres pages »… Les criquets perpétuant sans trêve, eux aussi, leur haute clameur lyrique… le soleil s'appesantissant lourdement sur les toits, sur la végétation immobile – annihilée –, sur la surface entière de la mer qui, de tous ses reflets, lui oppose la sourde masse de son invincible inertie… le peu de fraîcheur éventuelle s'étant réfugiée sous les

1. Denise Levertov.

hautes voûtes verdâtres des immenses oliveraies, labyrinthiques et désertes...

Dans cette pénombre, je descends l'étroit sentier broussailleux qui mène vers la mer, enivré par les multiples fragrances méditerranéennes (avec la chaleur d'aujourd'hui, elles s'exhalent puissamment, *s'infusent*, pourrait-on dire, dans l'atmosphère...). Parvenu à la crique déserte, je cours pieds nus sur les galets brûlants et plonge enfin ! L'eau fraîche et pure me caresse voluptueusement de ses ondoyants courants soyeux... exquis délice seulement comparable au coït en compagnie d'une femme aimée !... Enthousiasme intime d'être enfin *« appréhendé »* par le monde comme il se doit, comme il aurait toujours fallu !...

Lundi 20 juin

Aujourd'hui encore – longues heures langoureuses dans le bruit des vagues mêlé aux cris d'enfants sur la plage, aux conversations grecques sempiternelles sur la terrasse du café... Demi-somnolences et songes diffus... – nous nous sommes laissés couler à fond dans cette atmosphère de bord de mer méditerranéen.

Puis, vers le soir tout de même, s'éveille notre anxieuse condition occidentale : nous décidons de nous secouer pour aller explorer les alentours.

(Un peu plus loin... toujours un peu plus loin, bien sûr... êtres *faustiens* que nous sommes : jamais entièrement satisfaits du présent ni du lieu. Et nous sommes partis – en mobylette d'abord, à pied ensuite – repérer le bord de mer vers le sud de l'île.)

Chemins caillouteux d'une blancheur éblouissante sous le soleil.

Immense oliveraie d'un seul tenant couvrant la pente de la montagne jusqu'à la mer et dans l'ombre dense de laquelle nous avançons comme au sein d'une vaste grotte de verdure où les rayons solaires, qui pénètrent difficilement, créent une lumière d'aquarium.

De temps à autre dans la pénombre se dresse une cabane environnée, comme partout en Grèce, de son lot d'immondices : bouteilles de bière, boîtes de conserve rouillées, sacs en plastique terreux, etc.

Tapis de feuilles d'olivier desséchées sur le sol, qui interdit toute autre végétation et accentue l'aspect luxueux de ces lieux déserts ; mais un luxe réservé à qui ? Aux promeneurs solitaires de notre sorte ? Aux paysans qui viennent y ramasser les olives, dans ces grands filets noirs en plastique qu'ils étendent sur le sol et qui sont actuellement repliés entre les branches des arbres, attendant la saison prochaine ? Luxe gratuit peut-être, comme tant de choses en ce monde !... Quelques-uns de ces filets demeurent tendus à terre avec leur maigre récolte de petites concrétions noirâtres, semblables à des crottes de chèvre. Au travers de leur mailles poussent de minuscules fleurs bleues...

De loin en loin, des groupes de cyprès, semblables à des flammes végétales, jaillissent de l'entrelacs des branches d'oliviers tandis que plus bas, le long des rochers ou des petites criques, le rivage est comme panaché de bambouseraies très denses qui ondulent au vent de mer.

Avisant un sentier perpendiculaire au nôtre qui paraît mener vers le rivage, nous le suivons jusqu'à une maison abandonnée (une de ces bâtisses de béton inachevée comme il y en a tant dans toute la Grèce, nantie de ses tubulures métalliques rouillées dépassant du toit dans l'attente d'un hypothétique étage...) puis, au détour du chemin, nous débouchons sur le bord de la falaise et dégringolons jusqu'à une crique de galets solitaire, face à deux îlots jumeaux entre lesquels, amarré par de longues cordes, se dandine un joli petit caïque bleu et blanc, désert !... Sur ces îlots, une colonie d'oiseaux s'est réfugiée dans les buissons ; nous les entendons piailler comme des perdus tandis que nous approchons à la nage, dans l'eau calme du soir...

Un instant, me retournant sur le dos, je peux apercevoir, à bonne distance de la rive, la face velue de la montagne qui s'incurve doucement jusqu'aux sommets dégarnis, abrupts, dentelés, à la vibrante couleur mauve.

Puis, plongeant les yeux ouverts, j'aperçois les ondulations formées par la houle sur le sable. Ces striures tremblantes dans l'eau bleue, ajoutées à la pression des oreilles qui bourdonnent, me procurent une sensation tellement proche des premières images flottantes du sommeil que je suis saisi d'un vertige : « M'endormir au fond de la mer ? Oh, non ! Pas maintenant ! Pas tout de suite !... » D'un coup de reins, je remonte rapidement à la surface !

Le ciel s'est progressivement couvert de nuages venus de la terre qui assombrissent soudain les montagnes, la surface de l'eau devient légèrement houleuse nous procurant un avant-goût de la mélancolie des îles une fois privées de leur élément dionysiaque majeur : le soleil païen !

Nous revenons au rivage dans « notre plus simple appareil » et je songe alors que cette plage est peut-être celle-là même où Ulysse aborda après son naufrage, de même que la lande au-dessus de la falaise : celle où il rencontra la fille du roi jouant à la balle avec ses compagnes...

Revenant par un chemin différent de celui emprunté à l'aller, nous suivons un sentier qui serpente entre des vergers et aboutit à une sorte de clairière ménagée au sein de l'oliveraie où se dresse, entouré de jardins potagers, un groupe de cabanes en planches. Dans l'un de ces potagers – à moitié plongé dans l'ombre, parmi une incroyable imbrication de légumes poussant dans des bacs (qui ne sont autres que de la terre rassemblée au milieu de vieux pneus), de fils à sécher le linge où pendent d'étranges chiffons, de hautes herbes mêlées de ronces en fleur perçant au travers du volant et du pare-brise crevé d'une carcasse automobile rouillée, non loin d'un petit bassin aménagé dans une vieille baignoire où, au milieu de plantes aquatiques, paressent quelques grenouilles… – se dressent quatre mannequins, ayant sans doute fonction d'épouvantails, qui sont de parfaits exemples d'*art brut* : l'un d'eux est une vieille fille enjuponnée munie d'une ombrelle, qui fait des grâces, le visage fendu (c'est le cas de le dire) d'un sourire incoercible ; un autre figure une sorte de mécanicien en salopette coiffé d'un chapeau à la Sherlock Holmes, qui fume la pipe et porte à la main un panier rempli d'œufs, tandis que le troisième est un soldat casqué, en costume kaki, tenant par la main une petite fille en nattes, bien proprette, avec sa jolie robe du dimanche – on croit presque la voir sautiller !… Or ce dernier présente, au travers de son maquillage peinturluré rouge et bleu, un visage tout à fait débonnaire !

Tandis que Judith règle son appareil pour saisir cette image, un vieil homme édenté sort de la cabane et vient nous saluer, nous indiquant au moyen de signes et de grognements – c'est un sourd-muet – qu'il est le créateur de ce décor. Après moult démonstrations d'admiration qui paraissent enchanter le bonhomme – lequel, vêtu d'antiques pantalons bouffants et d'un gilet brodé datant sans doute de l'occupation turque, présente un aspect tout aussi pittoresque que ses créatures –, nous faisons nos adieux.

Retrouvant là où nous les avions laissées – telles deux fidèles petites sœurs jumelles – nos mobylettes dociles, nous redescendons le chemin caillouteux et cabossé jusqu'à l'hôtel qui, sur l'extrême bord du rivage, est resté, lui aussi, à nous attendre *gentiment* pour le dîner du soir.

Un ciel rose bonbon, à peine supportable à vrai dire, déploie son délayage de peinture à l'eau puéril au-dessus de la mer… laquelle, pour son compte, s'est brusquement foncée d'un vert sombre menaçant – le vert profond et glauque de l'oubli, ce lent poison insidieux qui, jusqu'au creux des meilleures heures de notre vie, vient, malgré tout, distiller son amertume dans nos cœurs et qui confère à la fois une telle futilité et un tel prix à nos « chers souvenirs »… Ces *futurs chers souvenirs* que ce soir même, sous la lampe, telle une anxieuse fourmi zélée courant éperdument sur la page, ma petite plume cherchera coûte que coûte à rassembler…

L’ Hellade !

Bien qu’ayant souvent séjourné à Athènes, le dégoût du tourisme de masse m’avait toujours prévenu de visiter l’Acropole.

Or ce matin-là, sorti tôt et déambulant distraitement dans les rues (je devais attendre jusqu’au soir mon bateau de retour pour l’île où nous demeurions), je me retrouvai sans y prendre garde aux abords du fameux quartier de Plaka, lequel – inévitable anneau satellite des sites touristiques d’aujourd’hui – est constitué, comme on le sait, d’innombrables boutiques à souvenirs agglutinées les unes aux autres.

Averti comme je l’étais, le désagrément en fut donc considérablement amorti et je portai mon attention sur l’agencement bizarroïde des lieux : ces maisonnettes peinturlurées de couleurs vives toutes nanties du même jardinet, imbriquées dans le fouillis d’autres demeures plus anciennes aux jardins envahis de végétation touffue – un petit Montmartre athénien en somme !

Ainsi invité à poursuivre ma promenade au sein de cette ambiance hétéroclite (très représentative, à vrai dire, de la Grèce moderne), j’en vins fatalement à me retrouver en face des guichets d’entrée de l’Acropole où, conscient d’avoir été guidé par quelque inspiration étrange et surpris de constater qu’aucune des files d’attente habituelles ne s’était encore formée, j’achetai un ticket sans plus hésiter et entrepris de gravir les marches du long escalier aux larges dalles creusées par les foules.

Cette conjoncture favorable fit encore qu'à mi-hauteur des marches, le plafond de nuages gris qui avait couvert le ciel toute la matinée (ainsi qu'il est devenu habituel à Athènes les jours de grande pollution) se creva, laissant filtrer quelques rayons obliques qui vinrent illuminer brusquement les colonnes tronquées, les socles brisés et les portiques démantelés – recréant l'éclairage romantique des films expressionnistes d'avant-guerre. Quasiment « porté », remarquant à peine les autres visiteurs qui commençaient d'affluer, je parvins jusqu'en haut où je me trouvai soudain confronté au Parthénon lui-même.

Là, après quelques secondes d'éblouissement dues à l'éclatante réverbération solaire qui avait maintenant repris ses droits, j'eus la vision d'un assemblage d'énormes blocs cyclopéens dont la combinaison demeurait – de par la grâce d'une subtile architecture paradoxale alliant le tellurique et l'aérien, l'immanent et le transcendant – miraculeusement légère, élégante, lyrique… Était-ce donc là l'alliance d'Apollon et de Dyonisos, la fameuse « mesure grecque » ?

Toutefois, cette puissante impression était sourdement grevée par un certain scepticisme. Il émanait de l'atmosphère des lieux mêmes (ou bien était-ce la sarcastique ironie de Nietzsche résonnant soudain au fond de ma mémoire ?) le soupçon que cette esthétique combinaison pût n'avoir jamais été qu'un symbole allégorique, une utopie mythique, compensatrice de la véritable âme hellénique de toujours : turbulente, chaotique, instable… Non point donc – ainsi que semblait avoir voulu le croire à toute force l'intelligentsia de la Renaissance italienne relayée par les « atticistes » allemands, Hölderlin en tête, puis Burckhardt et tous les hellénistes germaniques à sa suite – cet équilibre pondérable sur lequel aurait miraculeusement reposé l'atmosphère existentielle de « l'Hellade antique ».

Songeant à tout cela, je me souvins soudain de ce que raconte Alberto Savinio au sujet d'Isadora Duncan et de sa famille. Ceux-ci, au début du XXe siècle, avaient fait le lointain voyage d'Amérique pour venir séjourner tous ensemble à Plaka où – sous la conduite du père, lui aussi féru d'hellénisme –, précisément dans une de ces maisonnettes nanties d'un jardinet que j'avais aperçues, qu'ils avaient louée au pied même de l'Acropole, ils s'efforçaient de vivre à la mode grecque antique : se vêtant, cuisinant, se lavant, cousant, luttant, cultivant les arts et les lettres… strictement comme on pouvait le trouver consigné dans un manuel historique de l'époque qui prétendait décrire « La vie quotidienne à Athènes au siècle de Périclès ».

Tentative de reconstitution qui, après les avoir éberlués, avait grandement diverti les Athéniens d'alors, lesquels endimanchés à la mode occidentale, nous précise Savinio, venaient chaque fin de semaine observer attentivement, derrière la barrière du jardinet, les imperturbables et souriants Américains en train de mouler des poteries, de s'entraîner à des prises de lutte très savantes (et sans doute très anciennes), de laver leur linge à la cendre, de déclamer des dithyrambes, de danser – chaussés de cothurnes, le front ceint de couronnes de lauriers qu'ils se décernaient les uns aux autres avec emphase – au son d'archaïques tambourins fabriqués de leurs mains…

Ma rêverie suivant cette pente, j'en vins à évoquer tous ces poètes anglais victoriens pour qui mourir en Grèce, être ensevelis au sein de la « poussiéreuse Argolide » ou à l'ombre des oliviers et des cyprès sous le regard d'une vénérable ruine ou encore dans la terre blanche d'une île de la mer Égée, reposer sous une plaque portant gravés quelques mots dans la langue d'Homère: «Ci-gît un poète britannique» avaient constitué l'idéal d'une vie vécue sous les auspices du romantisme néo-antique. Byron surtout, le plus célèbre et le plus tragique d'entre eux, qui s'en vint si tristement agoniser, tremblant de fièvre, dans les marais putrides de Missolonghi, entouré de brigands avides de la solde qu'il leur dispensait, dans une Grèce bien réelle et fort différente, hélas ! de celle – peuplée de héros mythologiques s'élançant à l'assaut de remparts dorés – dont il avait sans doute si ardemment caressé l'image au cours de son adolescence recluse au sein d'un lugubre collège noyé dans les brumes…

Je ne pus manquer enfin d'évoquer aussi mon compatriote le baron de Coubertin qui dut tant batailler pour imposer sa «reconstitution» des Jeux olympiques et qui, s'il lui était donné d'assister à ceux d'aujourd'hui, serait sans doute effaré de constater à quel point l'état d'esprit général qui y règne – cette soif de performances quasi névrotique (laquelle n'hésite pas à employer des adjuvants chimiques), les monstrueuses musculatures de ces médiatiques gladiateurs du *«panem et circenses»* moderne (que les journalistes persistent à dénommer des «athlètes»), le tout couronné par la commercialisation éhontée du spectacle – est pour le moins fort éloigné de cette «idylle humaniste» du *mens sana in corpore sano* dont il avait longuement rêvé (et dont il s'obstinait à croire qu'elle avait présidé au déroulement de ses chers jeux antiques…).

Cela dit, et tant il est vrai que nous autres, incorrigibles rêveurs, ne pouvons faire autrement que d'être ce que nous sommes, il m'était réservé de succomber à mon tour à ma propre vision de l'«Éden helladique».

Pénétrant dans la première salle du petit musée qui flanque le Parthénon et que de grands stores plongeaient dans la pénombre, j'eus d'abord quelques difficultés à entrevoir la vingtaine de statues qui l'occupaient, lesquelles étaient – ainsi que le précisaient les panonceaux explicatifs – des statues de femmes, d'enfants et d'hommes barbus, datant de la période « ionienne ».

Ce qui était frappant c'est que ces figures de pierre, dont les corps stylisés, assez hiératiques, donnaient l'impression de marcher tranquillement – ainsi qu'on le fait au cours d'une flânerie –, esquissaient toutes une même expression : un doux sourire diaphane de félicité songeuse, de béatitude légère : *le sourire d'enfants absorbés par un spectacle enchanteur !*... Or, fort différents en cela des sourires de la « béatification » chrétienne – qui, eux, demeurent obstinément transfigurés par la vision des « régions éthérées » et refusent doucement mais fermement la terre –, ceux-ci s'accompagnaient de regards attentifs, résolument dirigés vers le monde d'ici-bas et qui paraissaient, dans un accord naïf et charmé, lui accorder leur complète adhésion.

Assis sur l'un des petits bancs qui leur faisaient face – contemplant ces effigies d'hommes, de femmes et d'enfants dont le demi-sourire de mystérieuse extase continuait d'irradier depuis la nuit des temps – je pris soudain conscience que cette expression témoignait d'un sentiment que, ni sur les visages de mes contemporains ni sur les innombrables images entrevues dans les livres, je n'avais jamais rencontré : « Un sentiment disparu ! » songeai-je...

Aussi, une fois ressorti du musée, un peu bousculé par les touristes pressés de boucler leur programme, je ne pus m'empêcher de jeter un regard soucieux vers la gigantesque métropole affairée qui bourdonnait à mes pieds et au sein de laquelle j'allais, dans quelques instants, devoir redescendre…

Un dimanche à la campagne

Il y a certains jours de demi-pluie volatile et de bourrasques intermittentes, l'hiver à la campagne, qui, juste après le déjeuner du dimanche, invitent les convives à la promenade.

Ces jours-là, le ciel, où s'entremêlent de confuses nuées, n'éclaire les bois et les terres labourées que d'une lumière pauvre, diminuée. Les arbres nus se dressent contre la grisaille de la brume en un subtil filigrane de vieux film muet. Le vent qui ne procède que par sautes vient parfois faire claquer les unes contre les autres les perches les plus fines dans les branchages. Parmi les feuilles mortes amalgamées et à moitié décomposées dans la boue du chemin, on aperçoit souvent encore la trace imprimée d'un pneu de tracteur… Dans les flaques glauques baignent de gros cailloux luisants, nagent des brins d'écorce et de petites plumes…

Non loin, enfouies dans les replis des collines, protégées par la tendre fourrure brune des bois défoliés, les maisons des hameaux se recroquevillent contre la terre. Le vent glisse juste au-dessus d'elles en déchirant le filet de fumée de leurs cheminées. De la terre éventrée des labours, de la décomposition moite des feuilles et du bois pourri, du souffle tiède et pluvieux d'avant-printemps, émane alors une certaine douceur lénitive, presque soporifique et plus voluptueuse que la plus enveloppante des atmosphères estivales…

Nous étions une petite bande d'êtres humains qui s'effilochait le long du sentier en devisant – nos propos décousus éparpillés par le vent – et qui tous vraisemblablement goûtaient à leur manière la douceur hivernale de ce dimanche perdu au fond du temps et auquel la proximité de cette fin de millénaire prêtait sa mélancolie désabusée…

Je fermais la marche en compagnie d'une fillette de neuf ans, prénommée Rose. L'éclat doré de sa chevelure blonde jetait comme un éclair dans la brume du chemin boueux. Sa fougue enfantine insouciante, gambadante et soliloquante, ornait du plus élégant contrepoint la douce monotonie du paysage et soulignait un peu cruellement aussi la pesanteur compassée de nos démarches d'adultes. Elle lançait dans le vent une kyrielle ininterrompue de chansons sans queue ni tête, de questions saugrenues, de cris aigus cabalistiques – le tout accompagné d'entrechats inattendus, de sauts de cabri impulsifs… Fatalement impressionné et quelque peu penaud de faire si piètre figure, je cherchais, maladroitement pour ma part, à retendre le mince fil intérieur qui me reliait encore – si peu que ce fût – à cette exaltation enfantine.

C'est alors que, longeant le mur d'un potager – lequel se trouvait être celui du voisin de Rose, le *besserweisser* ventripotent et sentencieux qui ouvrait la marche au début de notre file et ne pouvait nous voir –, je fus saisi d'un accès de *delirium nostalgicum* et, empoignant une boîte de conserve rouillée qui traînait sur le chemin, je la balançai brusquement par-dessus le mur !… Aussitôt, avec un petit rire sardonique inimitable, Rose se précipita sur tous les détritus qu'elle pouvait ramasser pour les envoyer rejoindre celle-ci – si frénétiquement et à une telle cadence que, pris de panique, je dus rassembler des trésors d'arguties pour la calmer. Par chance, un jeune chien tout fou et visiblement très désireux de s'agréger à une compagnie aussi créative avait fait entre-temps son apparition sur le chemin et m'aida providentiellement à ramener Rose à des sentiments plus chrétiens, détournant son attention du *lancer de détritus*.

Suivis du chien jappant et cabriolant, nous nous empressâmes de rejoindre les autres qui nous avaient distancés. Parvenus à une vaste flaque d'eau cernée d'une plage de boue, ceux-ci s'étaient lancés dans un débat contradictoire animé quant à la conduite à suivre. Les uns tenaient pour le détour par le sous-bois envahi de ronces, les autres pour l'édification d'un gué de fortune au moyen de grosses pierres qu'on lancerait au milieu !... Les pusillanimes recommandaient le pur et simple demi-tour.

Aussitôt qu'il m'eut aperçu, le gros bavard sentencieux se rua sur moi pour m'exposer par le menu sa stratégie à lui, laquelle se devait, bien entendu, d'être à la fois plus astucieuse et plus fantaisiste que les autres mais menaçait aussi d'être le prélude à de vastes et savantes digressions sur l'économie internationale, la géopolitique planétaire et les scandales financiers du gouvernement socialiste.

Éprouvant la plus grande difficulté à concentrer mon attention sur les élucubrations du raseur, j'étais néanmoins acculé à arborer une expression d'acquiescement niais accompagnée d'un fin sourire entendu destiné à parer les éventuelles plaisanteries dont, je le savais par cruelle expérience, le phraseur aimait à émailler ses discours. Simultanément, j'essayais de fourbir en secret une tactique de retrait appropriée ; force étant d'ailleurs de me rendre à l'évidence que j'étais tout bonnement coincé ! Or, après un petit moment de désarroi, je me surpris soudain, cependant que, sans rémission, les circonlocutions succédaient aux circonlocutions, à répertorier mentalement par le menu les détritus variés qui jonchaient désormais l'allée centrale de son cher potager.

À chaque argutie son détritus !

Je sentis que mon sourire, jusqu'ici crispé, se transformait imperceptiblement.

Cependant, dans un petit champ en contrebas du sentier, Rose s'acharnait à lancer un vieux bout de bois, qu'infatigablement le chien ramenait à ses pieds.

Quelques mètres plus loin, un groupe de corneilles tournoyaient en criaillant autour d'un grand arbre.

Le vieux

Nous descendîmes la moitié de la colline pour rejoindre le vieux qui nous attendait devant chez lui, assis sur un banc de pierre.

La chaleur était torride. La fermette, perchée à mi-pente, était flanquée d'un unique grand tilleul qui donnait son ombre à la cour. Plus bas, parmi la profusion des arbres d'un bosquet, on entendait chantonner un ruisseau. Un chien dormait profondément sous un noisetier touffu. Quelques vaches, elles aussi en équilibre dans la pente, mâchonnaient interminablement, fixant sur nous, de temps à autre, leur regard inexpressif. Très haut au-dessus du plus grand peuplier de la combe, en symbiose avec l'espace, planait une buse nonchalante...

A. allait acheter la maison. Il avait déjà versé l'argent de la promesse de vente et le vieux s'apprêtait à partir pour aller finir ses jours au village voisin, dans un hospice tenu par des sœurs.

En dehors d'une mobylette dont il nous dit se servir encore pour aller faire les courses, on ne notait ici la présence d'aucun engin mécanique moderne. Extérieurement, la maison était rafistolée avec des bouts de planches cloués, des ficelles ou des fils de fer maintenant des morceaux branlants, des cartons colmatant des vitres cassées. Le long du mur de façade s'alignaient en bon ordre, et visiblement bien entretenus par contre, toute une collection d'instruments agricoles traditionnels : faux, binette, serpette, hachette, sarcloir, bêche, pioche, etc. Sous un appentis, un antique pressoir à pommes semblait méditer silencieusement. Dans des seaux et des bassines rouillées s'entassaient des objets hors d'usage, à moitié cassés, couverts de poussière. Aux angles des portes des dépendances s'accrochaient de splendides toiles d'araignées.

Dans le silence pesant de l'après-midi surchauffée, avec le soleil immobile à l'aplomb de nos têtes et ce paysan aveyronnais solitaire dont la plupart des mots patois nous étaient incompréhensibles, la conversation n'allait pas fort… mais la sensation de glisser dans une faille du temps, profonde et envoûtante.

Le vieux hésitait à nous laisser entrer, conscient du *décalage*. Mais nous insistâmes et il se résolut à nous ouvrir.

Rien dans cet intérieur, mis à part l'installation électrique – très vétuste d'ailleurs –, ne pouvait laisser penser que nous abordions aux rives du XXIe siècle.

Dans le peu de lumière qui émanait des étroites fenêtres percées dans les murs épais, se dressait une table de bois brunâtre, poussiéreuse et couverte d'épluchures ; s'y trouvait aussi un long couteau à manche de bois, juste à côté d'une carafe sale où stagnait un vin noir. Une seule chaise, dépenaillée, faisait face à la table. Dans un coin, une armoire en chêne (noircie comme le reste par la suie) émergeait à peine de l'ombre. Sur les murs décrépis était accrochée, pendue à de simples clous, une série d'ustensiles domestiques désuets. Dans un autre angle de la pièce, sous une ampoule nue surmontée d'une collerette, un évier de pierre recueillait le goutte-à-goutte d'un unique robinet de fonte. Au creux d'une niche à même le mur, dans un garde-manger grillagé, végétait, en compagnie de quelques autres denrées indéfinissables, un volumineux morceau de fromage à l'aspect friable. Suspendu à la poutre maîtresse se balançait un jambonneau entamé, couvert de son filet. Face à la porte d'entrée, de plain-pied avec le dallage constitué de grosses pierres inégales, s'ouvrait – pièce dans la pièce – la monumentale cheminée flanquée de ses deux bancs latéraux tandis que trônait dans l'âtre, accrochée à la crémaillère, la marmite, elle aussi couleur de charbon. Voyant que nous nous attardions devant la cheminée, pointant du menton l'emplacement du feu, le vieux lâcha d'une voix étouffée :

« C'est surtout lui qui va me manquer… »

Contre un mur latéral, une vieille horloge à balancier, au verre devenu presque opaque, était arrêtée à une quelconque onzième heure…

Clignant des yeux, nous ressortîmes dans la lumière aveuglante ; puis, tous un peu embarrassés, nous entamâmes laborieusement les évasives formules d'adieu.

Le vieux, décidément doux et débonnaire, se tenait un peu interdit sur la plus haute marche de l'escalier et répondait de son mieux à ce qu'il pouvait capter, quant à lui, de notre langage rapide.

Nous remarquâmes alors, à quelques mètres de là près de la margelle du puits, à l'ombre d'un figuier, un magnifique chat roux allongé de tout son long et à moitié somnolent. Une des choses que nous avions retenues à propos du déménagement (auquel A. devait participer avec sa camionnette) était que les animaux étaient interdits à l'hospice ; aussi, après que nous eumes échangé une parole ou deux à propos du chat, J., qui était la seule femme de notre groupe, désignant les deux bêtes endormies, demanda au vieux :

« Et eux, où vont-ils aller ? »

C'est à ce moment qu'il eut *ce geste* : inclinant doucement la tête sur son épaule dans une expression à la fois d'impuissance et de résignation, il ferma les yeux quelques instants – qui parurent très longs –, les rouvrit, sourit timidement, et ne dit rien.

Durant le trajet de retour, dans l'automobile qui zigzaguait sur la minuscule route à une seule voie, montant puis redescendant sans cesse parmi les pentes verdoyantes de l'Aveyron, nous restâmes silencieux…

Très loin vers l'ouest, le jour agonisait derrière les collines.

Émilie et l'ennui

Aussitôt qu'on la laissait un tant soit peu livrée à elle-même, ma fille Émilie, alors âgée de huit ans, se lançait presque invariablement dans la confection d'une « machine » de son invention : un assemblage de ficelles (beaucoup de ficelles) reliées entre elles par des nœuds (beaucoup de nœuds, indémêlables !) auxquels étaient attachés des rubans, des clous rouillés, des tickets de métro, des coquillages, des branches mortes, des écrous ou des vis, des bonbons à moitié fondus, des pages de vieux journaux, des bouts de crayons cassés, des fleurs séchées, une carte postale du musée du Caire, des galets et des billes (dans un petit filet), des tas de petits sachets remplis de sucre en poudre, de sel, de poivre, de moutarde (provenant de récents voyages en avion) ou bien d'aiguilles de pin (datant de l'été dernier au bord de la mer), quelques carottes chipées à la cuisine, un oignon germé, des prospectus publicitaires divers et une multitude de petits papiers couverts par ses soins d'inscriptions cabalistiques…

La structure basique de l'ensemble était la plupart du temps constituée de planches et de dictionnaires empilés en un équilibre relativement stable, surmontés de deux chaises qui reposaient à l'envers sur plusieurs tendeurs du porte-bagages de ma mobylette, lesquels conféraient à l'ensemble un dynamisme surprenant –

dès l'instant où le système, aux mains de la machiniste soudain très affairée, commençait à s'animer… Mise en mouvement dont l'ébranlement – cahotant et brinquebalant tout d'abord (Émilie étant passée maître dans l'art d'actionner certaines ficelles plutôt que d'autres afin de conserver le plus longtemps possible l'équilibre de l'échafaudage) – était accompagné d'onomatopées tantôt d'inspiration mécanique, tantôt plutôt africaines. Cependant, progressivement, l'engin gagnait en puissance et en vitesse, les éléments constitutifs tournoyant allégrement autour de leurs attaches respectives, pour aboutir à une véritable frénésie digne d'un concours de samba brésilienne, jusqu'à l'inéluctable et fracassant écroulement final, perpétré dans une transe quasi vaudou, laquelle pouvait d'ailleurs gagner jusqu'aux voisins qui – régulièrement – se mettaient alors eux aussi à hurler des imprécations inintelligibles…

Or, si l'on avait la maladresse, au sortir de l'une de ces séances, de s'enquérir auprès d'Émilie afin de savoir si elle s'était bien amusée, elle répondait d'un air blasé : « Pas mal, mais bof… » Pour qu'il y ait eu véritablement amusement, il fallait – je mis un certain temps à le réaliser – un chahut insensé, délirant et sans motif entre copines ou une danse endiablée jusqu'à perdre haleine pendant deux heures. En bref, comme elle et ses amies aimaient alors à le dire, il fallait qu'il y ait eu « éclatement » ! Tout le reste n'étant peu ou prou et tout bien considéré – même si on devait s'y adonner avec minutie, ardeur et frénésie, comme pour les « machines » – qu'une des formes insidieuses de l'ennui.

Aussi quand nous descendîmes tous deux cet été-là, par une journée caniculaire, à bord de ma vieille DS, depuis l'Aveyron jusque dans l'Ariège – le long d'une route où chaque virage découvrait un petit coin de paysage merveilleux – j'entrepris de lui raconter du mieux que je pus l'une des anecdotes que nous livre Karen Blixen dans sa *Ferme africaine*, à savoir comment elle découvrit que là-bas, au Kenya, les indigènes des tribus avoisinantes redoutaient bien davantage l'ennui solitaire que la mort elle-même. N'avait-elle pas dû se rendre à l'évidence qu'une fois que les pasteurs écossais eurent implanté un hôpital moderne à Nairobi, les familles commencèrent simultanément de dissimuler leurs malades pour leur éviter d'avoir à y séjourner (ceux-ci venant couramment lui demander à elle – en qui ils sentaient une alliée potentielle – de cacher certains mourants dans sa maison, là où l'administration médicale viendrait le moins les y pourchasser) ? La guérison et la survie éventuelles ne leur paraissant pas compenser l'horreur d'avoir à se morfondre, ne fût-ce que quelques jours – sans parler du risque de devoir peut-être y trépasser – entre les quatre murs blancs d'une chambre anonyme et austère !...

J'avais la nette impression de parler dans le vide, Émilie ne semblant prêter qu'une oreille distraite et indulgente aux radotages de son père. Elle ne fit pourtant cette fois-ci aucun de ces commentaires impertinents dont les petites filles ont le secret, se contentant d'afficher la moue semi-boudeuse semi-dubitative qu'elle arborait habituellement à l'écoute de mes « discours philosophiques ».

Cependant, une semaine plus tard, alors que dans la même automobile nous longions à petite vitesse (je m'étais égaré à la recherche d'un quelconque magasin Lapeyre...) l'interminable artère principale d'une zone industrielle de la banlieue de Toulouse où les terrains vagues maussades succédaient aux entrepôts déserts et sinistres, Émilie, qui observait tout sans mot dire depuis une demi-heure, déclara soudain, tout à trac, qu'elle aussi, malgré son jeune âge qu'elle n'oubliait pas (sic !), se sentait comme les Africains et considérait sa vie comme une lutte perpétuelle contre l'ennui…

V. et sa leçon de rossignol

Nous étions venus dîner chez A. et V. dans leur charmante maison aveyronnaise.

Conversant à bâtons rompus et nous emberlificotant dans les propos oiseux et approximatifs des fins de repas bien arrosés, nous commencions à nous lasser les uns des autres… Or, à ce moment critique de la soirée, après qu'il eut lui-même laborieusement échoué à nous faire partager un certain état d'âme obscur et filandreux qui paraissait lui tenir à cœur, V., se levant soudain comme pour un discours solennel, se mit à imiter le chant du rossignol, ce qu'il fit avec brio, imposant un silence ébahi et admiratif.

La conversation, ou ce qui en tenait lieu, reprit, languide, pour s'éteindre à nouveau progressivement en insignifiances ensommeillées… Il était temps de prendre congé. Nous sortîmes et nous dirigeâmes vers la voiture. V. qui nous avait accompagnés, contemplant la froide nuit étoilée d'avril, s'exclama :

« Ah ! Eh bien, justement ! C'est tout à fait une nuit pour eux ! Vous allez peut-être les entendre ! »

Nous entraînant au bord du ravin broussailleux en contrebas, il nous fit signe de nous taire. Après quelques minutes d'attente, nous entendîmes le premier trille d'une série époustouflante, aussitôt repris par un second, puis par un troisième chanteur.

Nous restâmes là un bon moment, subjugués !

On eût dit que les étoiles elles-mêmes écoutaient attentivement…

Ma vie de quartier

L 'autre matin, la plupart des concierges des immeubles avoisinants s'étaient assemblés pour expérimenter une nouvelle machine à nettoyer le trottoir.

Ils étaient tous là à s'ébahir à grands cris enthousiastes de la puissance du jet d'eau chaude, du ronronnement parfait du moteur auxiliaire actionnant les petites roues et les balais, de la maniabilité de l'aspirateur à crottes de chiens, de la peinture fluo de la carrosserie ; à s'interroger sur le fonctionnement des nombreuses et différentes manettes, de leurs connexions éventuelles avec les tout aussi nombreux cadrans du tableau de bord ; à s'émerveiller du carénage profilé de l'engin ; à converser et à rire bruyamment – enchantés en somme de ce colloque impromptu !

Or un peu plus loin, tous ses sacs en plastique et ses vieux cabas bourrés d'affaires en cercle autour d'elle, son bonnet démodé *au crochet* retenant ses cheveux blancs bien peignés, en train de manger des choses indistinctes (une sorte de compote) dans un bocal, elle était assise à sa place favorite : sur le rebord de la fenêtre du rez-de-chaussée de l'immeuble, protégée du léger crachin par la corniche du balcon du premier étage, balançant les jambes rythmiquement dans le vide, comme une petite fille, son chien en porcelaine et son énorme réveille-matin vert pomme posés à côté d'elle.

Observant les autres du coin de l'œil, elle plongeait sa cuillère à soupe dans le gros bocal, soliloquant à voix basse…

Comme je passais à sa portée, soudain hilare, et désignant de la tête l'assemblée un peu plus loin, elle me lança :

« Deux et deux font quatre ! »

* * *

Nous étions au cœur de l'hiver. J'avais dû ressortir vers les neuf heures du soir pour une boîte de sel et je me hâtais, à travers un brouillard poisseux, vers la minuscule place Léon-Deubel où se trouve l'épicier marocain qui reste ouvert très tard. J'essayais de combattre comme je le pouvais la petite mort qui imprègne ce quartier sinistre, désert à cette heure, des alentours de la Porte de Saint-Cloud – sorte de purgatoire des âmes parisiennes…

Or, en passant devant la vitrine de la boulangerie à cette heure assombrie, je crus distinguer, à la lueur spectrale des réverbères, une silhouette derrière le comptoir. Scrutant plus attentivement la demi-pénombre, quelle ne fut pas ma surprise de constater qu'il s'agissait de la petite patronne habituellement si enjouée avec laquelle je plaisantais chaque jour à l'heure du pain matinal ! Elle était là, toutes lumières éteintes, assise seule et immobile sur son tabouret, le regard perdu dans le vague…

Longeant quelques instants plus tard, ma boîte de sel à la main, le pied des hautes falaises sans vie des immeubles maussades, je me souvins soudain que Léon Deubel avait été un poète maudit qui, après une courte vie de misère et d'insuccès, s'était suicidé à l'âge de vingt-cinq ans. Il y avait, en l'occurrence, un vers de lui dont je me souvenais parfaitement :

L'heure émigre vers des infinis sombres...

* * *

Descendu de mes étages peu avant six heures pour une leçon tardive (je n'ai que la rue à traverser), je devais m'arc-bouter contre un vent violent qui soufflait en rafales, faisant gicler la pluie contre les façades. Les vitres des fenêtres, les vitrines des magasins et les pare-brise des automobiles étaient constellés de gouttes vibratiles qui, par saccades, dégringolaient prestement, telles des colonies d'insectes agiles et fuyants. Il faisait sombre et tout était triste et lugubre par cette soirée de fin novembre...

Au coin de l'avenue Marcel-Doret et de la rue du Général-Clavery, à cet endroit peut-être le plus impersonnel de Paris, se tenait un vieux bonhomme qui, indifférent à la tempête et dégoulinant de pluie, un sourire de jubilation quasi extatique illuminant sa face rubiconde, scrutait attentivement – la tenant tout près de ses yeux – l'étiquette d'une bouteille de vin qu'il venait d'extirper de son cabas.

Me hâtant sous le déluge, j'étais passé à sa hauteur sans qu'il y prît garde. Or j'eus soudain conscience qu'en dépit du découragement qu'avait précédemment induit en moi cette morne soirée, le sourire de l'inconnu fleurissait maintenant sur mes propres lèvres...

Élucubrations vélomotorisées où il est question du temps et de la vitesse, mais aussi des chats, des tortues et des Chinois !

> J'ai pensé et écrit tellement sur le temps... Mais je vais vous raconter une anecdote : un philosophe argentin et moi, nous conversions au sujet du temps et le philosophe dit : « Dans ce domaine, on a fait de gros progrès ces dernières années. » Et moi j'ai pensé que si je lui avais posé une question à propos de l'espace, sûr qu'il me répondait : « Dans ce domaine, on a fait de gros progrès ces derniers cent mètres. »
>
> Jorge Luis Borges

Héraclite, comme chacun sait, nous assure qu'on ne se baigne jamais deux fois dans le même fleuve. Or je puis témoigner qu'en ce qui a concerné la génération de mes parents, puis la mienne, on ne se baigna pas deux fois de suite dans la Seine en aval de Paris, de très pragmatiques édiles l'ayant progressivement laissée se transformer en grand collecteur des égouts de la capitale...

J'en étais réduit à contempler les photos de mes parents en maillot de bain sur ce même ponton où j'allais faire semblant de pêcher avec une badine et une ficelle, vu que les poissons tirés d'une pêche en règle n'eussent sans doute pas été comestibles. Je pouvais aussi écouter ma mère raconter les baignades et les parties de canotage des dimanches d'avant-guerre... De canotage, il n'était même plus question : un simple coup d'œil vers cette eau glauque et huileuse, où flottaient des détritus variés, suffisait à vous en dissuader.

Mais ce que le philosophe antique avait voulu dire, bien entendu, c'est que le temps coulait comme un fleuve irréversible...

Or précisément, la question qui se posait à moi ce jour-là tandis que je longeais sur mon vélomoteur la surface douteuse de cette nouvelle Seine d'aujourd'hui – croisant les vaillantes péniches lourdement chargées qui remontaient à contre-courant – était de savoir (puisque ce n'est pas toujours le cas avec les métaphores) si la réciproque s'avérait tout aussi vraie : un fleuve ressemble-t-il au temps ?

En dehors de cet incontestable caractère d'irréversibilité, n'y avait-il pas la fluidité de l'eau elle-même et les variations du débit, puisque non seulement le temps nous glissait entre les doigts, mais encore paraissait-il souvent se ralentir ou s'accélérer ? Pouvait-on, par exemple, parler de crues, de débordements du temps ? Pouvait-on dire de lui qu'il était à sec ou au plus bas niveau ?

Je devinais combien ces réflexions – vraisemblablement engendrées par le lyrisme vélomotorisé – pourraient (s'il m'arrivait jamais de les formuler [1]) paraître

1. Ainsi qu'on peut le constater, je me suis finalement enhardi à le faire. J'ai cru remarquer, au cours des années, que ce sont souvent de ces fantasmes instantanés et d'apparence échevelée que naissent (si l'on prend la peine de les développer et si l'on peut capter une oreille indulgente – ce qui est de loin le plus difficile !) certaines de nos perspectives personnelles les plus stimulantes...

absurdes ; qu'elles le paraîtraient d'autant plus que nous avions tous, peu ou prou, fini par confondre la dimension réelle de la durée, après tout difficilement palpable, avec notre moderne chronométrie ; que nous en étions venus à croire que la cadence mécanique de nos horloges était la même que celles de nos cœurs…

Ne disait-on pas encore d'un cœur, comme d'un cours d'eau, qu'il était sec ou qu'il débordait ? Le flux changeant d'un fleuve comme la Seine, relié aux caprices des intempéries, ne représentait-il pas notre grande horloge hydraulique (notre clepsydre urbaine !), dont il eût été salutaire de consulter les variations naturelles afin d'y régler nos cœurs tachycardiques d'aujourd'hui, cruellement pressurisés par *l'insatiable chronophagie* des petites roues dentées ?

(Raisonnant ainsi, je réalisais, ironiquement d'ailleurs, que j'étais, indépendamment de ma volonté, emporté moi aussi par le flux tout aussi irréversible du trafic des voies sur berges…)

Cependant, il me semblait qu'on pouvait pousser la comparaison plus loin : considérer qu'en nous aussi – au long des heures, des jours, des années – le temps creusait son lit, y déposant les alluvions de l'expérience, fertilisant nos consciences présentes avec les fines particules spirituelles charriées depuis des époques reculées ; distinguer enfin que, seule entre toutes, notre époque avait eu la prétention de maîtriser ce flux, de faire en sorte que celui-ci ne la traverse et ne l'abandonne pas tout aussi inéluctablement que les autres !

Notre époque qui se targuait donc, non seulement de dresser des barrages contre le temps afin d'en utiliser l'énergie, mais encore de l'emmagasiner dans des réserves où il lui serait loisible de puiser à discrétion!... Car était-il autre chose, ce laborieux effort de réduire la durée naturelle des choses au moyen de la vitesse – celle-ci accrue jusqu'au vertige?

Ne prétendions-nous pas, en effet, gagner au change en diminuant progressivement le temps imparti à nos moindres actions: accélérant nos déplacements, nos échanges, nos dialogues, nos réflexes mentaux (les ordinateurs nous déblayant aveuglément la voie...), jusqu'à nos fonctions organiques que certains prétendaient très sérieusement «améliorer» (combien d'articles ne pouvait-on lire sur la réduction du temps de sommeil, l'efficacité alimentaire et digestive, les possibles performances intellectuelles, sexuelles, sportives, etc)?

Or s'efforcer, comme nous le faisions, de réduire cette dimension dont nous étions vraisemblablement partie intégrante, n'était-ce donc pas opérer du même coup une funeste réduction de nous-mêmes?

Hélas, c'était bien, à ce qu'il me semblait, ce dont nous ne voulions plus entendre parler: que le temps c'était peut-être aussi nous-mêmes! Nous nous étions laissé entièrement gagner au prétendu savoir de notre époque « scientiste» et nous nous rassurions ingénument (car il y fallait de l'ingénuité sous le cynisme de surface) en décrétant avec fierté que le temps, la nature, le cosmos ne nous concernaient plus que de façon indirecte, extérieure; que les modifier n'était pas nous dénaturer simultanément.

Ne ravagions-nous pas une bonne partie de la planète en croyant naïvement augmenter *le seul confort particulier* de notre chère espèce humaine? Ne détruisions-nous pas la majeure partie de la végétation, des terres et des eaux (jusqu'à l'air même que nous respirions) afin de perfectionner ce que nous pensions être notre sphère existentielle indépendante? Ne saccagions-nous pas toutes ces choses pour permettre à nos machines de fonctionner plus efficacement et, disons-le, plus librement ? Nos chers engins n'auraient-ils pas d'ailleurs bientôt, eux aussi, conquis leur indispensable liberté et n'aurions-nous pas, pour ce faire, rédigé une solennelle *Convention universelle des droits du robot* ?

Et à l'origine de tout cela, n'y avait-il pas cette superstition métaphysique – conçue par Descartes (sans doute à cette époque de sa vie où il avait l'esprit surchauffé par son poêle), développée par les « esprits forts » qui lui succédèrent et finalement perfectionnée par ces « brillantes cervelles » des Lumières [2] –, laquelle consistait à penser que les lois de l'univers entier n'étaient autres que les rouages d'une vaste horlogerie cosmique, une gigantesque mécanique dont les sciences physico-mathématiques finiraient par dévoiler progressivement le schéma exhaustif [3] ? N'était-ce donc pas cette fable – dont tant d'esprits, certes moins lumineux mais sûrement plus lucides, avaient tenté de montrer l'inanité et la naïveté anthropomorphique – qui nous entraînait pourtant, aujourd'hui plus que jamais, à nous immoler insidieusement nous-mêmes sur l'autel d'un hypothétique progrès ? N'était-ce pas elle, en dernier

2. « Maintenant que nous sommes suffisamment éclairés, demande Musil, que voyons-nous ? »

3. « Une théorie philosophique du monde ressemble au monde comme une sphère – sur laquelle on tracerait seulement les degrés de longitude et de latitude – ressemblerait à la Terre. La métaphysique a cela d'admirable qu'elle ôte au monde tout ce qu'il a et qu'elle lui donne ce qu'il n'avait pas, travail merveilleux sans doute, et jeu plus beau, plus illustre incomparablement que les dames et que les échecs, mais, à tout prendre, de même nature. Le monde pensé se réduit à des lignes géométriques dont l'arrangement amuse. Un système comme celui de Kant ou de Hegel ne diffère pas essentiellement de ces réussites par lesquelles les femmes trompent, avec des cartes, l'ennui de vivre. » (Anatole France, *Le Jardin d'Épicure*, p. 93-94, éd. Calmann-Lévy, Paris, 1921.)

ressort, qui nous permettait de torturer « savamment » des animaux au nom du perfectionnement possible de notre médecine ? Et cette vivisection réputée indispensable ne mettait-elle pas en évidence l'aspect le plus ridiculement atroce de notre orgueilleuse présomption à vouloir différer du reste de la création, à narcissiquement nous ériger en « Espèce élue » ?

Pourtant, la triste vérité pourrait bien se révéler être, un jour, qu'en manipulant avec un tel pragmatisme cette *essence animale* dont nous estimions nous distinguer électivement, nous avions pratiqué simultanément la vivisection de nous-mêmes, nous livrant à des opérations douteuses, gratuites et cruelles sur notre propre physiologie !

Mais tout cela n'était pas nouveau s'il fallait en croire Montaigne :

> « La présomption est notre maladie naturelle et originelle. La plus calamiteuse et frêle de toutes les créatures c'est l'homme, et quant et quant la plus orgueilleuse. Elle se sent et se voit logée ici, parmi la bourbe et le fient du monde, attachée et clouée à la pire, plus morte et croupie partie de l'univers, au dernier étage du logis et le plus éloigné de la voûte céleste avec les animaux de la pire condition des trois ; et se va plantant par imagination au-dessus du cercle de la lune et ramenant le ciel sous ses pieds. C'est par la vanité de cette même imagination qu'il s'égale à Dieu, qu'il s'attribue les conditions divines, qu'il se trie soi-même et sépare de la presse des autres créatures, taille les parts aux animaux ses confrères et compagnons, et leur distribue telle portion de faculté et de force que bon lui semble. Comment connaît-il, par l'effort de son intelligence, les

branles internes et secrets des animaux ? par quelle comparaison d'eux à nous conclut-il à la bêtise qu'il leur attribue ?
Quand je me joue à ma chatte, qui sait si elle passe son temps de moi plus que je ne fais d'elle[4] ? »

La vérité était qu'il me paraissait tout naturel que Montaigne ait éprouvé ce sentiment de notre éternelle arrogance à propos des animaux, précisément au sujet de son chat.

Pour ma part, combien de fois, au spectacle du mien, abandonné au sommeil sur le canapé, dans une posture d'un relâchement si parfait, si confondant, qu'on l'imaginerait facilement avoir atteint au stade ultime du nirvana bouddhique, ne me suis-je pas senti gagné par une certaine concupiscence mêlée de nostalgie ?...

Ne me suffisait-il pas encore, quand je l'appelais dans la cour de l'immeuble, d'admirer la nonchalance désinvolte avec laquelle il finissait par me rejoindre (non sans auparavant avoir pris le temps de titiller quelque innocente brindille, ou paru éprouver un soudain intérêt pour les pigeons perchés sur les corniches – qu'il sait depuis toujours être inattrapables – ou encore s'être tranquillement assis à quelques mètres de moi, me fixant attentivement de ses impassibles yeux jaunes – toutes choses qu'il n'eût jamais eu l'idée de faire s'il n'avait perçu une certaine impatience dans mon injonction) pour réaliser que c'était bien lui, pour le coup, qui se jouait de moi et de ma hâte ?

À d'autres moments, observant ces félins circonspects et précautionneux rôder silencieusement, le soir, autour de nos habitations, n'avais-je pas éprouvé une

4. *Apologie de Raymond Sebond*, livre II, chapitre XII, p. 429-430, éd. Gallimard, coll. « de la Pléiade ».

légère hallucination, croyant soudain entrevoir que ces petits fauves énigmatiques que nous nous targuions d'avoir domestiqués n'étaient autres, en réalité, que les émissaires cauteleux du temps ? lequel, en prédateur souverain – lorsque la sollicitude tendrement cruelle, avec laquelle il affectionnait de tourmenter les pauvres petites souris transitoires que nous sommes, se serait enfin lassée –, viendrait, tout à son heure, nous croquer tranquillement ?...

Et n'était-ce pas après avoir entr'aperçu un chat s'avançant dans les hautes herbes de son jardin, que Rilke avait écrit :

> « Les empressés nous sommes
> Mais la marche du temps
> Tenez-la comme rien
> Au sein du permanent toujours ?

Un très ancien paradoxe philosophique, le paradoxe de Zénon d'Élée, touchait de près à ces élucubrations et avait, depuis l'Antiquité, hanté la plupart des penseurs spéculatifs.

Ce paradoxe, on le sait, se présentait sous deux formes : la première était la métaphore de la flèche en vol qui est immobile et la seconde la très fameuse parabole d'Achille et la tortue.

On ne savait trop pourquoi, Achille et la tortue avaient décidé de se mesurer à la course. Achille courait dix fois plus vite que la tortue et il lui accordait sportivement une avance de dix mètres. Achille parcourait ces dix mètres, la tortue en parcourait un. Achille parcourait ce mètre, la tortue, un décimètre. Achille parcourait ce décimètre, la tortue, un centimètre. Achille parcourait ce centimètre, la tortue, un millimètre ; Achille aux pieds légers, le millimètre, la tortue inéluctable, un dixième de millimètre et ainsi de suite à l'infini sans qu'il puisse jamais l'atteindre... (Et comme quelques jours auparavant me l'avait claironné de sa voix fluette une charmante petite fille de six ans qui s'était mise en demeure de me réexpliquer le jeu des petits chevaux : « Tu vois le principe ! »)

Nietzsche avait ironisé sur le premier aspect du paradoxe, remarquant que si nous avions admis que la flèche en vol puisse être immobile, il n'y avait alors pas la moindre raison d'estimer non plus qu'elle ait jamais pu être décochée par quiconque !...

Borges qui avait rassemblé une collection des nombreux et parfois insolites avatars du célèbre paradoxe [5] s'était montré sceptique quant à la réfutation du second aspect proposé par Bergson dans ses *Données immédiates de la conscience*, laissant entendre que le philosophe français avait subrepticement introduit une seconde tortue dans l'affaire à seule fin de détourner l'attention du lecteur.

Mais, hormis l'humour de la remarque, il restait douteux que Borges ait pris la peine de lire attentivement Bergson, lequel nous expliquait pourtant avec une louable clarté que, si l'intervalle qui séparait deux

5. Parmi tous les autres paradoxes, celui du philosophe américain illustre le mieux notre propos : « William James (*Some problems of Philosophy*, 1911, p. 182) nie que quatorze minutes puissent s'écouler, parce qu'il est nécessaire que sept minutes se soient écoulées auparavant, et avant sept, trois minutes et demie, et avant trois et demie, une minute trois quarts et ainsi de suite jusqu'à la fin, l'invisible fin, à travers de minces labyrinthes de temps. » (Jorge Luis Borges, « Avatars de la tortue », Enquêtes, éd. Gallimard, p. 160.)

5 bis. Le plus concis et sans doute le plus merveilleux des paradoxes étant celui du philosophe chinois : « Raccourcis chaque jour un bâton de moitié et tu n'en verras jamais la fin ! »

points était divisible infiniment, le mouvement, lui, entité *sui generis*, ne l'était pas ; que si effectivement le mouvement avait été composé de parties comme celle de l'intervalle lui-même, jamais l'intervalle – perpétuellement résiduel entre Achille et la tortue – n'aurait été franchi. Mais la vérité était que chacun des pas d'Achille constituait un acte simple, indivisible, et qu'après un nombre donné de ces actes, Achille aurait dépassé la tortue ; que les Éléates avaient volontairement, pour les besoins de la cause, confondu les mesures applicables à l'espace avec celles applicables au temps, qu'ils s'étaient cru autorisés à reconstituer le mouvement total et indivisible d'Achille, non plus avec des pas d'Achille, mais avec des pas de tortue : qu'à Achille poursuivant la tortue, ils avaient substitué en réalité deux tortues (!) réglées l'une sur l'autre, deux tortues condamnées à faire le même genre de pas ou d'actes simultanés de manière à ne s'atteindre jamais.

Or moi, sur mon vélomoteur, condamné à être sans cesse dépassé à toute allure par des automobiles qui n'avaient visiblement pas la plus petite notion des subtilités éléatiques, et remontant le long des berges à contre-courant de ce fleuve à ma droite dont on m'assurait qu'il n'était jamais le même, et en dépit de la probable outrecuidance qu'il pouvait y avoir à renchérir sur les commentaires d'aussi illustres prédécesseurs, j'étais démangé du désir d'ajouter mon petit grain de sel, de faire remarquer que si, de tout temps, personne n'avait songé à contester qu'un tigre soit plus féroce qu'un lapin, un kilo de plume beaucoup plus encombrant qu'un kilo de plomb, personne n'avait sans doute jamais hésité non plus quant à savoir si un quidam quelconque (qui plus est un athlète surentraîné de la mythologie grecque) dépasserait aisément, à la marche, n'importe quelle tortue (fût-elle extraordinairement opiniâtre et gagne-petit) pour peu, toutefois – et c'était ici, à mon humble avis, que surgissait, en réalité, le point le plus épineux du problème –, *qu'elle veuille bien aller son chemin dans la même direction et non point se dissimuler prudemment sous les grosses feuilles de rhubarbe du potager !*

Ne pouvait-on estimer, en effet, que l'idée saugrenue d'organiser une rencontre sportive (qui puisse, d'une part, sauvegarder les impératifs du fair-play et, d'autre part, ne pas sombrer pour des siècles dans la rancœur spéculative !) entre un héros mythologique ombrageux et une tortue tatillonne n'avait pu naître que dans l'esprit d'un intellectuel non seulement pathétiquement snob mais, de surcroît, n'ayant, hélas, probablement jamais tenté d'élever une tortue dans son enfance, ni fait l'expérience d'avoir à la poursuivre dans le potager ? !

Cela dit, je devinais aussi que, forts de toutes ces « brillantes » réfutations, certains ne manqueraient pas de contester l'utilité de perpétuer à travers le temps une querelle aussi vaine. Contestation dont il me paraissait pourtant prudent de se garder, sous peine d'être à jamais chassé du domaine du merveilleux et des fables universelles, là où il restera éternellement évident de rencontrer des lapins ponctuels, des chapeliers fous, des œufs pontifiants, des animaux siégeant en tribunal, des corbeaux vaniteux et des tortues compétitives.

Et puisque je venais d'y faire allusion, n'était-ce pas lui, Lewis Carroll, en bon Anglais soucieux du « happy end », qui avait, en fin de compte, proposé la seule issue acceptable à ce défi embarrassant : Achille, lassé de toutes ces complications, s'assied philosophiquement sur le dos de la tortue et la laisse le mener là où bon lui semble ? !...

Le paradoxe éléatique ne trouvait-il pas, cependant, une illustration imprévue, une sorte de preuve par l'absurde, dans notre développement forcené de la vitesse, cette vitesse que nous perfectionnions sans cesse, au point qu'il nous était presque possible, aujourd'hui, d'envisager, sans rire ni frémir, le légendaire don d'ubiquité ? Le Concorde ne franchissait-il pas l'Atlantique en trois heures et ne parlait-on pas d'un engin qui bientôt le franchirait en une seule ? Était-il donc permis, *à la vitesse où allaient certaines choses*, d'imaginer pour un futur très proche une réelle instantanéité de nos déplacements ? Les troublantes et vertigineuses supputations des auteurs de science-fiction en viendraient-elles à se concrétiser dans un avenir immédiat ?

Or un soupçon me venait soudain : et si les Éléates avaient tout simplement anticipé sur le futur, et si, plutôt que le mouvement, c'était cet avorton dégénéré du temps, *la vitesse*, dont ils avaient confusément cherché à démontrer l'inanité ?

Quoi qu'il en soit, il subsistait une chose que nous pouvions désormais vérifier à chaque nouveau voyage : plus nous mettions de moyens en œuvre pour nous déplacer quasi mathématiquement d'un point à un autre, plus d'étranges résistances inattendues se créaient d'elles-mêmes : difficultés progressivement et subrepticement accrues, par exemple, pour l'accès aux points de départ et d'arrivée : encombrements routiers, grèves du personnel, mauvaise humeur des guichetiers, détournements terroristes, distractions ou lectures erronées des indications au moment fatal des intersections d'autoroute, etc. Comme si le réel – souple et fluctuant – lorsque nous le bousculions trop brutalement d'un côté, s'écartait et fléchissait un moment (à sa manière combative extrême-orientale [6]) pour nous surprendre en resurgissant inopinément d'un autre !

Mais il y avait mieux encore : n'en venions-nous pas à segmenter le temps en portions de plus en plus menues ? Les vainqueurs des courses de vitesse actuelles n'étaient-ils pas départagés au millième de seconde ? Comme si eux aussi cherchaient à s'échapper (ce dont on ne pouvait certes pas leur faire grief…) dans l'infiniment petit !

Et que dire alors de cette étrange sensation de « suspension » que nous éprouvions, à plus de mille kilomètres à l'heure, assis, sanglés, trompant notre ennui ou notre anxiété comme nous le pouvions en feuilletant des magazines idiots, dans ces sortes de couloirs-salles d'attente que sont les avions modernes – immobilisés nous aussi, pour finir, dans la flèche en vol ? !

Un écrivain contemporain, grand voyageur, n'avait-il pas mis le doigt sur le point exact qui caractérisait notre obstination toute dogmatique :

> « J'étais une fois de plus irrité par la fréquence des désagréments occasionnés par les voyages en avion. Hormis le gain de temps que permet ce moyen de

6. Si l'Occident a réussi, dans une certaine mesure, à domestiquer le réel sur le plan physique, il paraît indéniable que, sur le plan métaphysique, les civilisations indienne et chinoise en ont perçu l'essence avec infiniment plus de justesse et de précision. Il en découle chez les Asiatiques une sagacité stratégique vis-à-vis de l'existence qui nous échappe entièrement – même lorsque nous nous y essayons. Voici comment Lin Yutang résume la pensée taoïste :

> « Il y a la sagesse de l'insensé
> Il y a la grâce de celui qui est lent
> La subtilité de la stupidité
> L'avantage d'une position basse. »

transport, je ne vois aucune raison valable de l'utiliser quand on peut faire autrement... Une fois de plus je me promis de rester dorénavant sur terre, promesse difficile à tenir à une époque où les gens sont prêts à sacrifier leur bien-être pour une abstraction telle que la vitesse. Mon sentiment est que l'humanité a inventé les notions de temps et de vitesse pour mieux entretenir l'illusion que l'existence peut être envisagée d'un point de vue quantitatif [7].»

Lorsque nous nous extirpions tant bien que mal des emboîtements inconfortables de nos avions-fusées, de nos automobiles surbaissées et de nos trains ultrarapides, ne continuions-nous pas de marcher à la même vitesse et nos cœurs de battre *approximativement* au même rythme que ceux de nos lointains ancêtres [8] ?

Quelque chose, pourtant, changeait indubitablement : nous nous donnions, en une seule même journée, la possibilité d'accomplir une multitude d'actions diverses dont il eût été impensable d'envisager la simple éventualité auparavant. Or, pouvions-nous affirmer en retirer des satisfactions plus profondes ?

Si nous voulions rester honnêtes – sans nous laisser étourdir par l'excitation inhérente à tout ce qui est neuf – nous devions plutôt concéder que c'était le contraire qui advenait ! Plus nous nous efforcions de diminuer les résistances matérielles, d'élargir devant nous le champ des possibilités, plus nos vies semblaient se rétrécir

7. Paul Bowles, Autobiographie, *Mémoires d'un nomade*, Quai Voltaire, 1989, p. 225.

8. On pourrait parfois se demander si ce n'est pas précisément la croissante disproportion des vitesses naturelles et artificielles qui génère l'étonnante recrudescence (s'il faut en croire les médecins) des maladies cardio-vasculaires dans le monde actuel.

intimement, insidieusement gagnées de l'intérieur par une sorte d'angoisse larvée névrotique…

Plus nous circulions rapidement et facilement d'un endroit à un autre, moins nous éprouvions la joie de nous déplacer ; plus étrange encore : à mesure que nous tentions de faciliter nos déplacements, cherchant à en résorber les ultimes inconvénients, ces derniers semblaient au contraire se multiplier d'eux-mêmes, nous entraînant dans un maelström d'agitation fiévreuse…

Le moment était peut-être venu, à vrai dire, de nous poser sérieusement la question : *Et si le temps gagné par l'entremise de la vitesse était inutilisable pour le bonheur ?*

> « … Quand il nous arrive de devoir renoncer à la vitesse, par exemple de devoir abandonner l'auto pour la marche, nous sommes frappés de constater comme les sensations, moins nombreuses, sont redevenues par contre plus denses, plus réelles, plus riches, et nous ne sommes plus sûrs de n'avoir pas, tout compte fait, gagné au change. Elles ont perdu en quantité, mais elles ont repris une dimension de plus. Elles nous sont moins jetées aux yeux, comme poudre et confettis, mais nous les tenons mieux. “Un tiens vaut, nous dit-on, mieux que deux tu l'auras.” Or, les sensations multipliées par la vitesse ne sont-elles pas de perpétuels “tu l'auras” ou “tu pourrais l'avoir”, que nous ne tenons jamais ? Cela rejoint la remarque que nous faisions un jour sur ces vies recluses du couvent et de l'hôpital, ces vies sans événements à ce qu'il semble, mais où aussitôt les plus menus incidents font figure d'événements, comme un petit bruit dans le silence. Il y avait là un vide à remplir, ici un plein à raréfier. Mais c'est la

même loi. Nous disposons sans doute d'une somme d'intérêt à peu près constante ; elle se répartit sur des objets plus ou moins nombreux, mais elle n'est pas modifiée pour autant. La nature retrouve toujours son compte. (Le diable aussi, dit-on.)[9] »

La triste évidence semblait bien être que nous avions voulu piéger le temps au moyen de notre ingénieux filet conceptuel mais que celui-ci – fluide, protéiforme, insaisissable – s'échappait toujours, se glissant sans effort au travers des mailles. Voulant alors resserrer celles-ci nous nous y étions emberlificotés nous-mêmes,

9. Charles Baudouin, *Le Mythe du moderne*, Édition du Mont blanc, 1946, p. 154. Celui-ci poursuit plus loin, citant au début ces vers remarquables d'un poète inconnu, lesquels auraient pu servir d'exergue à cet essai :

« Ah ! leur raison, triste machine délabrée,
Torturant l'arbre afin d'avoir plus tôt son fruit,
Creusant des trous dans l'étendue et la durée,
Pour les boucher avec les cendres de l'ennui ! »

Armand Godoy, *Bréviaire*

« Le premier homme s'était seulement emparé du fruit de l'arbre, et ç'avait été, nous dit-on, le péché. L'homme moderne « torture l'arbre afin d'avoir plus tôt son fruit », ce qui est plutôt le vice, car c'est contre nature. Il pèche par impatience ; il tue la poule aux œufs d'or.

C'est torturer l'arbre que de nous surmener, comme le rythme de la vie moderne nous oblige presque inévitablement à le faire, que de nous fier aux trous d'air de la vitesse, que de gagner du temps, selon notre expression. Et ce temps gagné, qu'en faisons-nous ? Nous ne savons rien de mieux que de le perdre. Nous renversons Proust : à la recherche de la perte du temps gagné. Nous inventons les distractions les plus niaises pour en venir à bout. Mais nous n'en venons pas à bout : reste l'ennui et son goût de cendre. Il y a peut-être mieux à faire, mais il faut tout reprendre dès l'origine, écouter la sagesse de l'arbre, conformer notre rythme à celui de la floraison et de la maturité. »

ne faisant, en tentant de nous désemmêler, que compliquer les nœuds encore davantage !…

Il n'était certes pas fortuit que ce fût chez un bouquiniste des bords de Seine que j'eusse déniché ce livre, enfoui sous une pile d'autres ouvrages obscurs – manifestement laissé au rancart par les hommes d'aujourd'hui, qui n'aiment pas trop qu'on vienne leur parler le simple langage du bon sens.

Ainsi que cet auteur tombé en désuétude nous le rappelait d'ailleurs, il y avait eu un temps, pas si lointain (l'entre-deux-guerres), où nombre d'écrivains avaient pointé du doigt les aspects pernicieux de la présomption moderne. Ces temps étaient révolus ; non seulement il était aujourd'hui fort malséant de l'oser – on vous imputait immédiatement les intentions les plus odieuses, comme celle de « cracher dans la soupe », mais encore vous étiez fermement tenu à l'écart des conversations sérieuses, lesquelles paraissaient avoir pour impératif catégorique d'être résolument optimistes ; on vous accusait souvent aussi de sourdes menées réactionnaires, de misanthropie congénitale ou d'incurable sadomasochisme.

Cela dit, les choses n'en n'étaient peut-être que mieux ainsi, car cet ostracisme, dont étaient frappés les sceptiques et les incrédules au dogme du futur triomphant, les obligerait vraisemblablement à se regrouper en une sorte de grande confrérie anonyme qui pourrait s'intituler, par exemple : « Les Compagnons de l'Inutile », ou « Le Club des Amis du Temps perdu ». Une confrérie de doux illuminés gentiment ridicules, inefficaces et désuets, qui continueraient à prendre le temps comme il se présente ou à vaquer à leurs occupations en toute insouciance, à cultiver des pratiques désormais insolites telles que le vague à l'âme, la flânerie, la lecture, ou encore l'art subtil et tactique de la promenade solitaire et sans but[10]...

Dans ce livre (*Le Mythe du moderne*) obscur et oublié que j'avais déniché chez un vieux revendeur de livres d'occasion de ma connaissance (celui-là même qui, alors que je voulais lui vendre un de mes anciens livres scolaires qui ne l'intéressait nullement et que je venais d'arguer du fait que ce genre de bouquin pouvait toujours servir à des autodidactes, m'avait répondu : « Mais, mon pauvre monsieur, les autodidactes c'est fini, y en a plus ! Comment voulez-vous lire dans un monde où il y a toujours quelqu'un qui vous tire par la manche ? »), l'auteur, Charles Baudouin, résumait ainsi une anecdote tirée d'un roman anglais[11] :

> « ... étaient mis en présence, à un moment donné, un Chinois dénommé Abott, et un Américain du nom de Beaven, qui commençaient à se lier d'amitié.
> Un jour, Abott avait apporté dans un panier tout ce qu'il fallait pour confectionner un ragoût à sa façon, et il se montrait excellent cuisinier, ce qui ne l'empêchait pas de deviser sur de grandes questions avec Beaven juché sur le tabouret. Le Chinois assurait que dans son pays, on se contentait des choses telles

10. Dans un livre au titre significatif : *Dialogue des amateurs sur les choses du temps*, Rémy de Gourmont, au début du XXe siècle, paraît avoir clairement entrevu la situation : « Il reste un domaine où il semble que l'idéalisme pourrait régner sans nuire au développement de la muflerie démagogique : l'art. Mais parler de l'art à cette heure serait une ironie par trop cruelle : jadis il fut libre ; ensuite il fut protégé ; aujourd'hui il est toléré ; demain il sera interdit. Pratiquons-le encore, mais en secret ; en des catacombes comme les premiers chrétiens, comme les derniers païens. »

11. *Le Passage disputé,* de Lloyd G. Douglas, Éditions Grosset and Dunlop, 1939.

qu'elles sont, tandis que les yankees étaient avides de changement. Et en effet à ce mot, Beaven réagissait : il fallait bien qu'il y ait du changement, disait-il en substance, pour qu'il y ait progrès ; si on l'eût poussé, il eût dit : du moment qu'il y avait changement, il y avait progrès ; c'était une manière de penser qui lui était congénitale.

Mais le Chinois levait les yeux et souriait avec scepticisme. Lui, il n'était pas loin de tenir tout ce qui se targuait d'être progrès pour un changement assez indifférent. Il résumait sa philosophie par cette sentence : "Ce qu'on gagne d'un côté on le perd de l'autre." Et il commentait :

"Il se peut qu'une douzaine de vies soient sauvées aujourd'hui, en Michigan, par les nouvelles inventions de la chirurgie. Il y en a autant de perdues par l'invention de l'automobile. L'aviation permet aux personnages im portants d'expédier plus rapidement leurs transactions. Mais elle fournit aussi un nouvel engin de destruction. Et les affaires n'en vont pas mieux"

N'avions-nous pas déjà entendu des pensées semblables non seulement en lisant le Tao, mais aussi en écoutant Emerson nous parler de la *compensation ?* Cela voulait peut-être dire que, malgré l'antithèse du dialogue ci-dessus, l'Américain, après tout, pouvait un jour finir par penser comme le Chinois !... »

Ces considérations vélomotorisées devaient être brutalement interrompues par le surgissement, pour le coup *intempestif*, d'un agent de la force de l'ordre, qui me fit ranger sur le bas-côté et se mit en demeure de me commenter le paradoxe de Zénon selon les vues de la préfecture de police, m'expliquant la présence non réglementaire des tortues sur les voies rapides, me signalant sans ménagement ma très faible cylindrée (remarque désobligeante qui ne parvint pas à m'humilier), pour finalement se mettre à me dresser procès-verbal. Comme, d'autre part, j'avais beau loucher désespérément de tous côtés, je n'entrevoyais aucune feuille de rhubarbe géante, ni aucun interstice éléatique providentiel où me soustraire à ladite verbalisation, je ne trouvai rien de mieux que de reprendre secrètement le fil de mes songeries.

N'avais-je pas lu un jour que l'une des plus antiques légendes de l'humanité considérait la surface de cette vieille planète comme la carapace usée d'une gigantesque tortue mythologique ? Or dans ce cas, songeais-je (tentant d'éviter le regard du représentant de la loi de peur qu'il ne lût mes pensées), qu'avions-nous de mieux à faire, à l'instar de l'Achille fataliste de Lewis Carroll, que de nous installer le plus commodément que nous le pourrions (au creux de la partie la moins rugueuse, disons...) sur le dos de cette grosse bête et de la laisser nous mener où bon lui semblait – à son ancestrale allure somnolente ?...

Je dus toutefois réprimer le sourire qui s'était esquissé sur mes lèvres à cette évocation, car je crus déceler dans le regard du représentant de l'ordre l'amorce d'un soupçon concernant la stabilité de mon équilibre mental[12]...

12. Je résiste difficilement au plaisir de citer tout au long cette page de Thomas De Quincey qui offre une parfaite conclusion naturelle à ce texte, lequel, je m'en avise d'ailleurs, n'a sans doute été que le prétexte de cette magistrale citation : « Les modes de locomotion modernes ne sauraient se comparer au vieux système des malles-poste en grandeur et en puissance. Ils se targuent bien d'être plus rapides, mais ce n'est pas là un phénomène dont on puisse être conscient, c'est tout au plus un fait de notre savoir inanimé, basé sur le témoignage d'autrui (un quidam quelconque prétendant que nous avons parcouru cinquante milles en une heure, alors que nous

sommes loin de l'éprouver comme une expérience personnelle) ou fondé sur un résultat (comme le fait de nous trouver à York quatre heures après avoir quitté Londres). Or, si l'on fait abstraction de ce témoignage et de ce résultat, je suis quant à moi, en de telles circonstances, fort peu conscient de l'allure. Mais, juchés sur l'ancienne malle-poste, nous n'avions pas besoin d'une preuve extérieure à nous-mêmes pour juger de notre vitesse. La devise du système était : Non *magna loquimur*, comme dans les chemins de fer, mais aussi : *vivimus*. Oui, *magna vivimus*. Nous ne faisions point étalage en paroles de nos grandeurs, nous les réalisions en actes, nous les vivions. L' expérience vitale du plaisir éprouvé par les sensibilités animales ne laissait subsister aucun doute sur notre vitesse : nous l'entendions, nous la voyions, nous la ressentions comme un frémissement ; et cette vitesse n'était point le produit de mécanismes aveugles et insensibles, incapables d'aucune sympathie, elle s'incarnait dans les prunelles enflammées de la plus noble des bêtes, dans les naseaux dilatés, dans ses muscles secoués de spasmes, dans ses sabots au bruit de tonnerre. La sensibilité du cheval, révélée par la lueur démente de ses yeux, était peut-être la dernière vibration d'un tel mouvement. Mais le chaînon intermédiaire qui les reliait, et par lequel la tempête de la bataille gagnait la prunelle du cheval, c'était le cœur de l'homme avec ses frémissements électriques, le cœur de l'homme qui s'embrasait dans l'extase ardente de la lutte, pour propager ensuite ses propres tumultes, par des cris et des gestes contagieux, dans le cœur de son serviteur le cheval. Mais aujourd'hui, dans le nouveau mode de locomotion, des tuyaux et chaudières de fer séparent le cœur de l'homme des ministres du mouvement. Le cycle galvanique est rompu à jamais ; la nature de l'homme ne se projette plus en avant à travers la sensibilité électrique du cheval ; les organes intermédiaires ont disparu, qui mettaient en communication le cheval et son maître, et d'où résultaient tant d'aspects sublimes aux hasards des brumes dissipatrices, des feux révélateurs, des foules jeteuses d'émoi, des nocturnes solitudes inspiratrices de crainte. C'est par un procédé culinaire que des nouvelles capables de bouleverser toutes les nations voyagent désormais ; et la trompette qui, jadis, proclamait de loin la malle laurée, si bouleversante au cœur de ceux qui l'entendaient rugir dans le vent et s'annoncer dans les ténèbres à chaque village, à chaque demeure isolée de la route, a cédé la place pour toujours aux glouglous de marmite de la chaudière. » (*La Malle-Poste anglaise*, Gallimard, 1975, p. 270-271)

Le troll

Étant parti au milieu de l'après-midi (un peu à contrecœur mais soucieux de secouer mon inertie naturelle), par un temps mitigé entre soleil et nuages, pour une randonnée dans la « montagne d'en face », je montais par les sentiers abrupts, le long des haies parmi les prés, me hissant progressivement au-dessus des grands arbres de la vallée jusqu'à la hauteur du village qui, lui, demeurait immobile, concentré sur sa pesanteur sédentaire. J'enviais un peu sa bienheureuse léthargie, cette sagesse infuse dans laquelle il semblait tranquillement reposer. Mais n'étais-je pas un humain – mobile, inquiet – dont la tâche était d'aller m'échiner par les sentiers caillouteux pour connaître aussi « l'en-face » ?

C'est donc de la meilleure grâce possible que je me conformais à cet *impératif catégorique*. Par bonheur et comme presque toujours, l'exercice m'avait donné du cœur au ventre et je me mis à grimper avec ardeur et entrain.

Parvenu à la hauteur même du village, lequel, à la façon d'un chat à moitié assoupi (qui surveille distraitement votre vaine agitation), semblait de temps à autre ouvrir un œil pour mesurer ma progression, je pénétrai dans des sapinières touffues où la terre du sentier était devenue rose et où régnait l'odeur entêtante de la résine. Après s'être frayé un passage parmi d'énormes blocs de rocher entassés, le chemin suivait horizontalement le flanc de la montagne.

À gauche, la muraille rocheuse ; à droite, un précipice verdoyant.

Venaient ensuite de grands hêtres formant voûte au-dessus du sol où, dans un silence sépulcral, végétait une mousse épaisse : crypte sylvestre dédiée aux instances de la sainte Chlorophylle…

Le chemin aboutissait ensuite à une esplanade où reposait – insolite ! – un tas de graviers, puis se poursuivait par un sentier raide et embroussaillé. Écartant les branchages et les ronces, je progressais difficilement dans un tunnel de ouate verte un peu oppressant où ne filtraient plus que quelques minces rais de lumière, sans autre bruit que celui de mes pas foulant les feuilles mortes.

Tout être humain, ou du moins tout citadin, ne finit-il pas par éprouver, au cours d'une longue randonnée solitaire en forêt, une vague inquiétude ?… car l'étrangeté radicale du monde végétal et minéral fait brèche à la longue dans notre petite bulle mentale. Je commençais donc à jeter subrepticement des regards dans le sous-bois ombreux et définitivement silencieux qui m'environnait. L'impression pouvait aussi être celle d'avoir franchi par mégarde la frontière d'un domaine sacré, interdit aux êtres réflexifs où la moindre pensée littéralement *détonnait* ; j'essayais d'ailleurs de réfréner quelque peu mon discours intérieur soudain incongru, iconoclaste. Enfin, une seconde appréhension, plus pragmatique celle-là, venait s'ajouter à la première : celle de m'égarer dans ce pays de ravins et d'être pris par la nuit. Au sortir de ce boyau végétal, je parvins cependant à une clairière où s'érigeait – symbole de l'altérité impondérable de ces parages – un gros rocher moussu *parfaitement vert* !

J'en étais donc là de mon itinéraire et de mes vagues élucubrations lorsque j'entendis à quelque distance des aboiements réitérés. Je supputais l'approche d'un autre randonneur accompagné de son chien et regrettais de ne pas m'être muni de mon habituel bâton de promenade – tant il est vrai que nous sommes de plus en plus fréquemment, nous autres marcheurs, confrontés aux désagréments de rencontres canines pour le moins hostiles.

Or en l'occurrence, l'animal se rapprochait rapidement et redoublait ses aboiements. Je ramassai par précaution deux gros cailloux et attendis l'arrivée du poursuivant. Quelle ne fut pas ma surprise, après quelques minutes, de voir surgir des fourrés un sympathique et joyeux petit chien aux longues oreilles pendantes, court sur pattes et battant frénétiquement de la queue ! Après s'être avancé, il marqua l'arrêt à deux mètres de moi, me signifiant clairement sa volonté de ne pas se laisser approcher. Je retournai alors dans ma bouche une vague formule d'accueil pour le maître qui ne pouvait plus tarder. Après cinq bonnes minutes de vaine attente, force me fut de constater que l'animal assis, qui m'observait attentivement, était seul. J'eus beau m'interroger sur le petit mystère d'une telle apparition en pleine montagne, si loin de tout lieu habité (m'avait-il suivi depuis la vallée, repéré au cours d'une maraude ?...) et sur son étrange comportement – à la fois amical et distant –, je ne pus trouver de réponse satisfaisante.

Toujours est-il que, les ombres gagnantes marquant pour moi l'heure du retour, je rebroussai chemin. À peine eus-je indiqué mes intentions que l'animal se lança en de longues et fougueuses courses paraboliques dans le sous-bois environnant. Courses dont les trajectoires rejoignaient régulièrement – quelques pas devant ou derrière moi – le sentier où j'étais engagé ; je l'entendais, lorsqu'il était dérobé à ma vue, farfouiller éperdument sous les feuilles. Son manège semblait consister à venir vérifier ma présence pour repartir de plus belle. Si je m'arrêtais, par contre, il venait s'asseoir, toujours à deux mètres de distance, attendant le signal du départ.

À un certain moment, alors que je l'observais à quelque soixante-dix mètres au-dessus de moi dans une pente abrupte tapissée de feuilles mortes, je le vis user d'une technique de descente tout à fait novatrice : s'arcboutant sur ses pattes arrière, se servant de ses pattes avant comme de bâtons de ski, il glissait sur son arrière-train comme sur une luge, dévalant la pente tout schuss à une vitesse surnaturelle !

Nous fîmes ainsi tout le chemin du retour.

À l'un de nos arrêts, dans une clairière entourée de grands arbres silencieux qui semblaient méditer gravement dans l'ombre du crépuscule – l'animal s'étant immobilisé une fois de plus à distance et me considérant avec vigilance de ses yeux jaunes (dont je ne parvenais toujours pas à déchiffrer l'expression : entre curiosité, résolution et défiance) –, un soupçon me vint à l'esprit : ce petit être robuste et plein de ressources qui m'avait si inopinément rejoint, ne détournait-il pas mon attention de quelque secret dissimulé en ces lieux ?…

Quoi qu'il en fût, je redescendis ainsi escorté jusqu'aux abords des champs.

À l'endroit exact où le sentier de montagne se transformait en chemin campagnard, l'animal – qui m'avait encore devancé – s'assit un peu à l'écart et, attendant que je passe au lieu de me précéder de nouveau, resta immobile, me regardant tranquillement m'éloigner. À une centaine de mètres, m'arrêtant, je me retournai et l'appelai : « Viens ! Viens donc ! » Il ne bougea pas d'un pouce.

Dans la nuit maintenant établie, je m'en fus donc vers les lumières du village. Au moment de pénétrer dans la ruelle qui allait me dérober à sa vue, je me retournai : il avait disparu.

Le Robinson de la chambre en liège

Car aucun homme ne vit dans la réalité extérieure, parmi les sels et les acides, mais dans la chaude pièce fantasmagorique de son cerveau, aux fenêtres peintes et aux murs historiés.

R. L. Stevenson

Où sont les charmes et les vertus que nous osons concevoir dans l'enfance, poursuivre adolescents, le Paradis jamais atteint de notre désespoir ?...

Lord Byron

Un certain jour du XIXe siècle, au sein d'une famille de la haute bourgeoisie parisienne, parmi une profusion d'objets et de bibelots et dans un décor qui apparaîtrait presque certainement aux yeux d'un observateur d'aujourd'hui comme le comble du ridicule, naissait un petit garçon chétif et hypernerveux dont la sensibilité exacerbée, quasi anormale, devait plus d'une fois faire craindre pour sa vie. Cet enfant, élevé au milieu d'un luxe raffiné, décadent, souvent absurde, parmi une société aux mœurs délibérément affectées, pleine de principes désormais inimaginables, se révéla être timoré et peu enclin aux divertissements des garçons de son âge. Surprotégé par son environnement, il poussait comme une fleur de serre, loin des péripéties et des éventuelles turbulences de l'existence commune. Eut-il jamais la permission de s'aventurer jusqu'au fond du jardin et d'y esquisser un semblant de cabane au creux d'un buisson ?

Or, dans ce corps si faible, derrière ces yeux voilés par le rêve, derrière l'attitude nonchalante ou les caprices de l'enfant gâté, se développait secrètement un esprit d'une rigueur inusitée. Une mémoire impitoyable au service d'un don d'observation acéré. Un esprit de fer dans un corps débile et sous les dehors de l'amabilité la plus gracieuse.

Toujours souriant, d'une politesse exquise (presque inhumaine), ce petit garçon choyé par sa mère et sa grand-mère – répondant avec tendresse à leur amour et à leurs vœux – observait tout, notait tout, se souvenait de tout, et – secrètement – ne pardonnait rien ! Sous la douceur chlorotique, sous l'asthénie maladive, grandissait un justicier clandestin (lequel s'ignorait encore en tant que tel), un entomologiste de la société papillonnante de son époque…

Aussi bien dans l'enfance que plus tard dans le « monde », auquel il appartiendra par la fatalité – naturelle, en quelque sorte – de ses origines sociales, aucun de ceux qui le côtoieront n'échappera à la sagacité de son regard. Il louera les élégances mais n'épargnera, en revanche, aucun des sordides et ridicules aspects de la société au sein de laquelle il évoluera. Le jeune captif (à la fois de sa propre sensibilité comme des manières et des rites compassés qui constituent son monde) aiguisera patiemment son arme étincelante et libératrice. Pas un seul parmi ceux qui l'approcheront dans les salons ne se doutera du formidable appareil enregistreur disposé derrière le masque d'indolence et l'attitude affable du personnage. Et pourtant, cet appareil suprasensible emmagasinera avec une haute précision les moindres faits et gestes de ceux qu'il affectera si souvent de flatter, anticipera, derrière la hauteur, la morgue, et toute l'esbroufe esthétique de leurs poses « prestigieuses », les plus dissimulées de leurs manigances mesquines, les plus infâmes de leurs calculs dérisoires – déployant ce qu'André Maurois appelle « son génie du soupçon ».

Beaucoup plus tard encore, le garçon devenu homme rassis et s'étant définitivement avisé de la destination fatale de ce dispositif en lui-même – déposé principalement par la tradition judaïque héritée de sa mère – commencera, bien que saisi pour ce faire d'une infinie tristesse, d'assumer ce rôle de justicier, de contempteur, dont le rôle lui est échu.

Irrémédiable, incurable mélancolie de celui à qui incombe cette mission de venger les injures à la simple humanité et au naturel. Mélancolie dont la seule consolation, dans les intermittences de sa tâche, sera de jouir *rétrospectivement* des aspects les plus riants de cette existence que sa sensibilité exacerbée l'aura toujours empêché de savourer dans l'instant. Bonheur rétrospectif dont il aménagera une fresque prodigieuse et inoubliable, mais dont il extraira, en revanche, une théorie métaphysico-philosophique plutôt douteuse[1].

Car – nonobstant la thèse officielle au sujet de laquelle ses commentateurs glosent à l'infini, le fameux *Temps*

1. Plutôt douteuse, oui, en dépit de tous les proustiens confits en dévotion qui vont répétant que la philosophie de Proust dépasse celle de son inspirateur sur ce plan : Bergson. Or il me semble que quiconque aura pris la peine de lire sérieusement Bergson ne pourra cautionner cette appréciation. Non seulement Bergson s'élève à des perspectives infiniment plus variées et grandioses que Proust au niveau philosophique, mais encore il ne lui cède en rien au niveau du style littéraire.

retrouvé – on peut dégager de *La Recherche* une leçon de philosophie implicite, officieuse, autrement stimulante et *nécessaire* : en effet, tout en nous faisant accessoirement revivre, comme par magie, les moindres péripéties du quotidien et les menus émois qui les accompagnent et les rehaussent, ne nous montre-t-elle pas, avec une pédagogie pleine de tact, combien l'existence ordinaire peut recéler de joies potentielles, et cela, en dépit de circonstances parfois accablantes [2] ?

Hormis les exigences éthiques et esthétiques dont découle la brillante satire sociale, s'il est une leçon philosophique originale que l'on puisse tirer de l'œuvre de Proust c'est bien, me semble-t-il, celle-ci : comment être heureux en prison ! Autrement dit : comment la poésie et l'humour peuvent transcender et animer la réalité la plus confinée !

Car le petit Marcel fut toujours un prisonnier : non seulement, il faut y insister, de son conditionnement, de son éducation et de la faiblesse du corps souffreteux et allergique qui en était issu, mais encore de sa propre sensibilité et des manies qui y étaient afférentes. Plus profondément encore, de cette ambivalence jamais résolue entre ses penchants pour le « monde » – qui satisfaisaient son sens esthétique, sa vanité d'homme parmi les hommes – et son horreur de l'injustice et de la médiocrité qui y fleurissent. Dilemme de l'âme juive diasporique entre « désir d'intégration » et désir de justice, d'une part, et dilemme de l'âme artistique entre besoin de plaire et authenticité créatrice, d'autre part... Dilemmes dont précisément Proust s'extirpe avec grâce

2. Dans un livre assez célèbre dans son pays, Josef Czapski, un résistant polonais rescapé des camps nazis, raconte comment il a précisément réussi à remonter le moral de ses codétenus, pendant des mois, en leur lisant des passages de *La Recherche*.

et qu'il transcende par son art suprême de saisir et de goûter ce que lui-même, dans un poème de jeunesse, avait nommé « les minutes profondes ».

Ici encore, le grand médium littéraire qu'est John Cowper Powys a vu juste :

> « Le grand secret de Proust, le message sacré que je recherche avec tant d'obstination chez tout auteur, a certainement affaire avec la petite madeleine trempée dans une tasse de thé ainsi qu'à deux ou trois autres circonstances propices à ce genre de révélations, jusqu'à celle qui culmine à la fin du livre, mais la réalité – si stupéfiante soit-elle – reste plutôt que le genre d'extase décrite par Proust et que bien des gens, comme il le reconnaît lui-même, ignorent, et ignoreront toute leur vie, est une sensation qui n'a rien à voir avec ce que nous appelons la "beauté", ni avec ce que nous appelons la "vérité", ni même avec ce que nous appelons l'"amour". C'est une sensation, ou disons plutôt *un moment* où nous sommes "ravis" au-delà de toute expression par ce que Worsdworth appelle le "plaisir inhérent à l'existence même". »

Or donc, le prisonnier doré, celui qu'André Hardellet désigne avec admiration comme « l'athlète de la chambre en liège[3] », le petit Marcel dont l'esprit trop fort, trop lucide, trop vaste, excédait les capacités de son enveloppe *temporelle* – laquelle craquait de tous côtés sous la pression cérébrale –, termina sa vie totalement reclus, bourré de drogues pharmaceutiques diverses, de somnifères et de café à haute dose, écrivant

3. Il semble qu'André Hardellet emploie le mot dans son acception étymologique ancienne, laquelle signifie en grec : lutteur.

couché de guingois sur son lit, la nuit, jusqu'à épuisement, sur d'étroits carnets qui l'obligeaient à aller à la page continuellement (collant des bouts de papier additifs dans tous les coins disponibles), sacrifiant assez prématurément et délibérément son existence (il refusa jusqu'au bout de consulter aucun médecin) à cette œuvre de salubrité morale et mentale qu'était son grand livre.

Dans *Robinson Crusoé*, nous pouvons noter ce passage :

« Je mis donc la main à l'œuvre ; et je ne puis m'empêcher de remarquer que la raison est le principe et l'origine des mathématiques ; aussi n'y a-t-il point d'homme qui, à force de mesurer chaque chose en particulier, et d'en juger selon les règles de la raison, ne puisse avec le temps, se rendre très habile dans un art mécanique. Je n'avais manié de mes jours aucun outil, et cependant, par mon travail, par mon application, par mon industrie, je trouvai à la fin qu'il n'y avait aucune des choses qui me manquaient que je n'eusse pu faire, si j'avais eu les outils propres pour cela : sans outils même je fis plusieurs ouvrages ; et avec le secours d'une hache et d'un rabot seulement, je vins à bout de quelques-uns, ce qui n'était peut-être jamais arrivé auparavant ; mais c'est aussi ce qui me coûta un travail infini. Si, par exemple, je voulais avoir une planche, je n'avais d'autre moyen que celui de couper un arbre, le poser devant moi, le tailler des deux côtés jusqu'à le rendre suffisamment mince, et l'aplanir ensuite avec mon rabot. Il est bien vrai que par cette méthode je ne pouvais faire qu'une planche d'un arbre entier ; mais à cela, non plus qu'au temps et à la peine prodigieuse que je mettais à le faire, il n'y a d'autre remède que la patience. D'ailleurs, mon temps ou mon travail était si peu précieux, qu'autant valait-il que je l'employasse d'une manière que de l'autre [4]. »

(Éditions Lemerre, 1928, p. 90-91)

Ne pouvons-nous discerner que ce qui a fait l'immense succès de l'histoire de Robinson Crusoé dans le monde moderne, c'est qu'elle nous offre la redécouverte, pas à pas, de la civilisation et de ses bienfaits ? Nous nous émerveillons de retrouver – par le subterfuge de ce conte où un quidam qui nous ressemble est jeté brutalement dans la plus extrême sauvagerie (à ceci près toutefois qu'une partie des instruments de la civilisation lui est conservée) – le cheminement progressif et laborieux de l'ingéniosité technique et de l'industrie humaine à travers les siècles. Choses qu'à vrai dire, enfants gâtés de la civilisation que nous sommes, nous n'avons que trop tendance à oublier.

Robinson Crusoé est une sorte de poème que l'humanité civilisée a écrit à sa propre gloire, une ode de l'autosatisfaction technique.

Ce qui nous fascine encore dans ce conte, c'est ce qui a rapport avec le mythe primordial – plongeant ses racines dans le passé de l'humanité ! – de la cabane, de l'abri, de la sécurité élémentaire. Robinson construit en pleine sauvagerie l'abri idéal que nous rêvons tous – enfants et adultes – de nous construire contre le monde.

(Il est d'ailleurs à noter que la plupart des solitaires, à la ville comme à la campagne, plus facilement peut-être à la campagne, finissent presque toujours par se

4. Est-il interdit de songer ici à Descartes s'enfermant dans son poêle pour y élaborer sa « méthode » de redécouverte solitaire des principes fondamentaux du raisonnement et des pouvoirs de l'individu ?

confectionner, au fil des jours, une sorte d'antre privé où ils séjournent de plus en plus longuement.)

Il y a donc dans *Robinson Crusoé* la fascination pour ce vieux mythe – ce mirage tenace – de l'individualisme autarcique.

Nous nous enchantons littéralement de voir Robinson perfectionner son refuge et recréer, petit à petit, les moindres sophistications du monde civilisé ; surtout, il faut bien l'avouer, les raffinements les plus subtils de ses dispositions. N'oublions pas que Robinson est anglais et tente de reconstituer l'aspect *cosy* du *home* ; le *home* anglais : modèle occidental du nid douillet où nous pouvons en toute sécurité nous livrer aux joies *incomparables* du *cocooning*…

À notre époque, si nous pensons à Robinson Crusoé, il est difficile de ne pas évoquer à sa suite Henry David Thoreau et sa cabane de Walden [5]. C'est d'ailleurs à travers un passage de son récit que nous rejoignons un autre des aspects fondamentaux du livre de Daniel Defoe :

> « Je m'en allai dans les bois parce que je voulais vivre délibérément, faire face seulement aux faits essentiels de la vie, découvrir ce qu'elle avait à m'enseigner, afin de ne pas m'apercevoir, à l'heure de ma mort, que je n'avais pas vécu. Je ne voulais pas non plus apprendre à me résigner à moins que cela ne fût absolument nécessaire. Je désirais vivre

5. Henry David Thoreau est ce jeune garçon américain qui habitait à Concord (Massachusetts) et qui décida un jour de tenter l'expérience d'aller vivre entièrement seul et en complète autarcie dans les bois, construisant sa cabane lui-même, cultivant son potager, chassant et pêchant pour survivre! Il y parvint fort bien et nous raconte cette expérience dans un livre qui s'intitule *Walden* – du nom de l'étang auprès duquel il avait établi sa cabane.

profondément, sucer toute la moelle de la vie, vivre assez vigoureusement, à la façon spartiate, pour mettre en déroute tout ce qui n'était pas la vie, couper un large andain, et tondre ras, acculer la vie dans un coin et en avoir raison, jusqu'au bout, et si elle se révélait mesquine, eh ! bien, alors lui enlever toute sa mesquinerie foncière, et avertir le monde entier qu'elle était cela ; ou, si elle était sublime, l'apprendre par l'expérience que j'en ferais et être capable d'en rendre compte avec exactitude dans l'entreprise qui suivrait. Car la plupart des hommes, me semblait-il, sont plongés dans une étrange incertitude là-dessus, ne sachant si elle vient du diable ou de Dieu, et ils ont un peu vite conclu que le but de l'homme ici-bas est de glorifier Dieu et de trouver en lui leur bonheur à jamais. »

Nous nous souvenons alors qu'un biographe de Proust nous révèle que le livre favori du petit Marcel – qu'il recommandait à tout un chacun – fut, pour des années, et si surprenant que cela puisse paraître, le *Walden* de Thoreau ! Peut-on en effet imaginer individus et destins plus disparates ? Ce dernier est un gaillard qui a grandi dans les bois un fusil de chasse à la main et qui, dès son plus jeune âge, a appris à se débrouiller seul en pleine sauvagerie pour y construire plus tard sa cabane et y vivre en ermite – survivant par lui-même et écrivant son journal dans la plus complète solitude, hormis quelques rares rencontres avec des trappeurs ou des Indiens... Une véritable incarnation de Robinson ! Le premier, en revanche – qui a grandi (?) dans les salons et ne connaît de la nature que les allées ratissées du bois de Boulogne ou ce qu'il pouvait apercevoir du tranquille bocage normand depuis la portière du chemin de fer ou de l'automobile –, restera toujours incapable de faire la moindre chose de ses propres mains : déboucher une bouteille, faire chauffer l'eau de ses infusions, ni même – s'il faut en croire Jacques Rivière [6] – ouvrir une fenêtre ; en outre, il suffoque aussitôt qu'il se retrouve dans un simple jardin.

Cependant, ne sommes-nous pas tous secrètement habités de désirs impossibles et follement compensatoires, lesquels nous permettent de projeter nos vies sur les plans fantasmatiques générés par notre précieuse Illusion vitale, notre incontournable bovarysme ontologique ? Or, n'en déplaise cette fois-ci à Jacques Rivière qui, tout en faisant preuve d'une singulière myopie [7], touche pourtant le point essentiel et nous met sur la voie, le petit Marcel, comme tous les petits garçons occidentaux, rêve de « crusoer » – ainsi que le disent si magnifiquement les Anglais – et ce rêve, il s'enthousiasme de le rencontrer, lui, le reclus maladroit et asthmatique, parfaitement réalisé chez un autre.

Or, ainsi que nous avons pu le constater dans le passage de Thoreau cité plus haut, l'accent n'est point mis

6. « Proust est mort de la même inexpérience qui lui a permis d'écrire son œuvre. Il est mort d'être étranger au monde et de n'avoir pas su changer des conditions de vie qui pour lui avaient été destructrices. Il est mort de ne pas savoir allumer un feu, comment on ouvre une fenêtre. » (Jacques Rivière, cité par Walter Benjamin dans son essai sur Proust, Gesammelte Schriften, Suhrkamp Verlag, 1975.)

7. « Le moment où l'enfant réfléchit sur ses sensations, refuse certaines pour pouvoir utiliser les autres, ne vient pas pour lui. Aucun effort d'ajustement ni d'économie ; il ne se prépare à aucun moment à vaincre la nature ; le Robinson ne fait pas son apparition en lui. Dans l'épaisse forêt de ses jours et de ses nuits il ne taille aucune planche ni ne cherche à se construire aucune maison. Il restera pauvre d'abri jusqu'à son dernier jour, jusqu'à ce lit de fer dans cet appartement meublé où il mourra, face encore à ses sensations. » (*Ibid.*)

sur la performance consistant à retracer par soi-même le chemin de la civilisation mais plus essentiellement sur un désir de vie authentique ou, selon les expressions mêmes de Thoreau : de « sucer la moelle », « … mettre en déroute tout ce qui n'était pas la vie », « … lui enlever toute mesquinerie », et c'est alors que nous nous souvenons d'un passage essentiel de *La Recherche* qui fait curieusement écho à cette profession de foi :

> « La grandeur de l'art véritable, au contraire de celui que M. de Norpois eût appelé un jeu de dilettante, c'était de retrouver, de ressaisir, de nous faire connaître cette réalité loin de laquelle nous vivons, de laquelle nous nous écartons de plus en plus au fur et à mesure que prend plus d'épaisseur et d'imperméabilité la connaissance conventionnelle que nous lui substituons, cette réalité que nous risquerions fort de mourir sans l'avoir connue, et qui est tout simplement *notre vie, la vraie vie, la vie enfin découverte et éclaircie, la seule vie par conséquent réellement vécue*, cette vie qui, en un sens, habite chez tous les hommes aussi bien que chez l'artiste. Mais ils ne la voient pas, parce qu'ils ne cherchent pas à l'éclaircir. Et ainsi leur passé est encombré d'innombrables clichés qui restent inutiles parce que l'intelligence ne les a pas *développés*. »

En sorte qu'il nous est peut-être permis de supposer que le petit Marcel – empêché comme il l'était de jamais imiter d'aussi héroïques exemples – « crusoa » finalement à sa mesure, faisant confectionner cette première étrange cabane urbaine, toute en liège, où Céleste Albaret dit qu'en y entrant pour la première fois elle eut l'impression d'entrer dans un bouchon ; ce bouchon qui lui permît de se naufrager et de flotter jusqu'à cette île qu'en fait il élabora de toutes pièces et où il s'intronisa lui-même Robinson : son œuvre ! Une île-œuvre où Céleste la bien-nommée survint tout aussi providentiellement que Vendredi pour le seconder. Une île-œuvre où Robinson nous fait généreusement visiter sa seconde cabane, son véritable abri : « la chaude pièce fantasmagorique de son cerveau » aux fenêtres et aux murs si richement historiés (par les innombrables clichés *développés* de la vie enfin *éclaircie* !). Un abri qui, au fil du temps, prit les proportions d'une caverne platonique pour les reclus névrotiques de l'existence – ceux qui, désespérant de jamais vivre *réellement* leur vie [8], viendront longtemps encore s'y réfugier pour admirer les merveilleuses ombres projetées sur les parois, les ombres fantasmagoriques du *Paradis jamais atteint de leur désespoir*...

8. « Proust est pénétré de cette vérité que les vrais drames de l'existence qui nous est destinée, nous n'avons pas le temps de les vivre. C'est cela qui nous fait vieillir. Rien d'autre. Les rides et les plis du visage sont les enregistrements des grandes passions, des vices, des savoirs qui se sont exprimés en nous – mais nous, les maîtres, nous étions absents. » (Walter Benjamin, *ibid.*)

Portrait de l'artiste en vieux songe

J'étais dans la salle des pas perdus de la gare Saint-Lazare en train d'essayer de caser dans mon sac à dos de la vaisselle très fragile, de la porcelaine, je crois... J'avais en outre une valise à porter dans laquelle je ne parvenais pas à rassembler tous les vêtements qui, pour l'heure, étaient éparpillés devant moi sur le sol. Je devais rapporter la vaisselle à des gens qui me l'avaient prêtée pour camper et qui étaient charmants (ce qui accroissait mon anxiété), mais il me fallait aussi récupérer une chaussure que j'avais oubliée au fond d'un trou dans un terrain vague alors que le temps menaçait de se mettre à la pluie. De plus, il y avait mon deux-roues dont je ne parvenais plus à me souvenir si je l'avais bien attaché à un poteau et que je devais aller rechercher loin en banlieue. Je n'étais pas certain non plus d'y retrouver le tendeur que j'avais eu l'étourderie de laisser sur le porte-bagages. Hélas, je n'en avais pas d'autre pour fixer la valise à l'arrière. Tout cela me donnait beaucoup de tracas et, comme toujours, je commençais à terriblement m'énerver – faisant des gestes désordonnés et parlant tout seul – en ficelant mes paquets ; tandis qu'en même temps le sourire ironique de mon père, m'observant dans mes démêlés d'ordre pratique, flottait au-dessus de moi comme une tutélaire présence annihilante...

Cependant, une jeune femme moulée dans un jean très serré venait me proposer son aide tout en me signifiant – après que je me fus évertué à lui faire un résumé de la situation qui ne fût pas trop à mon désavantage – que tout cela n'avait pas la moindre *valeur intrinsèque* (c'est l'expression qu'elle employait !) et que la meilleure des stratégies, dans l'existence, était de ne pas chercher à résoudre les problèmes, mais de les laisser *dormir* ! (Or, je me sentais piégé au cœur d'un cercle vicieux car, précisément inhibé par la léthargie des rêves, il me semblait insurmontable de lui expliquer que toute cette situation prenait déjà place à l'intérieur du sommeil !...) C'est alors que l'inconnue proposait une partie d'échecs à la pendule, ce dont elle paraissait faire dépendre une éventuelle relation plus suivie ! Aussi – tous deux installés de part et d'autre de l'échiquier sur le fatras de mes affaires – la partie commençait-elle et je ne parvenais nullement à me concentrer en face de ce corps abandonné sur *mes* ballots et dont les formes suggéraient des exercices nettement moins rigoureux qu'une stressante partie d'échecs en blitz !...

Or, bien entendu, cherchant à impressionner la belle inconnue, je ne réussissais qu'à m'embrouiller un peu plus dans des combinaisons filandreuses, dramatiquement inopérantes ! Elle, en revanche, tel un superbe sphinx omniscient me considérant en silence, jouait ses coups en regardant à peine l'échiquier et sans la moindre hésitation, dans un style fluide étrangement efficace où ne se laissait entrevoir la moindre brèche. Je recommençais donc à m'énerver de plus belle, d'autant que je ne parvenais pas non plus à oublier le reste des tâches qui m'incombaient. Cependant, on pouvait entendre une pluie diluvienne marteler la verrière de la gare...

J'en étais là de cette aporie onirique – à vrai dire récurrente dans ma *riche* existence nocturne – quand je sentis la tête du chat faire pression contre ma jambe droite. Me baissant pour le caresser, c'est à l'instant même où ma main touchait sa fourrure que je fus, comme par magie, inespérément dégagé à la fois de mes précédentes mystérieuses obligations, de la partie d'échecs mal engagée et du désir lancinant pour la lascive déesse échiquéenne.

Comme il arrive dans les rêves, je n'étais pas autrement étonné de ce renversement de situation et je suivais philosophiquement mon sauveur félin qui se dirigeait à sa nonchalante allure *spécifique* vers le bout d'un des quais déserts. À cet endroit – et c'est la dernière image que je conserve de ce rêve qui ensuite se brouilla pour se confondre avec les premiers raisonnements logiques qui précèdent le réveil –, nous étions assis côte à côte sur un chariot à bagages (ironie des songes…) et nous restions à contempler la pluie rebondir sur le ballast de la voie ferrée. Une fine vapeur ternissait délicatement le poli des deux rails parallèles qui, un peu plus loin, sous le tunnel du pont de l'Europe et comme dans une grotte enchantée, brillaient doucement à la lueur d'une série de lampes bleuâtres…

Le chat était très calme, j'avais cessé de me tourmenter.

Table

Note : « Les tueurs de temps » a été publié dans *La Nouvelle Revue Française* (n°s 454 et 455) et « Le futur champion » dans la revue *Gulliver* (n° 6).

RÉALISATION : PAO ÉDITIONS DU SEUIL
IMPRESSION : CPI FRANCE
DÉPÔT LÉGAL : MAI 2001. N° 65921-12 (2064735)
Imprimé en France

Éditions Points

DERNIERS TITRES PARUS

P2385. Le Sottisier de l'école, *Philippe Mignaval*
P2386. « À toi, ma mère », Correspondances intimes *sous la direction de Olivier et Patrick Poivre d'Arvor*
P2387. « Entre la mer et le ciel », Rêves et récits de navigateurs *sous la direction de Olivier et Patrick Poivre d'Arvor*
P2388. L'Île du lézard vert, *Eduardo Manet*
P2389. « La paix a ses chances », *suivi de* « Nous proclamons la création d'un État juif », *suivi de* « La Palestine est le pays natal du peuple palestinien » *Itzhak Rabin, David Ben Gourion, Yasser Arafat*
P2390. « Une révolution des consciences », *suivi de* « Appeler le peuple à la lutte ouverte » *Aung San Suu Kyi, Léon Trotsky*
P2391. « Le temps est venu », *suivi de* « Éveillez-vous à la liberté », *Nelson Mandela, Jawaharlal Nehru*
P2392. « Entre ici, Jean Moulin », *suivi de* « Vous ne serez pas morts en vain », *André Malraux, Thomas Mann*
P2393. Bon pour le moral ! 40 livres pour se faire du bien
P2394. Les 40 livres de chevet des stars, The Guide
P2395. 40 livres pour se faire peur, Guide du polar
P2396. Tout est sous contrôle, *Hugh Laurie*
P2397. Le Verdict du plomb, *Michael Connelly*
P2398. Heureux au jeu, *Lawrence Block*
P2399. Corbeau à Hollywood, *Joseph Wambaugh*
P2400. Pêche à la carpe sous Valium, *Graham Parker*
P2401. Je suis très à cheval sur les principes, *David Sedaris*
P2402. Si loin de vous, *Nina Revoyr*
P2403. Les Eaux mortes du Mékong, *Kim Lefèvre*
P2404. Cher amour, *Bernard Giraudeau*
P2405. Les Aventures miraculeuses de Pomponius Flatus *Eduardo Mendoza*

P2406. Un mensonge sur mon père, *John Burnside*
P2407. Hiver arctique, *Arnaldur Indridason*
P2408. Sœurs de sang, *Dominique Sylvain*
P2409. La Route de tous les dangers, *Kriss Nelscott*
P2410. Quand je serai roi, *Enrique Serna*
P2411. Le Livre des secrets. La vie cachée d'Esperanza Gorst *Michael Cox*
P2412. Sans douceur excessive, *Lee Child*
P2413. Notre guerre. Journal de Résistance 1940-1945 *Agnès Humbert*
P2414. Le jour où mon père s'est tu, *Virginie Linhart*
P2415. Le Meilleur de « L'Os à moelle », *Pierre Dac*
P2416. Les Pipoles à la porte, *Didier Porte*
P2417. Trois tasses de thé. La mission de paix d'un Américain au Pakistan et en Afghanistan *Greg Mortenson et David Oliver Relin*
P2418. Un mec sympa, *Laurent Chalumeau*
P2419. Au diable vauvert, *Maryse Wolinski*
P2420. Le Cinquième Évangile, *Michael Faber*
P2421. Chanson sans paroles, *Ann Packer*
P2422. Grand-mère déballe tout, *Irene Dische*
P2423. La Couturière, *Frances de Pontes Peebles*
P2424. Le Scandale de la saison, *Sophie Gee*
P2425. Ursúa, *William Ospina*
P2426. Blonde de nuit, *Thomas Perry*
P2427. La Petite Brocante des mots. Bizarreries, curiosités et autres enchantements du français *Thierry Leguay*
P2428. Villages, *John Updike*
P2429. Le Directeur de nuit, *John le Carré*
P2430. Petit Bréviaire du braqueur, *Christopher Brookmyre*
P2431. Un jour en mai, *George Pelecanos*
P2432. Les Boucanières, *Edith Wharton*
P2433. Choisir la psychanalyse, *Jean-Pierre Winter*
P2434. À l'ombre de la mort, *Veit Heinichen*
P2435. Ce que savent les morts, *Laura Lippman*
P2436. István arrive par le train du soir, *Anne-Marie Garat*
P2437. Jardin de poèmes enfantins, *Robert Louis Stevenson*
P2438. Netherland, *Joseph O'Neill*
P2439. Le Remplaçant, *Agnès Desarthe*
P2440. Démon, *Thierry Hesse*
P2441. Du côté de Castle Rock, *Alice Munro*
P2442. Rencontres fortuites, *Mavis Gallant*
P2443. Le Chasseur, *Julia Leigh*
P2444. Demi-Sommeil, *Eric Reinhardt*

P2445. Petit déjeuner avec Mick Jagger
Nathalie Kuperman
P2446. Pirouettes dans les ténèbres, *François Vallejo*
P2447. Maurice à la poule, *Matthias Zschokke*
P2448. La Montée des eaux, *Thomas B. Reverdy*
P2449. La Vaine Attente, *Nadeem Aslam*
P2450. American Express, *James Salter*
P2451. Le lendemain, elle était souriante, *Simone Signoret*
P2452. Le Roman de la Bretagne, *Gilles Martin-Chauffier*
P2453. Baptiste, *Vincent Borel*
P2454. Crimes d'amour et de haine
Faye et Jonathan Kellerman
P2455. Publicité meurtrière, *Petros Markaris*
P2456. Le Club du crime parfait, *Andrés Trapiello*
P2457. Mort d'un maître de go.
Les nouvelles enquêtes du Juge Ti (vol. 8)
Frédéric Lenormand
P2458. Le Voyage de l'éléphant, *José Saramago*
P2459. L'Arc-en-ciel de la gravité, *Thomas Pynchon*
P2460. La Dure Loi du Karma, *Mo Yan*
P2461. Comme deux gouttes d'eau, *Tana French*
P2462. Triste Flic, *Hugo Hamilton*
P2463. Last exit to Brest, *Claude Bathany*
P2464. Mais le fleuve tuera l'homme blanc, *Patrick Besson*
P2465. Lettre à un ami perdu, *Patrick Besson*
P2466. Les Insomniaques, *Camille de Villeneuve*
P2467. Les Veilleurs, *Vincent Message*
P2468. Bella Ciao, *Eric Holder*
P2469. Monsieur Joos, *Frédéric Dard*
P2470. La Peuchère, *Frédéric Dard*
P2471. La Saga des francs-maçons
Marie-France Etchegoin, Frédéric Lenoir
P2472. Biographie de Alfred de Musset, *Paul de Musset*
P2473. Si j'étais femme. Poèmes choisis
Alfred de Musset
P2474. Le Roman de l'âme slave, *Vladimir Fédorovski*
P2475. La Guerre et la Paix, *Léon Tolstoï*
P2476. Propos sur l'imparfait, *Jacques Drillon*
P2477. Le Sottisier du collège, *Philippe Mignaval*
P2478. Brèves de philo, *Laurence Devillairs*
P2479. La Convocation, *Herta Müller*
P2480. Contes carnivores, *Bernard Quiriny*
P2481. « Je démissionne de la présidence », *suivi de* « Un grand État cesse d'exister » *et de* « Un jour je vous le promets »
Richard Nixon, Mikhaïl Gorbatchev, Charles de Gaulle

P2482. « Africains, levons-nous ! », *suivi de* « Nous préférons la liberté » *et de* « Le devoir de civiliser »
Patrice Lumumba, Sékou Touré, Jules Ferry
P2483. « ¡ No pasarán ! », *suivi de* « Le peuple doit se défendre » *et de* « Ce sang qui coule, c'est le vôtre »
Dolores Ibárruri, Salvador Allende, Victor Hugo
P2484. « Citoyennes, armons-nous ! », *suivi de* « Veuillez être leurs égales » *et de* « Il est temps »
Théroigne de Méricourt, George Sand, Élisabeth Guigou
P2485. Pieds nus sur les limaces, *Fabienne Berthaud*
P2486. Le renard était déjà le chasseur, *Herta Müller*
P2487. La Fille du fossoyeur, *Joyce Carol Oates*
P2488. Vallée de la mort, *Joyce Carol Oates*
P2489. Moi tout craché, *Jay McInerney*
P2490. Toute ma vie, *Jay McInerney*
P2491. Virgin Suicides, *Jeffrey Eugenides*
P2492. Fakirs, *Antonin Varenne*
P2493. Madame la présidente, *Anne Holt*
P2494. Zone de tir libre, *C.J. Box*
P2495. Increvable, *Charlie Huston*
P2496. On m'a demandé de vous calmer, *Stéphane Guillon*
P2497. Je guéris mes complexes et mes déprimes
Christophe André & Muzo
P2498. Lionel raconte Jospin, *Lionel Jospin*
P2499. La Méprise – L'affaire d'Outreau, *Florence Aubenas*
P2500. Kyoto Limited Express, *Olivier Adam*
avec des photographies de Arnaud Auzouy
P2501. « À la vie, à la mort », Amitiés célèbres
dirigé par Patrick et Olivier Poivre d'Arvor
P2502. « Mon cher éditeur », Écrivains et éditeurs
dirigé par Patrick et Olivier Poivre d'Arvor
P2503. 99 clichés à foutre à la poubelle, *Jean-Loup Chiflet*
P2504. Des Papous dans la tête – Les Décraqués – L'anthologie
P2505. L'Étoile du matin, *André Schwarz-Bart*
P2506. Au pays des vermeilles, *Noëlle Châtelet*
P2507. Villa des hommes, *Denis Guedj*
P2508. À voix basse, *Charles Aznavour*
P2509. Un aller pour Alger, *Raymond Depardon*
avec un texte de Louis Gardel
P2510. Beyrouth centre-ville, *Raymond Depardon*
avec un texte de Claudine Nougaret
P2511. Et la fureur ne s'est pas encore tue, *Aharon Appelfeld*
P2512. Les Nouvelles Brèves de comptoir, tome 1
Jean-Marie Gourio
P2513. Six heures plus tard, *Donald Harstad*

P2514. Mama Black Widow, *Iceberg Slim*
P2515. Un amour fraternel, *Pete Dexter*
P2516. À couper au couteau, *Kriss Nelscott*
P2517. Glu, *Irvine Welsh*
P2518. No Smoking, *Will Self*
P2519. Les Vies privées de Pippa Lee, *Rebecca Miller*
P2520. Nord et Sud, *Elizabeth Gaskell*
P2521. Une mélancolie arabe, *Abdellah Taïa*
P2522. 200 dessins sur la France et les Français
The New Yorker
P2523. Les Visages, *Jesse Kellerman*
P2524. Dexter dans de beaux draps, *Jeff Lindsay*
P2525. Le Cantique des innocents, *Donna Leon*
P2526. Manta Corridor, *Dominique Sylvain*
P2527. Les Sœurs, *Robert Littell*
P2528. Profileuse – Une femme sur la trace des serial killers, *Stéphane Bourgoin*
P2529. Venise sur les traces de Brunetti – 12 promenades au fil des romans de Donna Leon, *Toni Sepeda*
P2530. Les Brumes du passé, *Leonardo Padura*
P2531. Les Mers du Sud, *Manuel Vázquez Montalbán*
P2532. Funestes carambolages, *Håkan Nesser*
P2533. La Faute à pas de chance, *Lee Child*
P2534. Padana City, *Massimo Carlotto, Marco Videtta*
P2535. Mexico, quartier Sud, *Guillermo Arriaga*
P2536. Petits Crimes italiens
Ammaniti, Camilleri, Carlotto, Dazieri, De Cataldo, De Silva, Faletti, Fois, Lucarelli, Manzini
P2537. La guerre des banlieues n'aura pas lieu, *Abd Al Malik*
P2538. Paris insolite, *Jean-Paul Clébert*
P2539. Les Ames sœurs, *Valérie Zenatti*
P2540. La Disparition de Paris et sa renaissance en Afrique
Martin Page
P2541. Crimes horticoles, *Mélanie Vincelette*
P2542. Livre de chroniques IV, *António Lobo Antunes*
P2543. Mon témoignage devant le monde, *Jan Karski*
P2544. Laitier de nuit, *Andreï Kourkov*
P2545. L'Évasion, *Adam Thirlwell*
P2546. Forteresse de solitude, *Jonathan Lethem*
P2547. Totenauberg, *Elfriede Jelinek*
P2548. Méfions-nous de la nature sauvage, *Elfriede Jelinek*
P2549. 1974, *Patrick Besson*
P2550. Conte du chat maître zen
(illustrations de Christian Roux), Henri Brunel
P2551. Les Plus Belles Chansons, *Charles Trenet*

P2552. Un monde d'amour, *Elizabeth Bowen*
P2553. Sylvia, *Leonard Michaels*
P2554. Conteurs, menteurs, *Leonard Michaels*
P2555. Beaufort, *Ron Leshem*
P2556. Un mort à Starvation Lake, *Bryan Gruley*
P2557. Cotton Point, *Pete Dexter*
P2558. Viens plus près, *Sara Gran*
P2559. Les Chaussures italiennes, *Henning Mankell*
P2560. Le Château des Pyrénées, *Jostein Gaarder*
P2561. Gangsters, *Klas Östergren*
P2562. Les Enfants de la dernière chance, *Peter Høeg*
P2563. Faims d'enfance, *Axel Gauvin*
P2564. Mémoires d'un antisémite, *Gregor von Rezzori*
P2565. L'Astragale, *Albertine Sarrazin*
P2566. L'Art de péter, *Pierre-Thomas-Nicolas Hurtaut*
P2567. Les Miscellanées du rock
Jean-Éric Perrin, Jérôme Rey, Gilles Verlant
P2568. Les Amants papillons, *Alison Wong*
P2569. Dix mille guitares, *Catherine Clément*
P2570. Les Variations Bradshaw, *Rachel Cusk*
P2571. Bakou, derniers jours, *Olivier Rolin*
P2572. Bouche bée, tout ouïe… ou comment tomber amoureux des langues, *Alex Taylor*
P2573. La grammaire, c'est pas de la tarte !
Olivier Houdart, Sylvie Prioul
P2574. La Bande à Gabin, *Philippe Durant*
P2575. « Le vote ou le fusil », *suivi de* « Nous formons un seul et même pays », *Malcolm X, John Fitzgerald Kennedy*
P2576. « Vive la Commune ! », *suivi de* « La Commune est proclamée » et de « La guerre civile en France »
Louise Michel, Jules Vallès, Karl Marx
P2577. « Je vous ai compris ! », *suivi de* « L'Algérie n'est pas la France » et de « Le droit à l'insoumission »
Charles de Gaulle, Gouvernement provisoire algérien, Manifeste des 121
P2578. « Une Europe pour la paix », *suivi de* « Nous disons NON » et de « Une communauté passionnée »
Robert Schuman, Jacques Chirac, Stefan Zweig
P2579. 13 heures, *Deon Meyer*
P2580. Angle obscur, *Reed Farrel Coleman*
P2581. Le Tailleur gris, *Andrea Camilleri*
P2582. La Vie sexuelle d'un Américain sans reproche
Jed Mercurio
P2583. Une histoire familiale de la peur, *Agata Tuszyńska*
P2584. Le Blues des Grands Lacs, *Joseph Coulson*

P2585. Le Tueur intime, *Claire Favan*
P2586. Comme personne, *Hugo Hamilton*
P2587. Fille noire, fille blanche, *Joyce Carol Oates*
P2588. Les Nouvelles Brèves de comptoir, tome 2
Jean-Marie Gourio
P2589. Dix petits démons chinois, *Frédéric Lenormand*
P2590. L'ombre de ce que nous avons été
Luis Sepúlveda
P2591. Sévère, *Régis Jauffret*
P2592. La Joyeuse Complainte de l'idiot, *Michel Layaz*
P2593. Origine, *Diana Abu-Jaber*
P2594. La Face B, *Akhenaton*
P2595. Paquebot, *Hervé Hamon*
P2596. L'Agfa Box, *Günter Grass*
P2597. La Ville insoumise, *Jon Fasman*
P2598. Je résiste aux personnalités toxiques
(et autres casse-pieds), *Christophe André & Muzo*
P2599. Le soleil me trace la route. Conversations avec Tiffy
Morgue et Jean-Yves Gaillac, *Sandrine Bonnaire*
P2600. Mort de Bunny Munro, *Nick Cave*
P2601. La Reine et moi, *Sue Townsend*
P2602. Orages ordinaires, *William Boyd*
P2603. Guide farfelu mais nécessaire de conversation anglaise
Jean-Loup Chiflet
P2604. Nuit et Jour, *Virginia Woolf*
P2605. Trois hommes dans un bateau (sans oublier le chien!)
Jerome K. Jerome
P2606. Ode au vent d'Ouest. Adonaïs et autres poèmes
Percy Bysshe Shelley
P2607. Les Courants fourbes du lac Tai, *Qiu Xiaolong*
P2608. Le Poisson mouillé, *Volker Kutscher*
P2609. Faux et usage de faux, *Elvin Post*
P2610. L'Angoisse de la première phrase, *Bernard Quiriny*
P2611. Absolument dé-bor-dée!, *Zoe Shepard*
P2612. Meurtre et Obsession, *Jonathan Kellerman*
P2613. Sahara, *Luis Leante*
P2614. La Passerelle, *Lorrie Moore*
P2615. Le Territoire des barbares, *Rosa Montero*
P2616. Petits Meurtres entre camarades. Enquête secrète au cœur
du PS, *David Revault d'Allonnes*
P2617. Une année avec mon père, *Geneviève Brisac*
P2618. La Traversée des fleuves. Autobiographie
Georges-Arthur Goldschmidt
P2619. L'Histoire très ordinaire de Rachel Dupree
Ann Weisgarber

P2620. À la queue leu leu. Origines d'une ribambelle d'expressions populaires, *Gilles Guilleron*
P2621. Poèmes anglais, *Fernando Pessoa*
P2622. Danse avec le siècle, *Stéphane Hessel*
P2623. L'Épouvantail, *Michael Connelly*
P2624. London Boulevard, *Ken Bruen*
P2625. Pourquoi moi ?, *Omar Raddad*
P2626. Mes étoiles noires, *Lilian Thuram*
P2627. La Ronde des innocents, *Valentin Musso*
P2628. Ô ma mémoire. La poésie, ma nécessité, *Stéphane Hessel*
P2629. Une vie à brûler, *James Salter*
P2630. Léger, humain, pardonnable, *Martin Provost*
P2631. Lune captive dans un œil mort, *Pascal Garnier*
P2632. Hypothermie, *Arnaldur Indridason*
P2633. La Nuit de Tomahawk, *Michael Koryta*
P2634. Les Raisons du doute, *Gianrico Carofiglio*
P2635. Les Hommes-couleurs, *Cloé Korman*
P2636. Le Cuisinier, *Martin Suter*
P2637. N'exagérons rien !, *David Sedaris*
P2638. Château-l'Arnaque, *Peter Mayle*
P2639. Le Roman de Bergen. 1900 L'aube, tome I *Gunnar Staalesen*
P2640. Aurora, Kentucky, *Carolyn D. Wall*
P2641. Blanc sur noir, *Kriss Nelscott*
P2642. Via Vaticana, *Igal Shamir*
P2643. Le Ruban rouge, *Carmen Posadas*
P2644. My First Sony, *Benny Barbash*
P2645. « On m'a demandé de vous virer », *Stéphane Guillon*
P2646. Les Rillettes de Proust. Ou 50 conseils pour devenir écrivain, *Thierry Maugenest*
P2647. 200 expressions inventées en famille, *Cookie Allez*
P2648. Au plaisir des mots, *Claude Duneton*
P2649. La Lune et moi. Les meilleures chroniques, Haïkus d'aujourd'hui
P2650. Le marchand de sable va passer, *Andrew Pyper*
P2651. Lutte et aime, là où tu es !, *Guy Gilbert*
P2652. Le Sari rose, *Javier Moro*
P2653. Le Roman de Bergen. 1900 L'aube, tome II *Gunnar Staalesen*
P2654. Jaune de Naples, *Jean-Paul Desprat*
P2655. Mère Russie, *Robert Littell*
P2656. Qui a tué Arlozoroff ?, *Tobie Nathan*
P2657. Les Enfants de Las Vegas, *Charles Bock*
P2658. Le Prédateur, *C.J. Box*
P2659. Keller en cavale, *Lawrence Block*

P2660. Les Murmures des morts, *Simon Beckett*
P2661. Les Veuves d'Eastwick, *John Updike*
P2662. L'Incertain, *Virginie Ollagnier*
P2663. La Banque. Comment Goldman Sachs dirige le monde
Marc Roche
P2664. La Plus Belle Histoire de la liberté, *collectif*
P2665. Le Cœur régulier, *Olivier Adam*
P2666. Le Jour du Roi, *Abdellah Taïa*
P2667. L'Été de la vie, *J.M. Coetzee*
P2668. Tâche de ne pas devenir folle, *Vanessa Schneider*
P2669. Le Cerveau de mon père, *Jonathan Franzen*
P2670. Le Chantier, *Mo Yan*
P2671. La Fille de son père, *Anne Berest*
P2672. Au pays des hommes, *Hisham Matar*
P2673. Le Livre de Dave, *Will Self*
P2674. Le Testament d'Olympe, *Chantal Thomas*
P2675. Antoine et Isabelle, *Vincent Borel*
P2676. Le Crépuscule des superhéros, *Deborah Eisenberg*
P2677. Le Mercredi des Cendres, *Percy Kemp*
P2678. Journal. 1955-1962, *Mouloud Feraoun*
P2679. Le Quai de Ouistreham, *Florence Aubenas*
P2680. Hiver, *Mons Kallentoft*
P2681. Habillé pour tuer, *Jonathan Kellerman*
P2682. Un festin de hyènes, *Michael Stanley*
P2683. Vice caché, *Thomas Pynchon*
P2684. Traverses, *Jean Rolin*
P2685. Le Baiser de la pieuvre, *Patrick Grainville*
P2686. Dans la nuit brune, *Agnès Desarthe*
P2687. Une soirée au Caire, *Robert Solé*
P2688. Les Oreilles du loup, *Antonio Ungar*
P2689. L'Homme de compagnie, *Jonathan Ames*
P2690. Le Dico de la contrepèterie.
Des milliers de contrepèteries pour s'entraîner et s'amuser
Joël Martin
P2691. L'Art du mot juste.
275 propositions pour enrichir son vocabulaire
Valérie Mandera
P2692. Guide de survie d'un juge en Chine
Frédéric Lenormand
P2693. Doublez votre mémoire. Journal graphique
Philippe Katerine
P2694. Comme un oiseau dans la tête.
Poèmes choisis, *René Guy Cadou*
P2695 Poète… vos papiers !, *Léo Ferré*
P2696. La Dernière Frontière, *Philip Le Roy*

P2697. Country blues, *Claude Bathany*
P2698. Le Vrai Monde, *Natsuo Kirino*
P2699. L'Art et la manière d'aborder son chef de service pour lui demander une augmentation, *Georges Perec*
P2700. Dessins refusés par le *New Yorker*, *Matthew Diffee*
P2701. Life, *Keith Richards*
P2702. John Lennon, une vie, *Philip Norman*
P2703. Le Dernier Paradis de Manolo, *Alan Warner*
P2704. L'Or du Maniéma, *Jean Ziegler*
P2705. Le Cosmonaute, *Philippe Jaenada*
P2706. Donne-moi tes yeux, *Torsten Pettersson*
P2707. Premiers Romans, *Katherine Pancol*
P2708. Off. Ce que Nicolas Sarkozy n'aurait jamais dû nous dire *Nicolas Domenach, Maurice Szafran*
P2709. Le Meurtrier de l'Avent, *Thomas Kastura*
P2710. Le Club, *Leonard Michaels*
P2711. Le Vérificateur, *Donald Antrim*
P2712. Mon patient Sigmund Freud, *Tobie Nathan*
P2713. Trois explications du monde, *Tom Keve*
P2714. Petite sœur, mon amour, *Joyce Carol Oates*
P2715. Shim Chong, fille vendue, *Hwang Sok Yong*
P2716. La Princesse effacée, *Alexandra de Broca*
P2717. Un nommé Peter Karras, *George P. Pelecanos*
P2718. Haine, *Anne Holt*
P2719. Les jours s'en vont comme des chevaux sauvages dans les collines, *Charles Bukowski*
P2720. Ma grand-mère avait les mêmes.
Les dessous affriolants des petites phrases
Philippe Delerm
P2721. Mots en toc et formules en tic. Petites maladies du parler d'aujourd'hui, *Frédéric Pommier*
P2722. Les 100 plus belles récitations de notre enfance
P2723. Chansons. L'Intégrale, *Charles Aznavour*
P2724. Vie et opinions de Maf le chien et de son amie Marilyn Monroe, *Andrew O'Hagan*
P2725. Sois près de moi, *Andrew O'Hagan*
P2726. Le Septième Fils, *Arni Thorarinsson*
P2727. La Bête de miséricorde, *Fredric Brown*
P2728. Le Cul des anges, *Benjamin Legrand*
P2729. Cent seize Chinois et quelque, *Thomas Heams-Ogus*
P2730. Conversations avec moi-même.
Lettres de prison, notes et carnets intimes
Nelson Mandela
P2731. L'Inspecteur Ali et la CIA, *Driss Chraïbi*
P2732. Ce délicieux Dexter, *Jeff Lindsay*

P2733. Cinq femmes et demie, *Francisco González Ledesma*
P2734. Ils sont devenus français, *Doan Bui, Isabelle Monnin*
P2735. D'une Allemagne à l'autre. Journal de l'année 1990
Günter Grass
P2736. Le Château, *Franz Kafka*
P2737. La Jeunesse mélancolique et très désabusée d'Adolf Hitler
Michel Folco
P2738. L'Enfant des livres, *François Foll*
P2739. Karitas, livre I – L'esquisse d'un rêve
Kristín Marja Baldursdóttir
P2740. Un espion d'hier et de demain, *Robert Littell*
P2741. L'Homme inquiet, *Henning Mankell*
P2742. La Petite Fille de ses rêves, *Donna Leon*
P2743. La Théorie du panda, *Pascal Garnier*
P2744. La Nuit sauvage, *Terri Jentz*
P2745. Les Lieux infidèles, *Tana French*
P2746. Vampires, *Thierry Jonquet*
P2747. Eva Moreno, *Håkan Nesser*
P2748. La 7e victime, *Alexandra Marinina*
P2749. Mauvais fils, *George P. Pelecanos*
P2750. L'espoir fait vivre, *Lee Child*
P2751. La Femme congelée, *Jon Michelet*
P2752. Mortelles Voyelles, *Gilles Schlesser*
P2753. Brunetti passe à table. Recettes et récits
Roberta Pianaro et Donna Leon
P2754. Les Leçons du Mal, *Thomas Cook*
P2755. Joseph sous la pluie. Roman, poèmes, dessins
Mano Solo
P2756. Le Vent de la Lune, *Antonio Muñoz Molina*
P2757. Ouvrière, *Franck Magloire*
P2758. Moi aussi un jour, j'irai loin, *Dominique Fabre*
P2759. Cartographie des nuages, *David Mitchell*
P2760. Papa et maman sont morts, *Gilles Paris*
P2761. Caravansérail, *Charif Majdalani*
P2762. Les Confessions de Constanze Mozart
Isabelle Duquesnoy
P2763. Esther Mésopotamie, *Catherine Lépront*
P2764. L'École des Absents, *Patrick Besson*
P2765. Le Livre des brèves amours éternelles
Andreï Makine
P2766. Un long silence, *Mikal Gilmore*
P2767. Les Jardins de Kensington, *Rodrigo Fresán*
P2768. Samba pour la France, *Delphine Coulin*
P2769. Danbé, *Aya Cissoko et Marie Desplechin*
P2770. Wiera Gran, l'accusée, *Agata Tuszyńska*

P2771. Qui a tué l'écologie ?, *Fabrice Nicolino*
P2772. Rosa Candida, *Audur Ava Olafsdóttir*
P2773. Otage, *Elie Wiesel*
P2774. Absurdistan, *Gary Shteyngart*
P2775. La Geste des Sanada, *Yasushi Inoué*
P2776. En censurant un roman d'amour iranien
Shahriar Mandanipour
P2777. Un café sur la Lune, *Jean-Marie Gourio*
P2778. Caïn, *José Saramago*
P2779. Le Triomphe du singe-araignée, *Joyce Carol Oates*
P2780. Faut-il manger les animaux ?, *Jonathan Safran Foer*
P2781. Les Enfants du nouveau monde, *Assia Djebar*
P2782. L'Opium et le Bâton, *Mouloud Mammeri*
P2783. Cahiers de poèmes, *Emily Brontë*
P2784. Quand la nuit se brise. Anthologie de poésie algérienne
P2785. Tibère et Marjorie, *Régis Jauffret*
P2786. L'Obscure Histoire de la cousine Montsé, *Juan Marsé*
P2787. L'Amant bilingue, *Juan Marsé*
P2788. Jeux de vilains, *Jonathan Kellerman*
P2789. Les Assoiffées, *Bernard Quiriny*
P2790. Les anges s'habillent en caillera, *Rachid Santaki*
P2791. Yum Yum Book, *Robert Crumb*
P2792. Le Casse du siècle, *Michael Lewis*
P2793. Comment Attila Vavavoom remporta la présidentielle
avec une seule voix d'avance, *Jacques Lederer*
P2794. Le Nazi et le Barbier, *Edgar Hilsenrath*
P2795. Chants berbères de Kabylie, *Jean Amrouche*
P2796. Une place au soleil, *Driss Chraïbi*
P2797. Le Rouge du tarbouche, *Abdellah Taïa*
P2798. Les Neuf Dragons, *Michael Connelly*
P2799. Le Mécano du vendredi
(illustrations de Jacques Ferrandez), *Fellag*
P2800. Le Voyageur à la mallette *suivi de* Le Vieux Quartier
Naguib Mahfouz
P2801. Le Marquis des Éperviers, *Jean-Paul Desprat*
P2802. Spooner, *Pete Dexter*
P2803. « Merci d'avoir survécu », *Henri Borlant*
P2804. Secondes noires, *Karin Fossum*
P2805. Ultimes Rituels, *Yrsa Sigurdardottir*
P2806. Le Sourire de l'agneau, *David Grossman*
P2807. Le garçon qui voulait dormir, *Aharon Appelfeld*
P2808. Frontière mouvante, *Knut Faldbakken*
P2809. Je ne porte pas mon nom, *Anna Grue*
P2810. Tueurs, *Stéphane Bourgoin*
P2811. La Nuit de Geronimo, *Dominique Sylvain*

P2812. Mauvais Genre, *Naomi Alderman*
P2813. Et l'âne vit l'ange, *Nick Cave*
P2814. Les Yeux au ciel, *Karine Reysset*
P2815. Un traître à notre goût, *John le Carré*
P2816. Les Larmes de mon père, *John Updike*
P2817. Minuit dans une vie parfaite, *Michael Collins*
P2818. Aux malheurs des dames, *Lalie Walker*
P2819. Psychologie du pingouin et autres considérations scientifiques, *Robert Benchley*
P2820. Petit traité de l'injure. Dictionnaire humoristique *Pierre Merle*
P2821. L'Iliade, *Homère*
P2822. Le Roman de Bergen. 1950 Le Zénith – tome III *Gunnar Staalesen*
P2823. Les Enquêtes de Brunetti, *Donna Leon*
P2824. Dernière Nuit à Twisted River, *John Irving*
P2825. Été, *Mons Kallentoft*
P2826. Allmen et les libellules, *Martin Suter*
P2827. Dis camion, *Lisemai*
P2828. La Rivière noire, *Arnaldur Indridason*
P2829. Mary Ann en automne. Chroniques de San Francisco, épisode 8, *Armistead Maupin*
P2830. Les Cendres froides, *Valentin Musso*
P2831. Les Compliments. Chroniques, *François Morel*
P2832. Bienvenue à Oakland, *Eric Miles Williamson*
P2833. Tout le cimetière en parle, *Marie-Ange Guillaume*
P2834. La Vie éternelle de Ramsès II, *Robert Solé*
P2835. Nyctalope ? Ta mère. Petit dictionnaire loufoque des mots savants, *Tristan Savin*
P2836. Les Visages écrasés, *Marin Ledun*
P2837. Crack, *Tristan Jordis*
P2838. Fragments. Poèmes, écrits intimes, lettres, *Marilyn Monroe*
P2839. Histoires d'ici et d'ailleurs, *Luis Sepúlveda*
P2840. La Mauvaise Habitude d'être soi *Martin Page, Quentin Faucompré*
P2841. Trois semaines pour un adieu, *C.J. Box*
P2842. Orphelins de sang, *Patrick Bard*
P2843. La Ballade de Gueule-Tranchée, *Glenn Taylor*
P2844. Cœur de prêtre, cœur de feu, *Guy Gilbert*
P2845. La Grande Maison, *Nicole Krauss*
P2846. 676, *Yan Gérard*
P2847. Betty et ses filles, *Cathleen Schine*
P2848. Je ne suis pas d'ici, *Hugo Hamilton*
P2849. Le Capitalisme hors la loi, *Marc Roche*

P2850. Le Roman de Bergen. 1950 Le Zénith – tome IV
Gunnar Staalesen
P2851. Pour tout l'or du Brésil, *Jean-Paul Delfino*
P2852. Chamboula, *Paul Fournel*
P2853. Les Heures secrètes, *Élisabeth Brami*
P2854. J.O., *Raymond Depardon*
P2855. Freedom, *Jonathan Franzen*
P2856. Scintillation, *John Burnside*
P2857. Rouler, *Christian Oster*
P2858. Accabadora, *Michela Murgia*
P2859. Kampuchéa, *Patrick Deville*
P2860. Les Idiots (petites vies), *Ermanno Cavazzoni*
P2861. La Femme et l'Ours, *Philippe Jaenada*
P2862. L'Incendie du Chiado, *François Vallejo*
P2863. Le Londres-Louxor, *Jakuta Alikavazovic*
P2864. Rêves de Russie, *Yasushi Inoué*
P2865. Des garçons d'avenir, *Nathalie Bauer*
P2866. La Marche du cavalier, *Geneviève Brisac*
P2867. Cadrages & Débordements
Marc Lièvremont (avec Pierre Ballester)
P2868. Automne, *Mons Kallentoft*
P2869. Du sang sur l'autel, *Thomas Cook*
P2870. Le Vingt et Unième cas, *Håkan Nesser*
P2871. Nous, on peut. Manuel anticrise à l'usage du citoyen
Jacques Généreux
P2872. Une autre jeunesse, *Jean-René Huguenin*
P2873. L'Amour d'une honnête femme, *Alice Munro*
P2874. Secrets de Polichinelle, *Alice Munro*
P2875. Histoire secrète du Costaguana
Juan Gabriel Vásquez
P2876. Le Cas Sneijder, *Jean-Paul Dubois*
P2877. Assommons les pauvres !, *Shumona Sinha*
P2878. Brut, *Dalibor Frioux*
P2879. Destruction massive. Géopolitique de la faim
Jean Ziegler
P2880. Une petite ville sans histoire, *Greg Iles*
P2881. Intrusion, *Natsuo Kirino*
P2882. Tatouage, *Manuel Vázquez Montalbán*
P2883. D'une porte l'autre, *Charles Aznavour*
P2884. L'Intégrale Gainsbourg. L'histoire de toutes ses chansons
Loïc Picaud, Gilles Verlant
P2885. Hymne, *Lydie Salvayre*
P2886. B.W., *Lydie Salvayre*
P2887. Les Notaires. Enquête sur la profession la plus puissante
de France, *Laurence de Charette, Denis Boulard*

P2888. Le Dépaysement. Voyages en France
Jean-Christophe Bailly
P2889. Les Filles d'Allah, *Nedim Gürsel*
P2890. Les Yeux de Lira, *Eva Joly et Judith Perrignon*
P2891. Recettes intimes de grands chefs, *Irvine Welsh*
P2892. Petit Lexique du petit, *Jean-Luc Petitrenaud*
P2893. La Vie sexuelle d'un islamiste à Paris, *Leïla Marouane*
P2894. Ils sont partis avec panache. Les dernières paroles, de Jules César à Jimi Hendrix, *Michel Gaillard*
P2896. Le Livre de la grammaire intérieure, *David Grossman*
P2897. Philby. Portrait de l'espion en jeune homme
Robert Littell
P2898. Jérusalem, *Gonçalo M. Tavares*
P2899. Un capitaine sans importance, *Patrice Franceschi*
P2900. Grenouilles, *Mo Yan*
P2901. Lost Girls, *Andrew Pyper*
P2902. Satori, *Don Winslow*
P2903. Cadix, ou la diagonale du fou, *Arturo Pérez-Reverte*
P2904. Cranford, *Elizabeth Gaskell*
P2905. Les Confessions de Mr Harrison, *Elizabeth Gaskell*
P2906. Jón l'Islandais, *Bruno d'Halluin*
P2907. Journal d'un mythomane, vol. 1, *Nicolas Bedos*
P2908. Le Roi prédateur, *Catherine Graciet et Éric Laurent*
P2909. Tout passe, *Bernard Comment*
P2910. Paris, mode d'emploi. Bobos, néo-bistro, paniers bio et autres absurdités de la vie parisienne
Jean-Laurent Cassely
P2911. J'ai réussi à rester en vie, *Joyce Carol Oates*
P2912. Folles nuits, *Joyce Carol Oates*
P2913. L'Insolente de Kaboul, *Chékéba Hachemi*
P2914. Tim Burton : entretiens avec Mark Salisbury
P2915. 99 proverbes à foutre à la poubelle
Jean-Loup Chiflet
P2916. Les Plus Belles Expressions de nos régions
Pascale Lafitte-Certa
P2917. Petit dictionnaire du français familier. 2000 mots et expressions, d'« avoir la pétoche » à « zigouiller », *Claude Duneton*
P2918. Les Deux Sacrements, *Heinrich Böll*
P2919. Le Baiser de la femme-araignée, *Manuel Puig*
P2920. Les Anges perdus, *Jonathan Kellerman*
P2921. L'Humour des chats, *The New Yorker*
P2922. Les Enquêtes d'Erlendur, *Arnaldur Indridason*
P2923. Intermittence, *Andrea Camilleri*
P2924. Betty, *Arnaldur Indridason*

P2925. Grand-père avait un éléphant
Vaikom Muhammad Basheer
P2926. Les Savants, *Manu Joseph*
P2927. Des saisons au bord de la mer, *François Maspero*
P2928. Le Poil et la Plume, *Anny Duperey*
P2929. Ces 600 milliards qui manquent à la France. Enquête au cœur de l'évasion fiscale, *Antoine Peillon*
P2930. Pensées pour moi-même. Le livre autorisé de citations
Nelson Mandela
P2931. Carnivores domestiques (illustrations d'OlivSteen)
Erwan Créac'h
P2932. Tes dernières volontés, *Laura Lippman*
P2933. Disparues, *Chris Mooney*
P2934. La Prisonnière de la tour, *Boris Akounine*
P2935. Cette vie ou une autre, *Dan Chaon*
P2936. Le Chinois, *Henning Mankell*
P2937. La Femme au masque de chair, *Donna Leon*
P2938. Comme neige, *Jon Michelet*
P2939. Par amitié, *George P. Pelecanos*
P2940. Avec le diable, *James Keene, Hillel Levin*
P2941. Les Fleurs de l'ombre, *Steve Mosby*
P2942. Double Dexter, *Jeff Lindsay*
P2943. Vox, *Dominique Sylvain*
P2944. Cobra, *Dominique Sylvain*
P2945. Au lieu-dit Noir-Étang…, *Thomas H. Cook*
P2946. La Place du mort, *Pascal Garnier*
P2947. Terre des rêves. La Trilogie du Minnesota, vol. 1
Vidar Sundstøl
P2948. Les Mille Automnes de Jacob de Zoet, *David Mitchell*
P2949. La Tuile de Tenpyô, *Yasushi Inoué*
P2950. Claustria, *Régis Jauffret*
P2951. L'Adieu à Stefan Zweig, *Belinda Cannone*
P2952. Là où commence le secret, *Arthur Loustalot*
P2953. Le Sanglot de l'homme noir, *Alain Mabanckou*
P2954. La Zonzon, *Alain Guyard*
P2955. L'éternité n'est pas si longue, *Fanny Chiarello*
P2956. Mémoires d'une femme de ménage
Isaure (en collaboration avec Bertrand Ferrier)
P2957. Je suis faite comme ça. Mémoires, *Juliette Gréco*
P2958. Les Mots et la Chose. Trésors du langage érotique
Jean-Claude Carrière
P2959. Ransom, *Jay McInerney*
P2960. Little Big Bang, *Benny Barbash*
P2961. Vie animale, *Justin Torres*
P2962. Enfin, *Edward St Aubyn*

P2963. La Mort muette, *Volker Kutscher*
P2964. Je trouverai ce que tu aimes, *Louise Doughty*
P2965. Les Sopranos, *Alan Warner*
P2966. Les Étoiles dans le ciel radieux, *Alan Warner*
P2967. Méfiez-vous des enfants sages, *Cécile Coulon*
P2968. Cheese Monkeys, *Chip Kidd*
P2969. Pommes, *Richard Milward*
P2970. Paris à vue d'œil, *Henri Cartier-Bresson*
P2971. Bienvenue en Transylvanie, *Collectif*
P2972. Super triste histoire d'amour, *Gary Shteyngart*
P2973. Les Mots les plus méchants de l'Histoire
Bernadette de Castelbajac
P2474. La femme qui résiste, *Anne Lauvergeon*
P2975. Le Monarque, son fils, son fief, *Marie-Célie Guillaume*
P2976. Écrire est une enfance, *Philippe Delerm*
P2977. Le Dernier Français, *Abd Al Malik*
P2978. Il faudrait s'arracher le cœur, *Dominique Fabre*
P2979. Dans la grande nuit des temps, *Antonio Muñoz Molina*
P2980. L'Expédition polaire à bicyclette
suivi de La Vie sportive aux États-Unis, *Robert Benchley*
P2981. L'Art de la vie. Karitas, Livre II
Kristín Marja Baldursdóttir
P2982. Parlez-moi d'amour, *Raymond Carver*
P2983. Tais-toi, je t'en prie, *Raymond Carver*
P2984. Débutants, *Raymond Carver*
P2985. Calligraphie des rêves, *Juan Marsé*
P2986. Juste être un homme, *Craig Davidson*
P2987. Les Strauss-Kahn, *Raphaëlle Bacqué, Ariane Chemin*
P2988. Derniers Poèmes, *Friedrich Hölderlin*
P2989. Partie de neige, *Paul Celan*
P2990. Mes conversations avec les tueurs, *Stéphane Bourgoin*
P2991. Double meurtre à Borodi Lane, *Jonathan Kellerman*
P2992. Poussière tu seras, *Sam Millar*
P2993. Jours de tremblement, *François Emmanuel*
P2994. Bataille de chats. Madrid 1936, *Eduardo Mendoza*
P2995. L'Ombre de moi-même, *Aimee Bender*
P2996. Il faut rentrer maintenant…
Eddy Mitchell (avec Didier Varrod)
P2997. Je me suis bien amusé, merci !, *Stéphane Guillon*
P2998. Le Manifeste Chap. Savoir-vivre révolutionnaire
pour gentleman moderne, *Gustav Temple, Vic Darkwood*
P2999. Comment j'ai vidé la maison de mes parents, *Lydia Flem*
P3000. Lettres d'amour en héritage, *Lydia Flem*
P3001. Enfant de fer, *Mo Yan*
P3002. Le Chapelet de jade, *Boris Akounine*

P3003. Pour l'amour de Rio, *Jean-Paul Delfino*
P3004. Les Traîtres, *Giancarlo de Cataldo*
P3005. Docteur Pasavento, *Enrique Vila-Matas*
P3006. Mon nom est légion, *António Lobo Antunes*
P3007. Printemps, *Mons Kallentoft*
P3008. La Voie de Bro, *Vladimir Sorokine*
P3009. Une collection très particulière, *Bernard Quiriny*
P3010. Rue des petites daurades, *Fellag*
P3011. L'Œil du léopard, *Henning Mankell*
P3012. Les mères juives ne meurent jamais, *Natalie David-Weill*
P3013. L'Argent de l'État. Un député mène l'enquête
René Dosière
P3014. Kill kill faster faster, *Joel Rose*
P3015. La Peau de l'autre, *David Carkeet*
P3016. La Reine des Cipayes, *Catherine Clément*
P3017. Job, roman d'un homme simple, *Joseph Roth*
P3018. Espèce de savon à culotte ! et autres injures d'antan
Catherine Guennec
P3019. Les mots que j'aime et quelques autres…
Jean-Michel Ribes
P3020. Le Cercle Octobre, *Robert Littell*
P3021. Les Lunes de Jupiter, *Alice Munro*
P3022. Journal (1973-1982), *Joyce Carol Oates*
P3023. Le Musée du Dr Moses, *Joyce Carol Oates*
P3024. Avant la dernière ligne droite, *Patrice Franceschi*
P3025. Boréal, *Paul-Émile Victor*
P3026. Dernières nouvelles du Sud
Luis Sepúlveda, Daniel Mordzinski
P3027. L'Aventure, pour quoi faire ?, *collectif*
P3028. La Muraille de lave, *Arnaldur Indridason*
P3029. L'Invisible, *Robert Pobi*
P3030. L'Attente de l'aube, *William Boyd*
P3031. Le Mur, le Kabyle et le marin, *Antonin Varenne*
P3032. Emily, *Stewart O'Nan*
P3033. Les oranges ne sont pas les seuls fruits
Jeanette Winterson
P3034. Le Sexe des cerises, *Jeanette Winterson*
P3035. À la trace, *Deon Meyer*
P3036. Comment devenir écrivain quand on vient
de la grande plouquerie internationale, *Caryl Férey*
P3037. Doña Isabel (ou la véridique et très mystérieuse histoire
d'une Créole perdue dans la forêt des Amazones)
Christel Mouchard
P3038. Psychose, *Robert Bloch*
P3039. Équatoria, *Patrick Deville*

P3040. Moi, la fille qui plongeait dans le cœur du monde
Sabina Berman
P3041. L'Abandon, *Peter Rock*
P3042. Allmen et le diamant rose, *Martin Suter*
P3043. Sur le fil du rasoir, *Oliver Harris*
P3044. Que vont devenir les grenouilles ?, *Lorrie Moore*
P3045. Quelque chose en nous de Michel Berger, *Yves Bigot*
P3046. Elizabeth II. Dans l'intimité du règne, *Isabelle Rivère*
P3047. Confession d'un tueur à gages, *Ma Xiaoquan*
P3048. La Chute. Le mystère Léviathan (tome 1), *Lionel Davoust*
P3049. Tout seul. Souvenirs, *Raymond Domenech*
P3050. L'homme naît grâce au cri, *Claude Vigée*
P3051. L'Empreinte des morts, *C.J. Box*
P3052. Qui a tué l'ayatollah Kanuni ?, *Naïri Nahapétian*
P3053. Cyber China, *Qiu Xiaolong*
P3054. Chamamé, *Leonardo Oyola*
P3055. Anquetil tout seul, *Paul Fournel*
P3056. Marcus, *Pierre Chazal*
P3057. Les Sœurs Brelan, *François Vallejo*
P3058. L'Espionne de Tanger, *María Dueñas*
P3059. Mick. Sex and rock'n'roll, *Christopher Andersen*
P3060. Ta carrière est fi-nie !, *Zoé Shepard*
P3061. Invitation à un assassinat, *Carmen Posadas*
P3062. L'Envers du miroir, *Jennifer Egan*
P3063. Dictionnaire ouvert jusqu'à 22 heures
Académie Alphonse Allais
P3064. Encore un mot. Billets du Figaro, *Étienne de Montety*
P3065. Frissons d'assises. L'instant où le procès bascule
Stéphane Durand-Souffland
P3066. Y revenir, *Dominique Ané*
P3067. J'ai épousé Johnny à Notre-Dame-de-Sion
Fariba Hachtroudi
P3068. Un concours de circonstances, *Amy Waldman*
P3069. La Pointe du couteau, *Gérard Chaliand*
P3070. Lila, *Robert M. Pirsig*
P3071. Les Amoureux de Sylvia, *Elizabeth Gaskell*
P3072. Cet été-là, *William Trevor*
P3073. Lucy, *William Trevor*
P3074. Diam's. Autobiographie, *Mélanie Georgiades*
P3075. Pourquoi être heureux quand on peut être normal ?
Jeanette Winterson
P3076. Qu'avons-nous fait de nos rêves ?, *Jennifer Egan*
P3077. Le Terroriste noir, *Tierno Monénembo*
P3078. Féerie générale, *Emmanuelle Pireyre*
P3079. Une partie de chasse, *Agnès Desarthe*

P3080. La Table des autres, *Michael Ondaatje*
P3081. Lame de fond, *Linda Lê*
P3082. Que nos vies aient l'air d'un film parfait, *Carole Fives*
P3083. Skinheads, *John King*
P3084. Le bruit des choses qui tombent, *Juan Gabriel Vásquez*
P3085. Quel trésor !, *Gaspard-Marie Janvier*
P3086. Rêves oubliés, *Léonor de Recondo*
P3087. Le Valet de peinture, *Jean-Daniel Baltassat*
P3088. L'État au régime. Gaspiller moins pour dépenser mieux *René Dosière*
P3089. Refondons l'école. Pour l'avenir de nos enfants *Vincent Peillon*
P3090. Vagabond de la bonne nouvelle, *Guy Gilbert*
P3091. Les Joyaux du paradis, *Donna Leon*
P3092. La Ville des serpents d'eau, *Brigitte Aubert*
P3093. Celle qui devait mourir, *Laura Lippman*
P3094. La Demeure éternelle, *William Gay*
P3095. Adulte ? Jamais, *Pier Paolo Pasolini*
P3096. Le Livre du désir. Poèmes, *Leonard Cohen*
P3097. Autobiographie des objets, *François Bon*
P3098. L'Inconscience, *Thierry Hesse*
P3099. Les Vitamines du bonheur, *Raymond Carver*
P3100. Les Trois Roses jaunes, *Raymond Carver*
P3101. Le Monde à l'endroit, *Ron Rash*
P3102. Relevé de terre, *José Saramago*
P3103. Le Dernier Lapon, *Olivier Truc*
P3104. Cool, *Don Winslow*
P3105. Les Hauts-Quartiers, *Paul Gadenne*
P3106. Histoires pragoises, *suivi de* Le Testament *Rainer Maria Rilke*
P3107. Œuvres pré-posthumes, *Robert Musil*
P3108. Anti-manuel d'orthographe. Éviter les fautes par la logique, *Pascal Bouchard*
P3109. Génération CV, *Jonathan Curiel*
P3110. Ce jour-là. Au cœur du commando qui a tué Ben Laden *Mark Owen et Kevin Maurer*
P3111. Une autobiographie, *Neil Young*
P3112. Conséquences, *Darren William*
P3113. Snuff, *Chuck Palahniuk*
P3114. Une femme avec personne dedans, *Chloé Delaume*
P3115. Meurtre au Comité central, *Manuel Vázquez Montalbán*
P3116. Radeau, *Antoine Choplin*
P3117. Les Patriarches, *Anne Berest*
P3118. La Blonde et le Bunker, *Jakuta Alikavazovic*
P3119. La Contrée immobile, *Tom Drury*